全世界都在等我们

大结局

不是风动 / 著

廣東旅游出版社
GUANGDONG TRAVEL & TOURISM PRESS
中国·广州

如果世间真有亡灵，
那么它们此时此刻一定沉默无言地坐在墓碑上方，
观看着这场人间闹剧，不发一言。
只剩下暴风雨。

目 录 / Contents

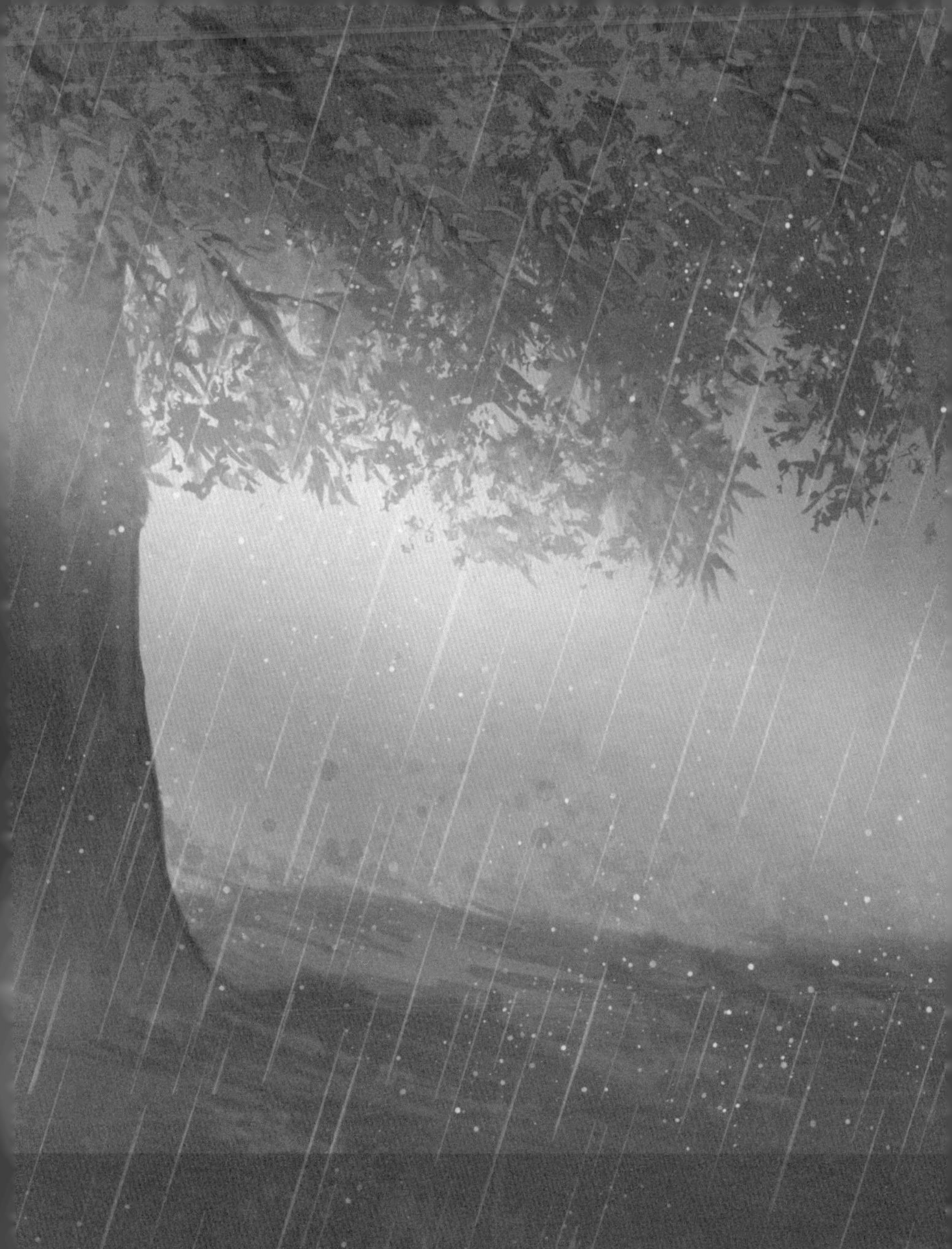

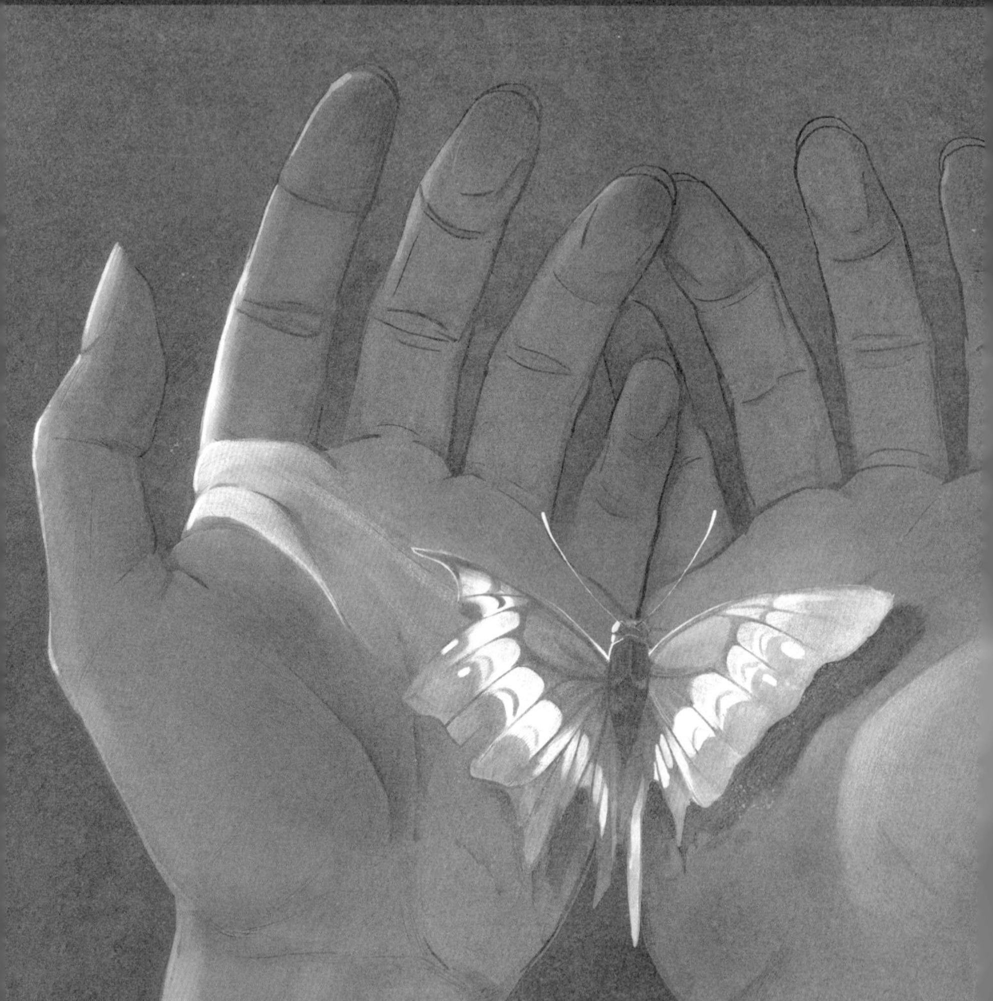

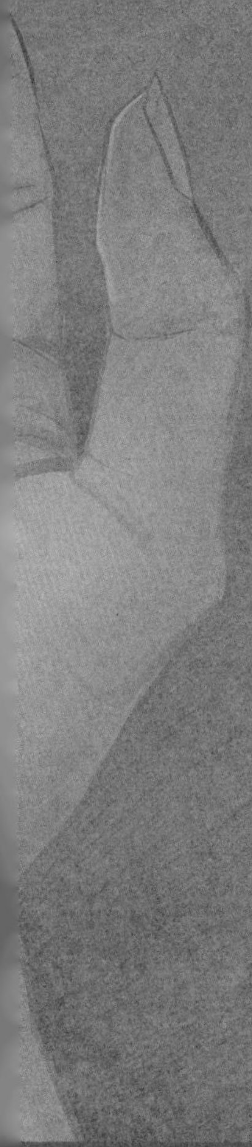

一件事能造成的最大效应，

都在这个蝴蝶图像的范围之内，

即理论意义上的一件事的发生和消亡。

可以被预测的命运，
不配称为命运；
只有人本身，
才是混沌系统的指示剂。

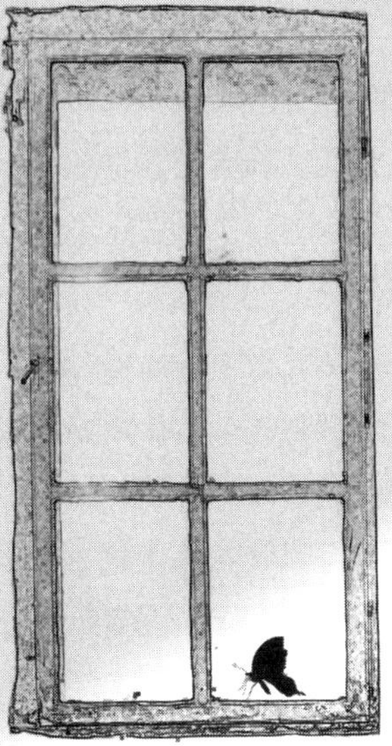

第一章

风暴前夕·2

01

傅落银第二天醒得很早。

傅落银醒了之后，并没有先下床去做早饭，而是先跑去了林水程的卧室，想看看他现在什么情况。

傅落银大气都不敢出，而睡在床头一晚上、不断优雅地调整着睡姿的小奶牛醒了。

傅落银抬眼看了看，正在暗自祈祷“别跳下来别跳下来”，小奶牛就扑通一声跳了下来，在枕头边完美降落。

傅落银目眦尽裂，赶快观察林水程有没有醒，好消息是没有醒，但坏消息是小奶牛似乎并没有立即离开的意思。

小奶牛开始踱猫步，转了几圈后，开始优雅地在被子上踩奶。所幸被子厚实，小奶牛这点动静依然没有惊醒林水程。

傅落银松了口气，并决定一会儿给小奶牛加个鸡腿儿。

刚放下心来不到十秒，傅落银又感觉到床尾有动静。他努力往床尾看了一眼——仿佛感应到小奶牛起床了，小灰猫屁颠屁颠地蹦上了床。

这小灰猫昨天被林水程抱进来，不知道什么时候又跑了出去，这个时候才回来。

小灰猫好奇地顺着被子走了过来，伸长脖子嗅了嗅小奶牛。

傅落银一看小奶牛本来开心地甩着的尾巴都不动了，心知不妙——这代表着奶牛猫的耐心逐渐被消耗。

小奶牛伸爪子挠了小灰猫一把，小灰猫却迅速反扑——只见它把小奶牛猛地一扑，随后舔了舔小奶牛的毛。

小奶牛这下彻底气疯了，大声喵喵地叫了起来，接着和小灰猫展开了大混战。两只猫踩来踩去，喵呜嗷嗷地打架，只差从床尾滚到床头。

林水程动了动，睁开了眼，先瞅了瞅傅落银，随后掀开一点被子，又瞅了瞅在打架的两只猫。

傅落银："……"

他觉得自己从来没有像现在这样讨厌猫。他恨不得现在就把两只猫丢出窗外！

尤其是那只灰色的！

林水程嘀咕："它们又打架了。"

傅落银说："嗯，应该是闹着玩的，把你弄醒了？"

林水程没有回答，他在被子里伸了个懒腰，又往里钻了钻。

林水程就这样埋头不动一会儿后，翻了个身，声音微微有点沙哑："我也准备起床了。是今天去体检吗？"

傅落银愣了好大一会儿，这才如梦初醒，想起来编了个理由骗林水程和他一起去体检。

傅落银说："对、对，是今天。你想吃点什么？"

林水程说："我做吧。"

傅落银正想继续毛遂自荐的时候，林水程瞥了他一眼："昨天鸡炖得有点老。"

傅落银："……"

林水程还是做鸡汤面，一半煮面一半煮乌冬面，顺便给傅落银做了个杭椒牛柳炒乌冬。

傅落银对乌冬面的情结是从在第八区时开始的，他们基地一个月放半天假，有空去市镇上买点速食食品囤起来。第八区本来就在郊区，方圆五十公里内能找到的便利店屈指可数。他和战友们品鉴尝试过后，发现了一种速食乌冬面是最好吃的，从此就对这种家常食物特别青睐。

傅落银看林水程做了自己爱吃的，如果他有尾巴，那么此刻一定会翘到天上去。

他保持着神色上的镇定，去围观林水程煮面，咳嗽了一声后，佯装不经意地问："做这么多乌冬啊？"

林水程："嗯。"

傅落银又问："你喜欢吃乌冬啊？"

林水程瞥了他一眼："还行。"

傅落银坚持不懈："是不是煮多了一点？你看你还炒了一个乌冬面。"

林水程把火转小，磕了四个荷包蛋进去，声音蒸腾在呼噜噜的热气中，平淡温和："你喜欢吃，看你昨天像是没吃饱。"

傅落银有点意外："这你都知道？"

他昨天下面条，没把握好量，抓了一把面条下进去，煮好了才发现分量有点少。他和林水程一人一半，吃光了之后觉得只有六分饱，于是默默地把锅里的鸡汤喝光了。

林水程不再回答，专心煮面。

林水程煮好面条，分装端出去时，就看见傅落银背对着他蹲在餐桌边，拿一根筷子去逗小奶牛，哼着不成调的小曲儿："他知道我喜欢吃什么……他还知道我没吃饱……他给我做有煮也有炒……小奶牛没有乌冬面……小奶牛只有猫粮……"

小奶牛拿绿幽幽的眼睛惊恐地瞪着他，被他堵在墙角，龇牙咧嘴地凶他。

傅落银心情很好地强行摸了一把小奶牛的头，又赏赐般摸了路过的小灰猫一把，回头才看见林水程站在他身后。

林水程瞥了瞥他，好几天没什么表情的脸上也有了一点波动，他勾了勾唇角："吃饭了。"

傅落银咳嗽了一声，立刻跟没事人一样，成熟稳重地去了餐桌前。

吃完后，傅落银自觉地去刷锅洗碗，林水程看他又"霍活儿"一大堆清洁剂，欲言又止，想了想后还是没说什么，由他去了。

吃完饭后，林水程和傅落银换了衣服。

司机按时开车到他们家门口。

傅落银一早就联系好了苏瑜，他们的体检就在三院做。林水程很安静地跟着傅落银，傅落银做什么检查，他就做什么检查，要他验血拍 CT 都乖乖去了。

几个科室检查走完，接下来是心理精神科。

傅落银正想找借口说"你天天睡不好，要不要看看"，林水程说："这里不用了吧。"

傅落银愣了一下，接着下意识地点了点头："对，不用了，咱们肯定没有这方面的问题。这个就不用检查了。"

他一边顺着林水程的意思走，一边跟苏瑜沟通着战略："怎么办？"

心理精神科的检查是一张心理状况调查表，傅落银劝不动林水程进去填，有点着急。

苏瑜想了想："其实去不去无所谓吧，病理水平上的改变可以从林水程的检查情况看出来，那张表起个调查作用，辅助确诊用的。按照林水程的性格，他如果不想因为这个病耽误事情，很可能也不会老实填表，比如病发表现填'无'，很多讳疾忌医的病人会这样。但是心理精神科实际上不是靠那张表诊断的，从病人走进来的那一刻起，医生就在观察病人，比如反应力、逻辑能力有没有受到影响。"

傅落银不放心："我还是拿过去给林水程填一填吧，帮助医生判断。"

他领了两张表格。

等其他项目检测结果的时候，林水程去看林等。

傅落银借口抽烟，去吸烟室外给苏瑜打电话："怎么样？结果出来没？"

"在看了在看了，林水程这个抑郁情况没跑了，他身体激素水平有改变，还有脑区也出现了病理性病变，不过不严重，可以药物治疗，其他的，有点贫血。"苏瑜在分析室内，感叹道，"林水程身体素质挺不错的，'抗造'啊，大问题没有。"

"那行，我先挂了。"傅落银说，"一会儿周衡过来拿药，记得我的要求。"

"你等等啊，还没说你呢。"苏瑜说，"你的问题，比林水程的还要严重！你的胃病很严重了，再'造'下去会胃出血的，知道吗？年纪轻轻的，不怕得癌症啊你！负二，还有心律不齐！要规律作息！禁止熬夜！别成天当工作狂了！七处又不是只有你一个人……"

苏瑜叽里呱啦了一大堆，傅落银"嗯嗯"地应着，无奈地说："好，就这样，我去找林水程填表。"

林水程坐在ICU门外，低头刷着手机。

傅落银离远了看，林水程手机屏幕上是写得密密麻麻的什么文档，他先是有点吃惊，随后又有点高兴——林水程现在肯看点资料了，这是一件好事。

他看过林水程这段时间的资料，知道他已经很长时间没能打起精神来了。

他挤过去挨着林水程坐了下来，顺手把表单递给他："那个……这里有张社区心理情况调查表，刚刚有个志愿者塞给我的，咱俩要不填一下？”

林水程看了他一眼，没说什么，接过来看了看。

那是一份医院常用的国际标准心理健康自测表，问题都有很明显的确诊目的性，林水程一眼就看了出来。

他偏头看了一眼傅落银。

傅落银正在认认真真地填他的那一份表，脊背笔挺，神情凝肃得如同正在签什么重要文件。

昨天傅落银劝他来医院体检的时候，林水程多少感觉到了什么。

傅落银要他来看病，或许也察觉了他的情况。

那是他曾撕碎扔在垃圾桶里的不甘、屈辱和愤怒，他从来没有想象过，自己有一天也会成为被这种疾病左右、折磨的人。

命运在剥夺他珍视的一切之后，终于开始剥夺他自己。

问卷调查提供四个选项，按照严重程度递增。

“我夜间睡眠不好。”

他在心里想，他会圈出“否”。

“我对未来感到有希望。”

是。

“我的生活很有意义。”

是。

“我仍旧喜爱自己平时喜爱的东西。”

是。

…………

这些是他应该圈出的答案，平静冷漠，不会让任何人看出端倪，带着他从小到大的叛逆。

“我填好了……嗯，你还没开始啊，不着急，慢慢填。”傅落银放下笔凑过来，接着大度地表示，“我不看你的，我去看看等等。”

他走出去一步后，又想起了什么一样，回头认真地告诉他："但是你……你可以看我的。"

这话一出口，傅落银立刻后悔了。

小学生吗？

他揉了揉太阳穴，隔着ICU探视门往里看，背对林水程，以此来掩盖他的不安。

他不知道林水程会填成什么样子。

心理自测表，字字句句问的都是心底最隐秘的思想。如果林水程不愿开启那扇大门，那又有谁能走进他心里呢？

可是他依然无比想知道林水程在想什么。

如果他知道了，可不可以让林水程稍微快乐那么一点呢？

过了一会儿，他听见林水程说："我填好了。"

傅落银回过头，看见林水程正把两张表整理在一起，叠放在膝上，签字笔也收好别在纸上。

他坐在陪护长椅边，天光透入，照得他发丝边缘微微透亮，这场景有种说不出的惬意。

傅落银说："那你等等我，我先给那个志愿者送过去？对了，苏瑜说你缺维生素，还贫血，一会儿会给你拿点药，补充微量元素，记得按医嘱吃。"

林水程点了点头，把表递给他。

他轻轻地说："你也可以看我的。"

傅落银愣了一下。

日光从窗户外透入，冬天的走廊上清清冷冷，说话都冒白气。

林水程凝视着他，乌黑的眸子清亮安定。

"我在这里等你。"

他接过那两份表，迅速走过拐角，往电梯走过去。他要去找苏瑜。

傅落银低头看林水程填的表。

“我夜间睡眠不好。”

是。严重。

“我对未来感到有希望。”

否。严重。

“我的生活很有意义。”

否。严重。

“我仍旧喜爱自己平时喜爱的东西。”

否。严重。

“我吃饭仍然和平常一样多。”

否。较严重。

…………

每一道选题，林水程都如实圈出选项。

他平静地接受了这样的诘问与自审，然后将它交到傅落银的手中。

“林水程居然全部认真填了！”苏瑜在办公室里瞪大眼睛，“负二，有你的！林水程能认识到问题，接受问题，这件事已经特别好了！你搬过去还真有用！我还以为他会特别抗拒接受治疗……”

傅落银笑了笑，但是那笑容有些难看。

他低声说：“给他开药吧。”

“准备好了，按照你说的，所有药都装在维生素瓶子里，看起来就是普通的维生素片，林水程自己看到了也不会难受。这几种药的区别你别忘了——我给你列了个表，写明了使用注意事项。记得要林水程按时服用，还有一定要注意不良反应，抗抑郁药的副作用都很大。”苏瑜说。

傅落银点了点头：“好。”

他下楼时，林水程在陪护区抽了本杂志看。

傅落银调整了一下笑容，把几种药塞给他看："你的药，按时吃，我会监督你的。"

林水程接过来看了看——全是维生素片包装盒，不过打开后别有乾坤。

开的四种药，四种他都认识——即使没有外包装，单看药丸，林水程也能认出那是什么药。

其中那款淡蓝色的还是他亲手参与研发的，副作用是几乎无休止的睡眠。

林水程把淡蓝色的药打开让傅落银看，然后问道："这是什么？"

傅落银面不改色："维生素 A，本来应该是淡黄色的，不过为了好看加了蓝色糖衣。"

林水程说："我不喜欢维生素 A，这种药可以先不吃吗？我吃了它会想睡觉。"

傅落银愣了一下："我给苏瑜打个电话。"

"好。"林水程把其他三种药收了起来。

苏瑜接了电话。

傅落银硬着头皮说："那个……林水程说他不喜欢维生素 A，吃了想睡觉，就是那个淡蓝色的，他一定要吃这种药吗？"

苏瑜压低声音："那种不吃也行，差不多是等效替代药，而且是第二阶段的药，到时候你再来我这边换就是了。其他三种药没有嗜睡副作用，我给林水程找了副作用小的。"

"好。辛苦你了，小鱼。"

傅落银放下电话，小心翼翼地告诉林水程："我问了，可以不吃，没事的。"

林水程垂下眼帘，很乖地说："好。"

02

傅落银给林水程制定了一张按时吃药计划表，其中有一种药是吃一周之后要改变次数的，还有一种是其他种类的药吃过的第二周才能启用的，总之就是变化多端。

他把做好的计划按时间全部填入了手机备忘录，手机每天嗡嗡地按时振动起来，他就会催促林水程赶快吃药。

有时候林水程在睡觉或者没醒，但是又确实到了要吃药的时候，傅落银去叫他，他就咬傅落银，一口下去不轻不重，然后他蒙头继续睡，惹得傅落银也没什么脾气。

在这种情况下，傅落银也没有更好的办法，后来他琢磨出了一个主意，那就是在两只猫之间煽风点火，让它们闹到林水程跟前去，把林水程弄醒。

随后，他非常自然地提醒林水程吃药，一切都顺理成章。

这天眼看又要到吃药时间了，傅落银退出会议指导资料的观看程序，去把林水程要吃的药拿出来放好，把温水也倒好。

林水程在睡午觉。

他昨天没睡好，夜里惊醒五六次，后来跑去了客厅抽烟——抽傅落银的薄荷烟。

他就那样一个人坐在幽暗的客厅里，手里的香烟火星明灭，光芒暗淡，照亮他一部分淡漠的轮廓。

傅落银察觉了，但是没有出声。

小奶牛正以贵妇姿态趴在窗台上，横卧成一条奶牛色的法棍面包。

这个地方是小奶牛这几天来占领的高地——足够高，适合趴卧，还只能容下一只猫，而不是两只猫。小灰猫想跳上来，但是屡屡被小奶牛赶走，最后只能蔫头耷脑地在桌上蜷成一团，就在傅落银身边继续打呼噜放屁。

傅落银站起身，去窗台边把小奶牛拎起来——这猫最近肯屈尊让他摸一摸了——然后将它丢到了林水程床上。

小奶牛浑身的毛一下子就竖了起来，警惕地看着他。

傅落银没管，继续去拎小灰猫。

这只灰猫倒是乖顺得多，乖乖被他抱着过来了。

接着，傅落银捏起小灰猫的爪子，往小奶牛头顶一拍，而后把声音放得极轻，用类似哄骗的语气对满脸惊恐的小奶牛说：“你看，它打你。”

小灰猫甩开他的手指，凑过来想嗅一嗅小奶牛，舔舔小奶牛的毛，小奶牛爪子一蹬就要跑，却反被小灰猫摁住了，两只猫立刻在床上滚了起来。

林水程动了动。

傅落银赶紧往外跑，过了一会儿拿着一个水杯和提前准备好的药进来。一抬眼，林水程揉着头发从床上坐了起来，眼底有点憔悴和疲惫。

他看着床上打成一团的猫咪们。

傅落银赶紧走过去，哄他：“来，把药吃了再睡觉。”

林水程吃了药，把杯子递给他，又不动了，整个人呆呆的。

傅落银耐心地在床边坐下：“还想睡一会儿吗？我给两只猫关禁闭？”

林水程不置可否，傅落银于是把两只猫关去了房门外，而后关上房门。所谓的“关禁闭”其实就是把猫赶出卧室而已。

傅落银还要感叹道：“这两个小东西真是太坏了。”

林水程这回都懒得瞥他。

半个小时后，林水程再度醒来，觉得浑身都没力气。

他翻了个身，从枕头底下摸出手机，解锁后继续看。

这几天他的手机页面就没换过，一直是他从电脑上拷贝下来的九处资料。他清醒的时候，想起来就看一看。

那些事故案例里面虽没有他想看的，但是他这两天依然看了下去。

他正在看的是一个与他在盘山公路上经历的一切极其雷同的案例，而整个事故链是极长的。

时间是三年前，联盟举行各分部火炬传递赛，规划路线时因为与一个已经开始建造的私人医院选址有所冲突，所以临时决定改道。这个改道决定及时上传了联盟路线规划中心，如果由AI控制进行，不会有任何问题。

但当天领头的巨型横幅车却刚好是真人操控的——为了响应联盟的重大赛事，车辆领队都是真人。

那天下大雨，司机行进到一半，突然被通知路线改变了，而后司机按指示掉了头，整体调度时间因此产生了两分钟左右的推迟。就是这两分钟的时间差，导致这辆车之后的车辆也迟到了，最后一辆巨型横幅车没赶上正常入场时间，当它入场时，司机拐了个弯，直接在视野盲区撞碎了整个火炬手阵列！

这辆车按照预定路线行进，在车辆系统检测到拐弯处有大批人流的同时，司机迅速从较高的车速中进行紧急刹车，但是惯性依然导致了十九人受伤、五人遇难。

在场没有任何一个火炬手意识到死亡的阴影会突然从他们身后出现。现场直接全盘崩溃，惨不忍睹。

这就是两年前颇为出名的“火炬惨案”，有关此事故，“幽灵车”的相关言论层出不穷，吸引了大批玄学爱好者和阴谋论者，当事司机因为承受不了舆论压力而自杀谢罪。

然而事情还没有结束，鉴于社会影响，联盟要求大型活动中禁用人机合作的模式，全面推行 AI 路线规划，这种要求被落实到了各行各业的方方面面。失业人数上升，尽管联盟提供了相当好的失业福利，但是大部分人在相当长的一段时间内感到落差极大。

这种环境下催生了许多激进分子，他们一度联合起来向联盟政府抗议，要求政府注重人民的自我价值需求，尝试协商无果后，一夜之间涌现了大量自创的宗教组织和游行集会，对联盟本身造成了非常重大的影响，在与不法分子的斡旋中，甚至出现了警员牺牲的情况。

而其中一个曾经出现过的团体，曾用名是 RANDOM。

它只出现了一天，便淹没在各种各样的标语中，至今能找到与之相关的资料只有一条无法追踪、无法确认用户所在地的动态记录。

那一天，一个“三无”小号发布了一条语焉不详的信息：“We are at random.（我们是随机的。）”

用户名为 unpredictable（无法预测）。

这一条记录，正是这次事故被九处列为“不确定性”案例的原因。尽管那个组织已经湮灭，毫无声息，几年前的抗议活动也已经销声匿迹，但只要是知道这件事的人，都不免会把它与现今的 RANDOM 组织联系起来。

“醒了，在看什么呢？”傅落银随口问道。

他以为林水程在看普通的学术资料，结果扫了几眼，看见的却是阴谋论、八卦之类的东西，不由得心头一凛——林水程现在本来精神就不太稳定，而且对于连锁反应、蝴蝶效应、意外事故等反应特别大，再接触这种不怎么正能量的信息，怎么得了？

他刚想把林水程的手机拿走，抓林水程过来跟自己一起斗地主的时候，却听见林水程轻轻说话了。

林水程问他：“RADOM 这个组织，到底是什么样的？”

傅落银想起来，林水程在名画案时算是跟 R 组织打过交道，罗松案因为巧合避开了，但是不免让人心有余悸，好奇也是正常的。

他沉吟了一会儿："具体的不好说，我也没怎么接触过这个组织的信息，七处牵涉不大。目前只知道，对方应该拥有难以复制的高科技手段，具体多高，我们七处没有接到相关文件，其他的不能告诉你，涉密了。"

他神情凝重起来，假装若无其事地问林水程："怎么突然对这个感兴趣？"

"看到一个案例。"林水程照着手机上看到的给他念了一下，随后说，"我觉得这种蝴蝶效应很有意思。"

傅落银唯恐他又陷入什么可解不可解的学术怪圈里，赶紧清了清嗓子："要我看，压根儿不是这么回事，这跟蝴蝶效应没关系。"

林水程抬起头瞅他。

傅落银："我跟你分析一下啊，所谓的蝴蝶效应，其实就是事情和事情之间的相互影响，这是遵从因果律的自然事实——因果就是事情之间最直接自然的关系。你查清楚了蝴蝶效应，那就等于掌握了因果律武器啊。"

林水程："……"

傅落银继续跟他插科打诨，沉声说："上一个掌握因果律武器的家伙，你知道是谁吗？"

林水程抬眼瞅他。

傅落银说："是小奶牛。它身上有一条不可打破的因果关系。"

林水程："……"

傅落银说："已知把小奶牛丢到床上必然四爪着地，你看，神不神奇？把黄油面包片抛向空中，永远是涂了黄油的那一面先着地。如果咱们把没涂黄油的那一面粘在小奶牛背上，同时把它们抛向半空中，那么小奶牛就会在半空中旋转起来……永动机产生了！"

林水程今天吃什么！

调查人：傅落银

姓名	林水程	年龄	23岁
性别	男	单位	犯罪数据调查部

药品种类	药丸特点	用量	标记
维生素B6	黄色	1~4颗（递减）	一个◯代表一颗
维生素C	红色	1~3颗（递增）	一个◯代表一颗
维生素E	绿色	1~4颗（递减）	一个◯代表一颗

3月（March）　　KILL BUTTERFLIES

周日	周六	周五	周四	周三	周二	周一
5 早 中 晚	4 早 中 晚	3 早 中 晚	2 早 中 晚	1 早 中 晚		
12 早 中 晚	11 早 中 晚	10 早 中 晚	9 早 中 晚	8 早 中 晚	7 早 中 晚	6 早 中 晚
19 早 中 晚	18 早 中 晚	17 早 中 晚	16 早 中 晚	15 早 中 晚	14 早 中 晚	13 早 中 晚
26 早 中 晚	25 早 中 晚	24 早 中 晚	23 早 中 晚	22 早 中 晚	21 早 中 晚	20 早 中 晚
		31 早 中 晚	30 早 中 晚	29 早 中 晚	28 早 中 晚	27 早 中 晚

林水程今天吃什么！ 填表人：傅落银

姓名 林水程　年龄 23岁

性别 男　单位 犯罪数据调查部

药品种类	药丸特点	用量	标记
维生素B6	黄色	1~4颗（递减）	一个代表一颗
维生素C	红色	1~3颗（递增）	一个代表一颗
维生素E	绿色	1~4颗（递减）	一个代表一颗

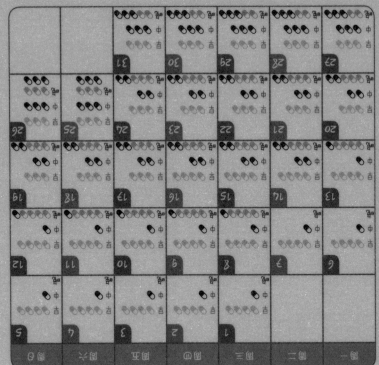

KILL BUTTERFLIES　　3月（March）

周一	周二	周三	周四	周五	周六	周日
		1 早 中 晚	2 早 中 晚	3 早 中 晚	4 早 中 晚	5 早 中 晚
6 早 中 晚	7 早 中 晚	8 早 中 晚	9 早 中 晚	10 早 中 晚	11 早 中 晚	12 早 中 晚
13 早 中 晚	14 早 中 晚	15 早 中 晚	16 早 中 晚	17 早 中 晚	18 早 中 晚	19 早 中 晚
20 早 中 晚	21 早 中 晚	22 早 中 晚	23 早 中 晚	24 早 中 晚	25 早 中 晚	26 早 中 晚
27 早 中 晚	28 早 中 晚	29 早 中 晚	30 早 中 晚	31 早 中 晚		

不是风动/著

全世界都在等我们

大结局

我从前风闻有你

而今亲眼见你

林水程喃喃说道：“这个笑话太冷了，而且已经很老了。”

“所以你看，没什么因果律武器。墨菲定律说坏事一定会发生，那只是概率学的一种说辞，而不是真正的因果关系。”傅落银说，“我们遇到的坏事，不一定是某一环影响的结果，而是每时每刻都在发生的所有事情的集合导致的结果。你念给我听的这个案例，有人会觉得，啊，一次车辆改道引发了这么严重的后果，但是真正的因果是什么呢？——是联盟近年来劳动力市场的置换，包括你知道的有机化学行业，AI 替代了大部分人的工作，很多人直接失业了。他们的自我实现价值突然就消失了……这肯定是一个不安定因素，不在这时候爆发，也会在之后的某一天爆发。

“你不是神仙，小林老师，当神仙多累啊，安排这么多事情，加班加到什么时候去？”

林水程喃喃地说：“可是有人当上了神仙。有人算出来了。九——有人告诉我，RANDOM……RANDOM 好像算出来了。”

“那都是假的，伪神或许可以一时迷惑人心，但是迟早有一天会露出马脚。”傅落银说，他的声音里透着沉稳有力的坚定，“两幅名画的案子是谁破的，小林老师？”

林水程愣愣地看着他。

“现有技术水平鉴别不出来的两幅画，他们就是在把自己推上神坛，可惜还没坐稳当，就被你一脚踹下去了。”傅落银鼓励他，“你可以踹第一次，就可以踹第二次。不就是个蝴蝶效应吗？虽然我理论上也认为不可解，但你要是对这个感兴趣，就放手去研究吧，林水程，你还有什么做不到的呢？”

林水程沉默了一会儿。

傅落银也安静下来，给他一点时间思考。

傅落银知道林水程喜欢钻牛角尖，这种时候只有让他自己想明白。

等了一会儿，林水程开口了。

“还是有做不到的事。”林水程说。

傅落银竖起耳朵，有点紧张地看向林水程。

林水程说：“我没法把黄油面包粘在小奶牛身上，它不喜欢身上粘东西，我抓不到它。”

傅落银看着林水程面无表情地说出这句话，真实地感受到了——

这个笑话的确是太冷了。

03

傅落银连续半个月待在林水程这里，他们把书房分成了两个区域，一边是傅落银办公的区域，另一边是林水程做研究的区域，两人互不干扰。而且由于这房子是杜清吴老教授之前住的，估计他也经常带学生回来做研究，书房里有办公隔断和休息区，非常完美。

七处的人现在时不时地往这边跑，跟傅落银商量事情、汇报工作，傅落银也就心安理得地开启了不上班模式——之前他在七处也是三天打鱼两天晒网地打卡，弹性工作，这下七处直接送了一台打卡机给他。

傅落银也没用它，而是调整了一下系统设置和语音，林水程吃一次药，他就去打一次卡，听电子音以奇奇怪怪的语调说出“吃药成功”，并播放温馨的配乐。

林水程对这个东西没有什么表示，不过傅落银乐此不疲。他每次打卡的时候，林水程就站在旁边瞅他。

就这么“宅”到第十七天的时候，他被傅凯一个电话召回去了。

电话一到，他就知道是什么事，他说：“爸，我现在没时间回来，白家的事我给个教训，他们离开星城还有办法，我这边容不下他们。”

傅凯大吼：“胡闹！白家再怎么得罪你，你也不能这样做！任性！冲动！你知道这样做，背后有多少人要嚼舌根吗？！白家是联盟次一级数一数二的企业！他们前几天联系你没联系上，这下好了，找上我了！”

傅凯声音中气十足，隔几米远都能从听筒里传出来。

林水程正在客厅给小灰猫滴耳螨药，听见傅凯的声音之后，愣了一下。

这种说话的态度和用词，他觉得似曾相识。

傅落银一边接电话一边往阳台走：“找上您了您就说管不住我呗，说说实话怕什么！惹我的人——林水程那天被他们叫来的不三不四的人带出去，路上差点遇到车祸死了——我还没怀疑他们想制造事故呢！”

傅凯刚想说话，就被傅落银打断了：“要是我妈遇到这种事，您也会这么做的。林水程生病了，我在照顾他，真抽不开身回去，前天我让周衡给您二老送了点东西过去，您也快到退休的年纪了，就别为小辈的事着急上火了，我话就撂在这里，有我们傅氏军工科技在，白家就只能去别处。”

傅凯快被他气晕了：“又是那个林……我看你是鬼迷心窍，你们一个两个的都怎么回事？！”

傅落银听他这话觉得奇怪：“除了我还有谁？难不成是苏瑜？林水程应该不会考虑苏家了，也就您信那些小道八卦。林水程很好，就是生病了，还没有痊愈，我在照顾他。”

傅凯说：“我不管你们，半天回家的时间都没有吗？你给我立刻回来！九处有任务跟七处对接，马上过来！”

“爸，九处什么时候跟七处对接过——”傅落银还没说完，傅凯挂断了电话。

傅落银依稀觉得他们刚刚这段对话似曾相识，想了一会儿，“九处有任务要和七处对接”似乎是他用过的借口之一。

“老头子真记仇。”傅落银嘀咕了一句。

他挂了电话走出来，看见林水程抱着猫坐在沙发上看他，挠了挠头：“我爸的电话。一会儿我可能回去一下，你一个人在家可以吗？”

林水程淡定地垂下眼帘：“我不是三岁小孩。”

傅落银连声附和：“我没说你三岁，我是看你要带两只猫，多烦啊。”

他感觉还是不放心，背地里又给苏瑜发了条短信，叫他一会儿过来陪陪林水程。

他现在像划清了领地范围而即将外出狩猎的兽类，时刻注意着自己的领地是否会出现不安全因素，林水程就是其一。

他在稳定的服药下状态有所好转，饭量也增加了一些，看起来病情是好转了许多。而最大的一个好转现象是——林水程开始恢复他的研究和学习了。

傅落银多少有点居功的意思，他一本正经地去问林水程的时候，林水程只是瞥他：“我觉得你的歪门邪道有道理。”

“那还叫歪门邪道啊？”傅落银琢磨，“就不能说我是你的灵感之类的？”

林水程没再理他。

傅落银换了衣服准备出门，站在盥洗间外的镜子前整理衣领时，身姿笔挺，脊背很直。

领口处有一个忘了熨平的褶皱，他就用手在那里努力抻平。

林水程给小灰猫滴完耳螨药，松开它，随口说：“熨斗在烘干机旁边。”

傅落银说：“不用了，就这样吧，也不是回去见外人。”

林水程看了傅落银一眼，欲言又止。

傅落银看他这个表情，差点笑出来——这是傅落银最近又想起来的林水程的一个特点，他的整洁癖很执着，尽管他不会说什么，但是他看过来的眼神就好像很想要把傅落银解决掉一样。

傅落银低声说：“不爱用那个东西，麻烦。不邋遢就行。”

林水程打量了他一会儿后，还是叹了口气，起身去烘干机旁边把熨斗拿了过来。

林水程拿熨斗也跟拿什么化学试剂一样，傅落银觉得他看自己的眼神非常像看一只小白鼠。

他举手投降：“先说好，不熨脸。”

话是这么说，他还是把衬衣脱下来递给了林水程，领口、袖扣还残留着体温。

室内暖和，他也不急着加衣服，就抱臂裸着上半身在那儿等着。

林水程开了蒸汽熨烫给他熨了一下，两三分钟就好了。

林水程问：“刚刚跟你打电话的人，是你家人吗？”

“我爸。”傅落银说，“他脾气臭，奋斗了大半辈子，这不就勒令我回家了！不过我很快就回来。”

林水程若有所思地看着他：“那你刚刚说的七处……九处，是什么意思？”

他对傅落银举了举手机：“这些我都查不到，那天我出车祸，救我的人里也有九处人员，我一直想找个机会送点东西道谢，但是一直没机会。”

傅落银笑：“那肯定是查不到的，九处和防御局都是国安机构，这种性质你肯定了解。不过我在的七处和我爸那边没什么关系，甚至关系不太好……这些你以后会知道的。”

他不动声色地补充：“你以后要是来七处上班，或者直接加入傅氏军工科技，这些都能知道。还有就是……今年过年要不就在七处和我们家科研基地过，好不好？”

他如意算盘打得啪啪响。

他也没抱希望林水程能立刻答应，然而再次出乎他意料的是，林水程唇边勾起了淡淡的笑意：“好。”

傅落银愣了一下：“你说什么？！”

“好。”林水程轻声答应，又问，“但是你跑出来和我过年，家里人不会说吗？应该和长辈聚一聚的。”

傅落银只差高兴得跳起来，他努力克制住了这种冲动，向林水程解释道：“没事，他们可以过来，到时候一样可以见，你也可以顺便认识一下我爸。”

林水程不再说什么，进书房去了。

脚边小奶牛正经过，傅落银没忍住弯腰直接把这只奶牛猫抱了起来，不顾它疯狂挣扎和试图咬他，克制地转了两个圈，看着小奶牛绿幽幽的、愤怒的眼神，然后才想起来了什么似的告诉它：“瞅什么瞅，你也要跟我一起过年。那只灰的也是，都给我老实点。”

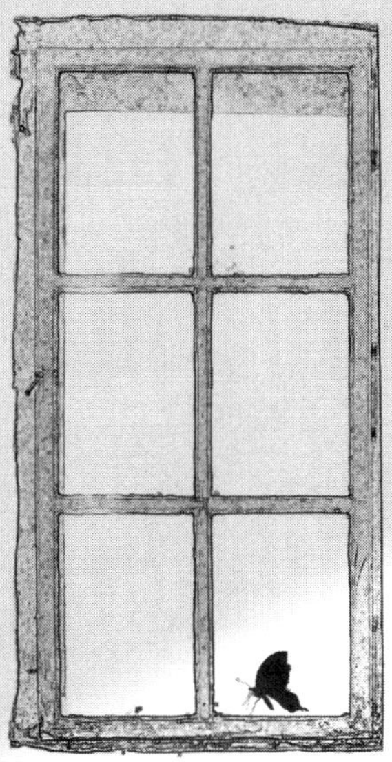

第二章

迷乱

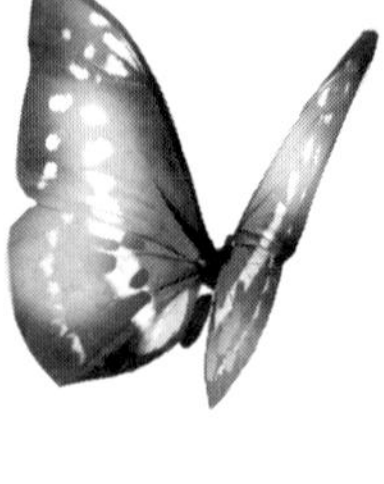

04

傅落银回家前快到饭点，他就先在外边随便吃了个小炒。

等回家时一如他所料，傅凯和楚静姝刚下饭桌，也没给他留饭。

倒是傅落银刚进门时，管家问了一句："二少爷吃点什么东西吗？"

楚静姝听见了这句话，愣了愣，又看了一下快收拾干净的碟碗杯盘，有点犹豫地问傅落银："我给你煲个汤喝？你爸说……说你胃不好，喝汤养胃。"

她今天刚吃过药，状态良好，却刻意不去看傅落银的脸。

"没事，妈，您去休息吧。"傅落银回答得客客气气，"爸找我有事说，您看看喜不喜欢我带回来的杂志和工艺品，我在燕阿姨那里拿了点她收藏的十年前工艺展会的原版布料。"

楚静姝还没说话，傅凯喝着茶，酸不溜丢地说："你生的这个儿子，跑苏家都比回我们家多，快把燕紫当亲妈了，你也不管管。"

楚静姝笑了笑，想了一会儿后，像是不知道说什么似的说道："以后咱们和苏家也可以多多合作。"

傅凯赞许地笑了起来："我看是，苏家确实不错，他们家的孩子苏瑜感觉也很好，起码我觉得比林水程好。"

傅落银说："爸，您要跟我说这个，我就不困了啊，苏家最近那单生意就是陆氏老总看在林水程面子上签的，您知道林水程本科时研发了多少药物，发表了多少论文，参与了多少项目吗？这种人才，咱们家才是要抢着要的。出身重要吗？他就算家里情况不好，照样这么优秀，他如果生在我们这样的家庭，那不是早就一飞冲天了？要不是我在七处，您觉得林水程能成我们自己人？对了，上次警务处那个案子也是林水程破……”

“行了行了，跟我上去，说正事。”傅凯自知理亏，只能先打断他。

傅落银闭了嘴——他现在对林水程的资料履历倒背如流，要他来夸林水程，他能再夸上个三天三夜，傅凯这一套他根本不吃。

傅凯照例就白家的事训了他一顿，训到最后，傅落银勉强松了口：“半年，半年后解除他们的各种限制。还有什么事吗，爸？不着急我就先回去了。”

“你看看你，每次回来都跟坐牢一样，回个家我们还能把你吃了不成？还有那个林水程，你还是要坚持让他来咱们集团？”傅凯重重地叹气。

傅落银却一脸无所谓，甚至带着一点笑意。

傅凯像是也意识到了唠叨太多家常，收声严肃起来：“还有一件事，航天局那位有意接管防御局。”

“还是禾木雅吗？”傅落银皱起眉，“七处和航天局都是她的，她往防御局伸手干什么？”

“她早就管不了七处了，这个我们都一清二楚——你们七处独立得很！一个你，一个肖绝，还有之前从各个部门调过去的科研老头子，禾木雅管得住吗？”傅凯压低声音，沉声道，“防御局目前有点复杂，我是九处派系出身，还有一个副局长是航天局过来的，禾木雅昨天递了申请想接管防御局的工作——契机就是 RANDOM 组织的袭击，她觉得要联合起来。”

傅落银问：“这事对您有影响吗？”

傅凯摇摇头，低声说：“我是担心你啊，你年中才进七处，是个人都知道你是我们傅家的人，我是担心到时候万一要换血，会殃及你。你一进七处就是副处长，别人不盯着你盯谁？这段时间你要注意，尤其是部门的事、B4 的事，一点岔子都不能出。”

傅落银点了点头：“好。”

他进七处是非常不容易的，全靠今年年中退了一个副处长，而七处又急需重启 B4 计划，不得已让他上去了。

简而言之，七处对傅氏军工科技有需求。B4 计划，说穿了是涉及生物化学改造方向的，楚时寒当时带领研究的 DNA 分子生物优化方案，未来会用到生物防疫、植被改造、星球改造方面。这项核心技术目前只有傅家才有，分子生物相关的部分理论更是直接建立在杨之为嫡系学派的理论大厦上，楚时寒作为嫡系大弟子，在这个领域探索得更多。

而傅落银也很清楚这背后的大蛋糕——人体改造、人体优化方向，但是傅氏军工科技自从创立以来，秉持一条基本底线——傅青松立的家规和行规——敬畏，求真。

这种技术一旦运用在人体上，会引发的社会效应和伦理效应是无法想象的，故而傅氏军工科技一直死守着这方面的科技，从来不传外人。

七处要求重启 B4，在傅落银看来，或多或少有点醉翁之意不在酒的意思，但是傅家的加密技术也是世界顶尖的，他们只会给出无法破译的成品，不会让任何人、任何机构钻这个空子。

这也是所有的量子计算机遭到攻击之后，傅落银第一时间想到 B4 计划的原因。

量子安全墙和傅氏军工科技，密不可分。

偶尔傅落银也觉得自己未免多虑：RANDOM 的一系列操作在他眼里，只是为了阻拦 B4 被金・李执导这一件事本身，而并不是真正地想让 B4 停止。

这种感觉和目标是矛盾的，但是他目前没有更多线索。

“还有就是，星城开发了一片地方，我们九处和防御局都接到通知要搬过去了，警务处和二处也是，估计你们七处也快了。他们想把所有力量集合在一起，也方便办公。”傅凯揉了揉太阳穴，“联盟现在确实状况不太好，最近几个月犯罪率呈上升趋势，新的宗教团体也是一拨接一拨的，我们正在追查。R 组织那边，目前我们最担心的就是对方先一步把量子安全墙建起来，这样联盟内部所有数据都对敌人无所遁形。”

“这个部分我记得是杨之为在负责吧？”傅落银问，“进度如何？”

“杨之为恰恰这段时间身体不大好，在养病，进度一拖再拖。”傅凯沉吟片刻，“B4 的那个金·李……”

搞半天是来找他要人了，傅落银想了想：“我回去问问他，涉及国家安全，B4 都可以往后捎捎，但他不是这个方向的，看看他的团队里有没有这方面的人才好了。”

傅凯又皱着眉头思索了一会儿，片刻后开口说：“实在不行，那个林……算了，唉。”

“我瞧着林水程挺好的，怎么算了？”傅落银挑起眉问道，“爸，您刚还嫌弃他呢，这时候又说要请他了？”

“牵涉太多，你不要过问，先问问金·李，”傅凯说，“如果不成，你劝得动林水程的话，让他过来试试。如果他能赶在 R 组织破解我们现有的安全墙之前把量子安全墙的进度推到 80% 以上……那就是多一条命。”

“那是，能有这个成就，他想要什么，联盟都能给他，何止一条命，他想吃一口中子星都能给他送过来。”傅落银随口说道，“不过也看他吧，您不要抱太大希望，他最近状态不太好。”

“也行。再就是你哥这个案子……”傅凯问，“查得怎么样了？”

傅落银一愣。

他确实很久没有想起楚时寒一案了："董朔夜在查，不过他停职，我也忙，最近有些耽搁。"

"哦。"傅凯点点头，又摇摇头，没说什么。

从家里出来后，傅落银才接到苏瑜的电话，说还没去林水程那儿，正在买菜。

傅落银："我叫你陪他，守着他，你怎么买菜去了？"

苏瑜委屈："我给林水程打了电话，他问我想吃什么，我说我想吃啤酒板栗烧鸡，还想吃尖椒干豆腐、清炒虾仁……"他一边说一边吸溜口水，"那我肯定不能空手去啊，林水程这会儿没事，正在远程指挥我挑菜呢……"

傅落银差点一口气没上来："在家都是我做饭，林水程大半个月了就下过一次面条，你一来，他就要做饭？他自己还是个病人！"

苏瑜："你怎么混的，负二？大半个月了都没吃上林水程做的菜啊，真可怜……"

电话被挂了，苏瑜一看，自己又被傅落银拉黑了。

"啧，真小气。"苏瑜嘀咕。

傅落银回家时，饭菜香气已经飘了起来，林水程正在厨房里忙活，苏瑜打下手。

他把苏瑜赶了出来："别站这里碍眼，这些事我来。"

苏瑜一看他这样子，就挤眉弄眼："这怎么好意思？负二哥哥，你这么忙，这里我来吧，你歇着去。"

傅落银："你能做好什么事？以前班上野炊烧烤，我俩组队，叫你烤串，你烤一串吃一串，你待在林水程这里，一会儿都没菜上桌了，别以为我不知道你是饕餮转世。"

两个人激烈辩论的时候，旁边林水程清清淡淡地开口了："你们都出去坐坐吧，看看电视，这边快好了。"

傅落银这才悻悻地拽着苏瑜出去了。

坐在沙发上，两人照例互相损了几句。

苏瑜喝了一口水，忽然压低声音："负二，我跟你说个八卦，从董黑那里听来的，你就听听看啊。"

傅落银说："放吧。"

苏瑜抄起枕头砸过来，随后又认认真真地说道："白一一和傅雪好像闹翻了。"

傅落银："……谁？夏燃身边那两个女的？"

他和苏瑜同时往厨房的方向看了一眼，做贼似的。

苏瑜压低声音说："是的，因为你搞了白家嘛，白一一他们联系不上你，也联系不上林水程，本来想拜托傅雪联络林水程，让他劝你松口——毕竟这件事的事主也算是林水程吧，但是傅雪没答应。你当时也在，陆家不是跟我们家签了合同吗？扬风纳米这下也知道林水程有多重要了，傅雪现在赶着巴结林水程都来不及，所以——直接拒绝了白一一。"

傅落银对这些只有名字眼熟的陌生人之间鸡毛蒜皮的小八卦不感兴趣，不过涉及林水程，他还是听了下去。

苏瑜继续小声说："白一一是被他们家宠坏了的，还是小孩脾气，她跟傅雪吵，傅雪也没忍住火气，两个人差不多算是打了一架，然后彻底闹掰了，白家现在是谁见了都要踩一脚，白家父母差点给白一一气出心脏病来。"

傅落银想了想："你和白一一关系不是还不错吗？你有段时间说跟女生一起打游戏，就是跟她吧？"

苏瑜叹了一口气："我本来以为她人挺好的。"

"这可不是小孩脾气，别侮辱小朋友，林水程还是小朋友的时候，多懂事、多优秀。"傅落银说，"他们自己作死拦不住。"

苏瑜白了他一眼："得了吧你，拐着弯炫耀林水程，当我听不出来？"

傅落银憋不住笑。

05

白一一和傅雪闹翻之后，夏燃跟着也与众人失去了联系。

他一个人待在董家，闭门不出。

董朔夜经过楼下，看见夏燃照旧在看电视，电视上播放着一部老旧的爱情电影。

他在茶几上放一杯水，问夏燃："怎么了？"

全联盟都已经传遍了"傅家小公子冲冠一怒为知己"，直接整治了白家的事，这是最近联盟内部风头最盛的"大瓜"，连带着林水程本人所有的资料都被扒了出来。

不怪联盟多事，而是傅落银之前十年，身边的所有人都未曾拥有过姓名，许多人扒来扒去也扒不到什么。

林水程可不一样，扒他很容易。林水程那耀眼的履历更是让所有人清楚地看到：这样的人绝对是傅家重点培养的人才！

夏燃接过水，冲董朔夜笑了笑："我在想，我还是回去吧。考研我考不上的。"

"你还没开始考就说自己考不上？"董朔夜在他面前坐下，闲闲地问，"你以前不是这样的。"

他一只手里拿着一个空白笔记本，另一只手拿着手机，正在办公，逐条核对着记忆里那半本联系人名单。

夏燃沉默了一会儿，然后说："我应该是什么样的？"

没等董朔夜回答，他就补充问道："其实你也不太看得起我身边的人，是吗？"

他从小就八面玲珑，董朔夜对他的态度却一直捉摸不定，董朔夜是他对门的邻居，是庇护他的哥哥之一，但是他从来不知道董朔夜的想法。

夏燃轻声说：“我知道傅雪姐姐和一一姐都有缺点，但是这次这件事……我真的没有想到，她们就这样闹翻了。”

“本质上是为了利益，不然你以为呢？”董朔夜问他，“夏家是多大的肥肉，你清楚。”

“可是他们在我家快破产的时候——”夏燃的话被董朔夜打断了。

董朔夜问：“陪你玩？安慰你？带你泡吧喝酒，告诉你瘦死的骆驼比马大？傅落银一直在帮助你，而你选择自暴自弃。”

夏燃愣住了。

“别傻了，燃燃。”董朔夜叫了他的小名，声音很轻，沉着冷静，“我认识的你不是现在这样的。以前在大院里，所有人都知道，傅落银是夏燃的朋友，而不是夏燃是傅落银的朋友——从什么时候开始你变了？这样你觉得很高兴是吗？但是你自己呢？你什么时候连一丁点骄傲都没有了？”

董朔夜很少有这种情绪外露的时候，今天是第一次。

夏燃眼眶红了。

他忽然意识到，如果放在以前，只要有人敢用这样的语气来教训他，他一定会跳起来顶回去。

他和傅落银吵过那么多次架，莫不是如此。

他站起来：“我想……我想冷静一下，谢谢你。”

回到房间，夏燃打了母亲的电话。

“喂，燃燃？”夏妈妈接到电话，很惊喜，“你不是说这几天忙吗？妈妈都没来得及给你打视频电话，你在干什么呢？”

“妈，我想回家。”夏燃声音有些沙哑。

“不是，回什么家呢？不是说过去考研吗？”夏妈妈被吓了一大跳，“怎么了宝贝，不开心了？出什么事了？”

夏妈妈的声音压低了：“是不是因为小傅的事儿啊？妈也听说了，你别不高兴，我帮你打听过了，那个姓林的啊，傅落银他爸可是看不上的！你抓紧机会。”

夏燃苦笑：“妈，你还能向谁打听？我可能也没有机会去傅氏上班了，真的。”

“你听我的，燃燃，这个消息绝对可靠！”夏妈妈继续压低声音，“不考研了也好啊，我那天听你爸说，联盟中心的这些机构组织都要搬到一块儿去了，你随便考个什么二处、警务处，让董家帮你牵线，以后再慢慢升也是有可能的！”

夏燃忍不住大叫起来：“找关系找关系，你们只会让我找关系！”

他哭出了声，哽咽着说：“我要自己考，我一定要自己考，我想去七处。我想试最后一次。”

林水程做了一桌子菜，除苏瑜点名要吃的几样外，他还做了三椒牛排和肉丝乌冬面。

傅落银立刻跟苏瑜“臭屁”起来，偷偷告诉他：“这两个菜都是我爱吃的。”

“啧。”苏瑜看他那嘚瑟样，觉得鸡皮疙瘩都起来了。

“苏瑜今天怎么来了，医院休息吗？”林水程问他。

苏瑜摇摇头：“唉，我实习期满了，先休息一段时间。其他 offer（指录取通知）我也拿了几个，都不感兴趣，董黑反正是建议我抽空继续念书。”

“是吗？”林水程笑了笑，“我最近也想找个工作。”

傅落银正在喝汤，一口汤差点喷了出来。

苏瑜也傻眼了：“啊？”

“量子分析系关闭了，学校暂时没有事情，我觉得老待在家里也不是办法，最好找个工作吧。”林水程说。

苏瑜立刻反应过来了——林水程有意愿工作，这其实是一个非常好的趋势：“当然可以啊，林水程，你绝对不愁工作的！你想找什么样的工作，我可以帮你介绍介绍吗？”

林水程想了想：“国安九处，或者防御局这样的地方，难度大吗？我是想，这些地方可能会稳定一点。”

苏瑜又愣了。

傅落银也愣着，好半天后把筷子一放：“去九处干什么，你直接来七处上班就是了！我给你安排……给你安排……”他想了半天，“给你加个分析师岗位怎么样？明年‘危检指数’我们七处争取了！”

苏瑜嫌弃地看了傅落银一眼，随后告诉林水程：“林水程，你想考这些地方没问题，二处、七处、九处、警务处、国安局、防御局都在一个系统里，要统一考试，考试过线之后再统一填报岗位进行面试。笔试考基本能力，面试考专业。这个我之前也考过，我在警务处一科当法医，还有好多笔试的资料，林水程，你要是想要，我一会儿把资料送过来，还可以跟你分享一下备考经验。”

傅落银说：“还考什么，直接来我们七处不就——”

“傅落银。”林水程轻轻打断他。

小灰猫走了过来。

他没话说了，好半天才悻悻地说：“还是看你喜欢，也不一定要来七处，我就是推荐一下。”

苏瑜难得看傅落银吃瘪，憋着笑了好半天。随后他才想起来什么似的，皱起了眉头：“不过，林水程要今年考吗？我之前听董黑说今年之内别考，说不安定，负二，有没有这回事？”

傅落银愣了一下，随后想起傅凯昨天跟他说的那些话，皱起眉头：“他这什么嗅觉啊……狗鼻子吗？今年是有点事，说得也对，林水程，你别来我们七处了，不安全，九处和防御局也别去。傅氏军工科技不错，在那里也能发挥你的本事。”

林水程想了一会儿，问道：“那警务处可以考，是吗？”

傅落银又想了一会儿：“警务处和二处都可以，不过你要是去警务处，要应聘什么岗位？你不是警校出来的，恐怕专业不对口，他们那边挑人规矩多，一般是比较难过面试的，而且离今年最后一场考试不远了，没多少时间给你准备。”

林水程还是安静地说：“没关系。我想快点找到工作就好。”

苏瑜在旁边看他这么云淡风轻地一笑，内心默默感叹：这就是学霸的自信吗？！

联盟系统考试每年一共四场，分春、夏、秋、冬四个季节进行，定点考试，面试时间则由各单位自己决定。

已经十一月底了，眼看离过年不远了，离今年十二月二十五日的最后一场考试，只剩下不到一个月的时间。

傅落银再一次见到了林水程的学霸状态，吃完饭后，苏瑜开车跑了一趟，把自己以前的资料都送了过来。

林水程查看了一下考试信息和科目信息，直接报了名，随后去书房刷题了——中间毫无过渡，执行力强到可怕。

傅落银刷了碗、喂了猫、铲了屎，看林水程这么用功的样子，没忍住问他：“好学生，学习好有什么诀窍吗？有没有什么心得分享？”

林水程抬起眼瞅他，过了一会儿后说：“把所有的题都做一遍就可以了。”

傅落银看了看桌上堆积如山的资料和真题。

他怕林水程累出毛病，于是把自己的办公桌搬到了林水程旁边，林水程刷题，他也跟着在旁边签文件。

后来签到半夜，林水程还很精神，他却趴在桌上睡着了。

林水程做完一套试卷，抬头看见傅落银趴着睡了，不由得停下了手里的动作。

傅落银有时候没个正形，不太正经的样子，不像个大公司的总裁，也不太像什么运筹帷幄的副处长，而是像一个普通的大男孩，有点痞气，散漫，可是醒来时又正经沉稳。

林水程伸手轻轻关掉了桌上亮着的刺眼台灯，随后拿起椅背上搭着的外套，给傅落银披上了。

他继续就着暗淡的书房灯光做试卷。

“董副科长，您让我们查的全部联系过了，一共七千八百条通话记录，确认无误，都没什么异常。”

“知道了。”

董朔夜放下手机，对着空白笔记本闭上眼睛。

他在脑海中填上了一笔：楚时寒联系记录已确认，无异常。

唯一的异常是禾木雅的那次通话记录。

楚时寒这个九处派系的人，为什么会跟禾木雅联系呢？

他们目前没有跟禾木雅方联系确认的渠道，在有更多证据和跟禾木雅联系之前，他们贸然去询问，只会惹怒她。

但是除了这一点，依然还有什么不对劲的地方。

他是遵从直觉的人，他这一生所做的每一个选择，大半出于直觉。

脑海中的数字排列重组，他一个数字一个数字地回忆过去，严肃地审视着这一切。

楚时寒去世前的通话记录，联系人、拨号地点、联系人所在地、通话时间、拨打时间……

董朔夜猛地睁开眼睛。

通话时间！

楚时寒出事前四年，近万条通话记录，董朔夜在脑海中直接把通话时间段排成了频率表。

第一年，一切正常，通话集中分布在白天工作时间和晚上十二点之前，凌晨的电话很少。

奇怪的地方是从第二年开始的，这一年楚时寒大四毕业，进入杨之为的实验室念研究生。

楚时寒的通话时间，突然有一段消失了，那就是晚上八点到九点这一段时间。

董朔夜仔细查找了一下，从那往后整整三年，直到楚时寒遇刺当天，三年里没有一通电话是在晚上八点到九点打来的！

这段时间并不是楚时寒的休息时间，因为记录显示，楚时寒的休息时间一般都在半夜十二点往后，不可能连续三年在这个时间段内一个电话都没有。

——傅凯这次给傅落银的数据，依然是被处理过的！

而被抹去的这个时间段内的东西，他们依然无从得知。楚时寒在和谁联系？

傅凯为什么要隐去这个细节？

他皱起眉。

一个成年男性，每天，或者高频率地空出晚上的一个小时来打电话，会是为了什么？

客厅电视还放着老旧的爱情电影，色彩明灭，灯光晦暗。

年轻的男孩和女孩披着衣服，在瑟瑟寒风里，靠着宿舍楼下的电话联络彼此，甜蜜而温柔。他们的爱情是这样稚嫩年轻，又是这样珍贵而不可复制。

董朔夜眼皮一跳，伸手关了电视。

他调出短信页面，点击收件人傅落银。

“你哥有对象，去查一查，他研究生时期，一定有一个恋爱对象、感情稳定的伴侣。”

06

傅落银第二天早上给他回复：“我哥怎么又突然有对象了？我爸给我的资料依然不完整，是吗？我爸还跟我说，我哥跟我不一样，他不早恋——”

董朔夜：“目前还不能下定论，不过你去查一查，这是个可能的方向。”

傅落银问：“理由呢？”

董朔夜：“直觉。”

傅落银：“……”

他跟董朔夜同学这么多年，当然知道他的直觉是个多可怕的东西。

傅落银沉思了一会儿：“我觉得可能性不大，不过你的直觉……行。我先回家看看我哥的遗物，至于大方面的调查，目前不要轻举妄动。”

社会关系调查是非常浪费人力物力的事，尤其是牵涉重大案情。傅落银他们之所以要从九处和警务处调来原来的档案就是这个原因，傅落银越过九处和警务处，以七处的名义强行重启楚时寒的案件，实际上是有些出格的，这件事已经让许多人颇有微词，如果再从头进行一遍调查，恐怕会有人抓住这一点来做文章——尤其是在最近，风口浪尖。

傅落银抽空回了一趟家，把楚时寒的遗物再次收集了起来。

楚时寒的房间还是原样，大部分东西按照原来的位置摆放，桌上纤尘不染，床上用品也整齐洁净，连用过的草稿纸都整理好叠放在桌上，就像他没有离开过一样。

楚时寒留下来的所有文字资料他们之前都看过，没有发现什么异常。

傅落银随手拿起那沓草稿纸看了看。

楚时寒打草稿的习惯和大部分人一样，乱七八糟地写满了。用铅笔写完之后偶尔有擦除和删改的痕迹，用铅笔写完了又用圆珠笔再写一层，密密麻麻的都是公式和演算方法。

傅落银看了这些草稿纸一会儿，忽然想到了什么，给董朔夜打了个电话："董黑，我哥留下来的东西做过痕迹分析吗？"

董朔夜说："还没，你是指什么？"

"草稿，人在打草稿的时候或多或少会留下一点生活的痕迹，尤其是休息和走神的时候。之前我哥的草稿笔迹分析没有异常，但是我们没有做痕迹分析，有些地方他擦除了，有删改，这些被消去的痕迹或许可以检查一下。"傅落银问，"五个标准箱的草稿和笔记，全部做痕迹分析要多长时间？"

董朔夜说："半个月到一个半月，时长不等，我一会儿让人过来取。这个是完全可行的。"

傅落银说"好"，挂电话之前，他忽然又想起了什么，告诉董朔夜："对了，林水程今年冬考打算考你们警务处。你们那儿最近有合适的岗位吗？"

董朔夜的停职调查接近尾声，没有查出任何异样，最近也快到他重新去上班的时候了。

董朔夜想了想："最近没有，招人这边是人事部在管，一般警务处 99% 只招警校出身的，林水程要考进来恐怕有点困难，如果他要进来工作，我的建议其实是考二处情报局，那里面向社会招生更多，而且涉及情报分析、数据排查等，林水程的量子分析专业也更对得上。还有，警务处其实排外挺严重的，如果不是警校出身，林水程恐怕多少会受委屈。我当年和苏瑜考这边，苏瑜初试是680分，我689分，前后三年就我和他两个人是直考进来的，而且这还是在专业对口的情况下，我是警校毕业，小鱼是法医系的。”

傅落银说：“算了，他喜欢，让他考考看吧。”

联盟公务员考试满分是750分，一般初试分数线是520分，但是初试分数线之上还要分好几个档次，来决定考生是否有能力获取考试资格。

就拿警务处举例，它有星城一科和分部副科的区别，只有一科才是核心中的核心，而分部副科则是面向各个分部甚至分区、分市镇岗位的。

警务处不太喜欢招直考的人。里面的传统依然是按资历来，星城中心层，除了董朔夜这种自身能力极强的人，大部分是从基层一级一级地升上来的。所以警务处核心的初试标准，其实已经带上了隐性的门槛，在警务处的人眼中，直考的人不具备警校四年培训出来的专业度和敏锐度，只会增加培养成本。

傅落银拜托董朔夜帮林水程多方打听，还打听到了一个非常不利的消息，那就是今年警务处招考取消了预估初试分数线。

饭桌上，林水程问：“取消预估初试分数线是什么意思？临时不招人了吗？”

这些天还是傅落银做饭，他偶尔犯懒了，两个人就叫外卖吃。

傅落银往林水程碗里夹了一筷子麻辣虾球：“虽然不是不招人，但是意思跟不招人差不多了。往年各个部门都会公布预估初试分数线，这样最后会录几个人，考生在考试之前大概有个底，也方便考完之后有个参考，这里面还有一个更简单的意思：这个分数线往上走二十分，差不多就是保底分数，只要最终成绩在预估初试分数线往上二十分左右，那么这个部门就不可能拒绝你的初试。”

林水程若有所思：“今年警务处取消了预估初试分数线，这就是说，即使分数非常高，也有可能会被他们拒绝初试？”

傅落银点了点头：“差不多是这个意思，可能警务处今年没有直考招人的计划了，不过你也别灰心，尽力去考就是了。如果警务处不行，还能报考别的。”

林水程乖乖点了点头。

傅落银看着他，笑着叹了一口气：“其实我挺想让你考七处的，可惜七处这边不太稳定。我脚跟还没站稳，估计你以后来我能提供更好的研究条件。”

林水程垂下眼帘，没有说话。

他拿筷子拨弄着晶莹饭粒中那枚鲜红的虾球，片刻后问道：“那可以辞职再考吗？”

傅落银怔了怔。

林水程望着他，眼神清澈明净。

“可以可以，而且不用辞职，申请部门调动就可以了，开个介绍信批准合格就能来。”傅落银突然感到心底涌上一阵雀跃，可是他又不太敢确定林水程的意思，“你是说……如果我稳定了，你愿意来七处跟我一起吗？”

他连筷子都放下了，过了一会儿又觉得不好，这种态度像是急躁的毛孩子，傅落银掩饰似的，开始给林水程盛汤。

林水程轻轻地说：“好啊。”

傅落银又愣了好大一会儿，接着把汤递给林水程。

傅落银神情上没有什么波动，但是过了一会儿，他话痨起来，跟林水程讲七处的事。

他从来没有像现在这样满意自己进了七处。

当初他从第八区出来，接手公司，忙公司的事忙得焦头烂额，那时候他想，如果他可以选择，他会一辈子待在江南分部。可惜事与愿违，傅凯要求他进入七处，他们都知道这是个让傅家更加稳固的机会。

他其实不喜欢七处，更不喜欢星城这个地方，从小到大，星城在他眼中就是闷热的夏季、寂静沉默的家、破败发黄的校园照片，他宁愿选择那些在江南分部的夜晚，一个人，孤独而自由。

但是现在，傅落银开始发现它的好，他跟林水程讲七处繁育的新品种发光海藻，它们可以取代照明灯，并且释放氧气，在夜晚组成星空的深海；他讲七处基地里的沙漠，一个人闭着眼睛开车半个小时也不会遇到障碍物，沙漠中央永远有座灯塔为科研人员指路；他讲七处每年会举办的分子纳米赛车，去年的冠军花了两个小时就跑了 2 纳米，这种结构和赛道触点会成为新一代纳米清栓技术的思路之一……

林水程认真听着，一直安静地看着他，像是听什么学术报告一样。

他连林水程的职位都想好了："七处一直缺数据分析上的人才，我之后再设置一个部门给你，专做数据排查，就招量子分析师，你看怎么样？"

林水程笑："我一个人？"

傅落银咳嗽了一下："你要是觉得一个人待着不好玩，就多招几个。"

吃完饭后，林水程刷题，傅落银洗碗。

傅落银洗完碗后，照例溜去书房旁观林水程刷题。

据他观察，林水程在这几天的时间里已经把十几套真题刷完了，今晚上林水程专心纠错，查漏补缺。

他凑过去骚扰林水程，翻林水程的错题本，像是发现了什么绝世大宝贝一样："你也有错题本？"

林水程瞥了他一眼，没理他。

傅落银继续大惊小怪："你怎么会有错题本？"

林水程还是不理他。

"真的，"傅落银不依不饶，"我以为你不会犯错。你那么多满分是怎么考出来的？尤其是每次考试都比第二名高出那么多分。"

他也算是从小到大一路作为年级前三的学霸过来的，但是林水程这种 bug 级别的学习能力实在是超出了他的意料。

傅落银还记得自己看林水程成绩单时的震撼——一路满分，每一栏都是"满分 / 满分"，他有一瞬间还怀疑是系统数据出错，直到他在林水程幼儿园的一次迷宫大赛的成绩单上看到了"93/100"，这才感觉世界回归正常。

"收集错题，多刷题，还有自己试着出考卷，理解出题人的思路。"林水程说，"世界上没有完美的试卷，学生考试，更多的时候是与出题人博弈，只有自己成为出题人，才能知道陷阱在哪里。"

傅落银若有所思："所以你能把你的错题本给我吗？"

林水程瞅他："干什么？"

"供起来没事拜拜。"傅落银一脸认真，他想起了在星大学生论坛里看到的那些话，严肃地说了一声，"林神保佑。"

林水程看了他一会儿，转头继续订正错题去了。

十二点一过，林水程把错题本合上了，把桌上的试卷整理好放在了一边。

傅落银还在看文件，抬眉："做完了？"

"嗯，明天给自己一天休息时间，接下来准备面试。"林水程站起身来伸了个懒腰。

林水程也想明白了，楚时寒是楚时寒，傅落银就是傅落银。

以后，如果他可以在警务处把所有的事了结，和傅落银合作真的也是极好的。

一个月时间转瞬即逝。

林水程还要等一个星期才出成绩，时间已经步入十二月底。

等待成绩的这段时间里，林水程又回到了他的工作台边，傅落银看到他在反复演算、建模，模拟事件的运行，就知道他依然在研究蝴蝶效应。傅落银也不打扰。

警务处一直到成绩公布前最后一刻，依然没有公布今年的预估初试分数线，这时候差不多也落实了警务处的意思：今年没有招聘直考考生的打算，并没有太多的机会开放给直考考生。

查成绩前，傅落银问林水程："紧张吗？"

林水程说："不紧张。"

傅落银笑："不紧张我也要帮你查。"

他登录查成绩的页面，页面从上到下刷出来。

姓名：林水程

考号：××××××××

分数：750/750

排名：1/12774

傅落银："……"

林水程凑过来问他："这个也考满分的话，应该用不上预估初试分数线吧？我如果志愿填写'警务处'，他们应该没有理由拒绝我吧？"

傅落银："……"

07

考试成绩下来之后，联盟官方公布了一分一段表。

冬季一万多人参考，所有人可以根据自己的分数段位了解大致竞争情况。所有人不约而同地注意到了，今年冬考出了一匹黑马——满分750分通过，他的分数区间后十三分都是空的，第二名只考了737分！

林水程是联盟公务员考试近十年来，唯一考满分的人。

成绩一下来，林水程就接了好多个电话，都是各个部门来要人的、邀请面试的，林水程一一婉拒。

志愿填报中，一般可以填写三个不同部门的意向岗位，林水程三个都是填的警务处。岗位1，犯罪数据调查部；岗位2，档案处；岗位3，信息安全部。

林水程的志愿表填好了，傅落银帮他核对部门代码，一边核对一边说："这些部门和你的专业倒也对得上，不过真正对口的其实是犯罪预测部门啊，你选的这三个都不是很热门，升迁机会小，要不要再考虑考虑？"

林水程安静地说："我想去这些部门，这些部门可以接触到的资料是最多的，方便我做研究。而且我不会待太长时间的。"

傅落银怔了怔："还是研究……蝴蝶效应？"

林水程点了点头："嗯。"

傅落银看他在电脑上运行算法，数据建模后的图像在屏幕上飞出了一只蝴蝶的形状，放大后发现那是一条又一条的事件线，每条线都名为因果，上面衍生出无数可能的支点。

傅落银不懂林水程的算法，但是他知道林水程在研究什么东西，所以不妨碍他坐在林水程身边看。

林水程选用的模型就是他上次念给傅落银听的“火炬惨案”，他用数据模拟了整个事件的过程。现在的建模工具已经很完整了，他还利用公开的卫星扫描图进行了场景还原，左下角的坐标随着光标移动迅速变化着，密密麻麻的一大片。

看林水程思考很有意思，傅落银看他盯着电脑屏幕上暂停的数据图和面前的白纸就知道了，他恐怕是遇到了什么问题。

他想事时有个习惯性的动作，就是把嘴抿起来，手指总是会有意无意地转笔。

那是校园里很多男生都会的小把戏，修长白皙的手指骨节分明，笔在指尖转动时总透着一种漫不经心，有一种不自知的吸引力。

傅落银低声问：“怎么了？”

林水程给他指了指电脑屏幕上的模型：“你看这个，这个是标准蝴蝶效应模型。”

傅落银说：“嗯。”

林水程换了一个页面，把自己做出来的模型给他看——以“火炬惨案”为例，林水程最终做出来的模型和标准蝴蝶效应模型相差了十万八千里。

傅落银问：“问题出在哪儿呢？”

林水程说：“数据。我没有更多的数据。可以量化的数据，像当天的气温、风速、车流情况……这些弄起来虽然麻烦一点，但至少是可以得到的。还有更多的东西，比如人们的思考结果、人的行动、国家政策……要还原一个真实发生的场景，就要回到过去，详细到一只蚂蚁的出动都要记录——因为再小的环节都有可能成为蝴蝶效应的一环，这些是不能忽视却没办法投射到计算机建模上的。相比真实情况，我尽最大努力也只能还原出 40% 左右的情况。还有许多事是并行的，它们可能互为因果，也可能只是作为噪点干扰存在，这也是我演算时遇到的一个困难。真实的情况，是大蝴蝶风暴里有无数只小蝴蝶。”

傅落银若有所思：“也就是说，这和你们做危检时的气象活动还是不太一样，气象学有个明确的起始状态，但是蝴蝶效应没有——你没办法确定起始状态，也没办法把所有的信息录入进去，除非你能完全模拟出宇宙诞生之初的奇点数据，但那未免也绕了太大的圈子。”

林水程点了点头：“所以我要去警务处，要大量的真实案例和数据反馈，就算只能在原来的基础上多还原1%，也是有了一点进展。量子计算机受时代所限无法完成蝴蝶效应的预测，但我想找一找还有没有别的办法。地震也是‘混沌系统’，但是人们通过大量的数据分析找到了它的某种规律，就像古登堡－里克特定律，地震强度和频率符合幂律，而近年来的地壳能量测量升级，也让预测成为可能，就像现在的天气预报越来越精准。在大自然面前，人类总还是会有办法来趋利避害，不管这种办法多么笨拙。”

傅落银问：“确定量子计算机没用吗？”

林水程点了点头：“我确定——这是你让我确定的。”

世上没有神，现有技术下他找不到的解，RANDOM也不可能找到。

傅落银受宠若惊。

他想了想：“要查阅联盟资料库里的信息数据，至少得B级权限吧，你如果向警务处提出研究申请，他们通过了之后会给你这个权限的。”

林水程又点了点头：“我问过苏瑜了，是这么打算的。”

“那我能帮你什么呢？”傅落银问他。

林水程被他问得愣了愣，随后想了想：“我想在家里做一个全息投影沙盘，电脑上的模拟效果很难直观地表现出来，做成沙盘会方便一些。”

林水程瞅了瞅傅落银：“做出来的话，大概有半个客厅那么大。

可能……会没有太多空间放东西。”

傅落银失笑：“那有什么，你做你的就是了，不过别让小奶牛和小灰乱跳乱爬。”

他自己给小灰猫取了个名字，叫“小灰”。

不过对于这个称呼，小灰猫从来没有回应过。傅落银怀疑过林水程养的这只猫是只小智障猫，但是这只猫又在别的地方表现得非常聪明，他只能解释为这猫比较有性格。

林水程的面试在元旦，三个岗位三场面试，结束后，天已经黑透了。

傅落银白天回家吃了顿午饭，算是年初陪父母过了节。

下午他开车去警务处接林水程，带他吃饭，顺便问了问林水程的面试情况。

林水程只说不知道。

傅落银比他还急，早就跟董朔夜打了招呼，要他帮忙关注一下录用情况。董朔夜哭笑不得：“负二，负二哥，你都发话了，我们这边的人还敢拦林水程吗？初试750分的人要是警务处没要，以后传出去，我们还怎么招人？”

傅落银这才勉强放下了心来。

等待录用通知书的时候，傅落银和林水程订购了大型沙盘全息投影材料，几乎塞满了林水程的小出租屋。

这个沙盘比林水程当初说的还要大很多，全部放下之后，客厅连个转身的地方都没有，傅落银笑着说：“以后买房子得做几个实验室，像我们星大外头那个房子的工作间都小了。”

林水程垂下眼帘笑笑，没说话。

傅落银拿着热水过来叮嘱林水程吃药，今天林水程的任务是黄色的小药片。

“小绿吃完了，按照医生说的可以先试试停药，这个阶段过去了，不需要再补充这个，呃——维生素 B。”傅落银说，“剩下的就是小黄了，这个是叶黄素，你只用吃这个。但是如果接下来感觉不舒服，我们还是继续吃小绿，好不好？”

林水程说：“好。”

傅落银不说，他也不说，这是他们之间的默契。

他在傅落银的注视下吃了药，随后看着傅落银绕过沙盘材料去打卡。

“您好，吃药成功。”温馨的音乐响了起来。

傅落银回过头，正巧撞上林水程的视线，笑了笑：“其实我一开始听你还要继续研究蝴蝶效应，挺担心的。”

林水程不知道他为什么提起这个，安静地捧着水杯，看着他。

傅落银说：“你这么爱钻牛角尖，钻这个‘蝴蝶问题’，弄得自己要吃小绿和小黄，这下又要进警务处了，我很担心。在你这里，它就是个单纯的学术问题，对不对？”

他认认真真地凝视着林水程，等着他的答案。

林水程过了一会儿，“嗯”了一声。

傅落银还是看着他。

林水程移开视线。

小奶牛蹭过来，看他手里的水杯还在冒热气，于是伸爪子搭在了他的膝盖上，往上面看了看。发现不是好吃的之后，它又跳走了。

“我……”林水程觉得自己提起这个话题时，依然有些吃力。

在药物作用下压制了那么多天的幻觉和绝望颓靡仿佛又隐隐有喷发的趋势，他捏着水杯，尽力把这些压了下去，但是他的手指依然肉眼可见地颤抖。

傅落银走过来，伸手把他扶住了，拍打着他的脊背。

林水程调整了一下呼吸，低声说：“它过去是心结，现在是学术研究。我想正视它，所以我想解决它，我爸的事，我弟弟的事，还有……”

他没有说下去。

傅落银揉着他的头发，温声说：“这样很好。”

“傅落银，”林水程低声说，“我大学时也遇到过一个资助我学业的恩人。”

他感觉到傅落银放在他头顶的手突然僵住了。

“……我看过你的资料，没提这事。”傅落银连声音都僵硬了，陡然听见林水程谈起这件事，他一时间不知道该怎么反应。

像是突然有什么东西直接撞进了他的大脑，爆开了，溅落的都是酸酸黏黏的汁液。

这个认知差点直接掀翻傅落银，他无法形容此时此刻受到的震动。

他一直以为，自己完全掌握了林水程的所有资料，没想到还有遗漏。

这种认知让他有点意外。

他唯一意识到的、应该做出的反应就是收敛自己的神情，保持鼓励的姿态看着林水程，于是强撑着说：“没事，你说。我没事。”

“他资助我的事，别人不知道。后来他出意外去世了。”林水程这句话讲得也很吃力，“等……等之后，我的状态好一点之后，我们再来认真说一说这件事，可以吗？”

“我知道、我知道。”傅落银发觉林水程抖得越来越厉害，这下他也没工夫去仔细想这些，轻轻安抚着林水程。

“那件事之后，我不能再听‘意外’这两个字，我也是为了他转的专业，为了他，也为了我爸爸和等等。”林水程说，“等以后我们再……”

“等以后、等以后，别说了。”傅落银轻轻地说，“难受就别说了。”

“嗯。”林水程说，“下次再说。”

他慢慢平静了下来。

08

这次联盟公务员考试还出了一个小八卦，那就是夏燃考上了七处的测绘岗位。

苏瑜告诉傅落银这个消息的时候，傅落银差点连手机都摔出去了：“七处？”

苏瑜说：“董黑是这样说的，具体他怎么想的，我和他也不熟，这要看你自己怎么理解咯。就是提醒你一下，免得到时候你们再见面，又弄出什么幺蛾子来。白一一那事之后也没什么人不知道轻重，你自己稳住点就好了，林水程现在处于关键恢复期，千万不能再有上次那种事情来打扰他了。”盘山公路和唐洋的事，苏瑜也听说了。

傅落银头皮发麻：“好好好。”

傅落银随后把夏燃来了七处这件事告诉了林水程。为了缓解林水程最近的紧张情绪，思考一会儿后，傅落银写了张字条：“夏燃考到七处了，他应该不敢再找你麻烦了，我会看着他的。”

他把字条卷一卷绑在了小灰猫的尾巴上，然后拍拍它的脑袋：“小灰，去！去找林水程。”

林水程在书房。

小灰猫还真听他的话，颠颠儿地跑去找林水程了。

它这么往林水程面前一晃悠，林水程就注意到了。他把字条取下来，展开看了一会儿后，没什么反应，而是把它收进了文件袋里，和傅落银上次画的猫猫头便笺条放在一起。

小灰猫还蹲在他的桌前，正歪头看着他电脑屏幕上的模型图。

林水程想了想，也随手拿了张便笺，写了几句话后，卷在了小灰猫的尾巴上。

他拍了拍小灰猫的头："傅落银，去找大傅落银。"

他只在傅落银本人不在场的时候这样叫它。

小灰猫立刻领命，跳下了桌子。

不过离开房间后，它似乎就遗忘了指令——它和路过的小奶牛又缠斗了一会儿，随后去厨房巡视了一下，最后才来到客厅，被正在开视频会议的傅落银抓获。

傅落银一边讲电话，一边逮住了这只猫，从它尾巴尖上取下了这张便笺。

"下次和我一起吃饭吗？

"面试的时候吃了警务处的食堂，还不错！"

警务处和七处年前要统一搬到联盟中央办公楼群，以后连食堂也会合并，这个消息联盟系统的人慢慢都听说了。二处和九处已经先搬了过去。

林水程明明答非所问，但是傅落银知道他看明白了。

傅落银忍不住笑了起来，果然这种方式能缓解紧张情绪。

幼稚，却也鲜活甜美。

像春天破土而出的新芽，蓬勃地伸展着自己无畏的生命力，这样珍重地把仅有一次的生命暴露在阳光下。

他把这张字条放进了钱包里。

林水程本来可以年后再去报到的，但是他为了尽早获取资料和数据，先一步去上班了。

在三个部门都对他抛出橄榄枝的情况下，他选择了犯罪数据调查部。

犯罪数据调查部很小，只有四五个人，每年的任务就是对当年的犯罪数据进行总结和调研，做个报告出来，分析一下犯罪趋势，结合社会情况提交给处里，还会做一些犯罪预测调研和潜在犯罪者研究监控。但这些活动不是很受重视，因为没有特别出彩有用的研究成果，所以算是半个闲职部门。

林水程过来的当天，部门举办了一个小型的欢迎会，气氛倒是很融洽。

“750分的学霸！还长得这么好看，我们部门要焕发第二春了！”

“是量子分析系的，我读警大大三时特别想考的第二专业就是这个，但是分数太高了，考不进去，哇，没想到我们部门来了一个量子分析师！”

几个年轻人坐在一起嘻嘻哈哈，稍微年长一点的副部长方首也十分和蔼。

其他几个部门在要人这件事上显得比较急切，犯罪数据调查部倒是显得特别“佛系”。在警务处，这个部门的人学历绝对不低，不过因为部门位置比较偏，又大多是年轻人，所以部门氛围倒是比其他部门更好。

方首在面试中就告诉了林水程：“你的初试成绩非常好，履历也相当漂亮，在我们这个部门待着，或许对你未来的发展不会特别有利，如果只是作为跳板的话，欢迎来这里。当然，我们更希望你能够留在这里长期发展，为部门做贡献。”

林水程入职后，首先就是跟着大部队一起忙搬家的事——警务处和七处错开一天搬到联盟中央办公楼群，接着就是周末放假。

傅落银跟他提起这件事的时候，颇有不满：“七处和警务处离得太远了，又和九处那帮老头子离得太近了。”

他和林水程的办公室隔了整整三栋大楼。特别棘手的还有一件事，那就是夏燃在的测绘部门就和他隔着一层楼，平常上个楼都能碰见，非常尴尬。

偶尔碰见了，夏燃就问好，寒暄几句。

傅落银冷处理，但挡不住还是会有人偷偷议论，说测绘部门的新人和傅副处长关系很好，后台很硬。

时间久了，大家发现两人并无交集，而且也听到了两人以前的一些恩怨，不免都对夏燃生出了一点微妙的排斥感。夏燃或许也听说了这些议论，但是他依然坚持每天跟傅落银问好，如果测绘部门有任务要交接，他也会抢着去傅落银的楼层。

傅落银无奈之下，干脆严格规范了一下七处的打卡制度——处级以下的必须按时打卡，不打卡的给清退处分。这样，他就不用在上班路上遇到夏燃。

随着各部门逐渐步入正轨，防御局和航天局的调动也开始逐渐影响到所有部门。

航天局人员进驻防御局和九处的提议并没有得到统一，各方面权衡后，各退一步，九处和航天局各自下派人员进入各处各个部门，实行“联络整合”，将所有人动员起来，以随时准备应对 RANDOM 组织引发的紧急状态。

林水程所在的部门也受到了影响。在其余人员不变的情况下，航天局空降了一个犯罪数据调查部部长给他们，原部长平级调动去了二处。

这个空降来的部长名叫晟诗，是个四十三岁的男性。

他调动过来的第一天，就组织整个犯罪数据调查部开了个会，并且给每个人都发了一份防火墙系统说明书，要求所有人使用他名下研发的防火墙系统。

林水程和同事们中午吃过饭后研究了一下。

一个男生一边吃饭团一边说：“这个系统比十年前的还不如，怎么突然要我们换这个系统？”

他的名字叫慕容杰，警校航天安全系毕业。

他的搭档——女生萧雅压低声音：“嘘，这个防火墙系统是晟诗自己研发的，应用时间越长，抵挡攻击次数越多，他自己能从里边捞到的绩效奖金就越多。谁不知道现在联盟防火墙系统靠的是三层量子安全墙，一旦量子安全墙破了，他这个防火墙系统就是纸老虎。”

副部长方首说：“听话，按规定办事就是了。这些话可别往外头说。”

一群年轻孩子就撇撇嘴，继续做各自的事情去了。

他们这个部门闲，方首事情做完了，爱看点案情报告——联盟有史以来的所有案件，他一辈子都看不完。他们这个部门里的人，或多或少是对犯罪情况感兴趣的，还有几个人在研究推进犯罪预测方式，只可惜没什么进展。

林水程熟悉之后，也开始光明正大地搜集资料数据，进行案情建模。

他们忙的事情虽然各有偏重，但都与预测分析、链条推动相关，林水程也会参与他们的小组讨论，进行一下头脑风暴。不过这种小组讨论一般最后都会变成他讲课，他告诉他们联盟科研最前沿的预测算法，给他们“科普”事件系统。

林水程也会问他们如何对一个人进行评估——犯罪预测部门更多的还是去甄别潜在的犯罪分子。

慕容杰告诉他：“这些都是可量化的，我们一般从几个方向进行判断：第一种是基因检测，遗传学上会有潜在的所谓犯罪基因，比如反社会人格、精神分裂等，这些属于产前检查内容，信息都是直接反馈到我们这里的；第二种就是生活环境分析，一般来说，处境不好的人更容易出现过激行为，我们会重点观察绝症病人、失业人士等；第三种是行为轨迹分析，联盟中的所有出行数据、账目来往都是有记录的，如果某一天有个人活动轨迹出现了明显异常，那么我们也会启动相应的观察。”

林水程若有所思：“可量化，但还是缺乏相应的准确性。”

“所以要综合起来判断。我们是没有资格给什么人下定义的，一个精神分裂症患者，可能是个潜在犯罪人员，但是也不排除他一生遵纪守法，没有伤害过任何人。但是如果这个人是精神分裂症患者，同时出现了高频率的反常行为，我们这个时候就有理由怀疑，或许会有人被他伤害。”

林水程问：“那这些数据对我们部门是公开的吗？”

“有些是公开的，比如全联盟的交通系统、气象系统、社区活动系统、人员流动系统……但更多的，比如交易系统，其数据是不可能给我们的，还有一些重大案件的卷宗，我们这边也是看不到的，要调用这些东西，必须有 B 级或者以上的权限。”

萧雅对林水程摊摊手：“要想调用所有的数据和卷宗，就先得有 B 级权限。问题来了，要想有 B 级权限的话，我们先得在犯罪预测课题上做出成果来，通过国安局和防御局的听证会。这根本是矛盾的，我们拿不到全部数据和卷宗就做不了研究，做不了研究就拿不到全部数据和卷宗。我看上头那些人根本就是想裁员。”

一群人大笑起来。

就在此刻，门突然打开了，新部长晟诗走了进来，眉目肃穆，一开口就训斥：“楼下都能听见你们的说话声、打闹声！我看我们部门的风气，要好好整改一下！领着联盟的工资，就要做实事，看看你们一个两个的，还有把食物带过来吃的，我现在重申，所有的食物都不准带进办公室，被我抓到了直接扣除绩效！像今天这样大闹大笑不做正事的，抓到了也是一样！”

一群人噤若寒蝉，听他训了二十多分钟后，各自回到自己的岗位上。

下午不到三点，他们就已经各自完成了工作。萧雅和慕容杰照常研究新算法，林水程建立蝴蝶效应模型。

就在这时，晟诗在群里发通知：“@全体成员，今天统一学习早上例会下发的防火墙系统文件，并且进行维护和实践操作。”

办公室里一片唉声叹气。

萧雅抱怨道：“那个傻瓜文件有什么学习价值？维护和实践操作就是帮他增加防火墙攻击次数和抵挡次数，还要手动点击……他要我们所有人花时间来帮他刷这个东西的次数，有什么意义？我们又不是他的私人员工。”

林水程笑：“编个自动攻击程序就好了，傻瓜程序，我传给你们。”

“嚯，学霸，你可以啊，本来以为你一天难得说话，是乖乖好学生的类型，没想到这么上道！”慕容杰有点惊讶。

林水程熟练地点开窗口，编辑了一个小的循环攻击程序，发送给所有人。

一片感谢声后，所有人继续做自己的事。

方首看犯罪卷宗，萧雅做预测指数表，和慕容杰讨论改进方向。

林水程选了几个新案件，从最简单的意外事故——坠楼、普通车祸着手，设置多重参数，重新建立模型。

萧雅和慕容杰的话给了他启示，他尝试加入更多的参数，尽可能还原真实场景，但是与之相应，无关的噪点数据也增加了，难以排除。

办公室的门被再次推开。

晟诗再次走了进来。

“林水程？”他环顾周围，语气冰冷，“林水程是谁？我在后台监控系统中看到你在做自己的事，我交代的任务完成了没？”

林水程平静地说：“完成了。”

“完成个狗屁！这个需要每分钟都进行点击——”

“我写了个自动程序来完成，您需要的话，我也可以给您传一份。这个程序的攻击次数可以达到每分钟三万六千次。”林水程说，“您的系统非常稳固，可以承受这么高频的攻击。”

冷不丁被林水程拍马屁，晟诗的脸色有所缓和。

但是林水程滴水不漏的神情和话语，总让他觉得差那么一点意思，如鲠在喉。

林水程的态度他一眼就能看出来，这个人根本就是在应付他，一身反骨！

他看了看林水程，从鼻子里哼了一声：“哦，是你啊，750分，新招进来的那个？”

林水程点点头。

晟诗随手在手机上调出林水程的简历，看了起来：“哟嗬，高才生啊，履历这么漂亮，来这里是不是有些屈才了？”

办公室里鸦雀无声。

萧雅和慕容杰都为他捏了一把汗，方首站了起来，似乎想为林水程说几句话。

林水程回答得滴水不漏：“能和各位前辈共事，是我的荣幸。”

晟诗冷笑起来：“以为说几句好话就能哄人了是吧？你这是投机取巧！我开会时说了多少遍这个防火墙的重要性，你、你就是这么应付的？别以为会编几个程序就了不起！我看看你在做什么研究！说来听听？让你消极怠工也要做的，我看看是什么重大项目啊！”

林水程说：“蝴蝶效应预测，可运用到犯罪预测中。”

晟诗又笑了：“蝴蝶效应？这个东西根本不可解！就这个东西，能当饭吃？能做出来？联盟设立这个部门，每年拨预算下来，是让你测这个的？没用！我告诉你，都没用！你这种死读书的人我见多了，压根儿就——”

林水程不卑不亢地说：“或许您觉得您的防火墙系统有用，我觉得比起这个东西，我的研究还是更有价值一点的。”

“你说什——”晟诗瞪大眼睛，一瞬间几乎以为自己听错了。

气氛一下子变得剑拔弩张起来。

萧雅和慕容杰面面相觑，张大了嘴巴。

——林水程上班还没几天，就敢直接和新来的上级硬“杠”？

这也太鲁莽了吧！

“我的意思是，您的防火墙系统是纸糊的，加密系统也是，三岁小孩都能破解。一旦联盟的量子安全墙告破，您这个系统甚至不需要敌人启用量子计算机就能破解。”林水程说。

“他好敢说……我天！”

萧雅做着口型，无声地对慕容杰尖叫，满脸难以置信。

“三岁小孩？”晟诗气得脸都白了，“你破一个试试！你破一个试试！我从来没有听过这么荒唐的事，我的防火墙系统获了无数奖项！来来来，你来破一个试试！无稽之谈！”

“我刚刚说您的系统可以承受每分钟三万六千次攻击，这个是唯一的优点，在及格边缘。”林水程伸手敲了敲键盘，输入了几行代码，页面直接跳进了他们所有人的系统，显示监控到的电脑桌面。

他直接选取了部长办公室的电脑桌面，同时开放屏幕展示给所有人。

晟诗脸色铁青：“你调用我的桌面干什么？你怎么调用得了我的电脑桌面？”

桌面显示正在待机，鼠标移动，跳出了“请输入密码”选项。

林水程回头看了一眼晟诗，同时在手机输入晟诗的名字，打开他的履历词条。

出生年月，喜好，家人状况，获得奖项，生平履历……

林水程敲击了几下键盘，输入数字，随后摁下回车键。

页面启动，锁定解除，犯罪数据调查部部长的桌面一览无余。

“我本来只是猜一下，结果真是这样。您的密码是您这个系统的专利编号，这是我不建议继续使用您的系统的原因之一。您的系统连最基本的低级密码检索警告都没有，以至于部长级别的电脑密码完全私人化。”林水程问道，“现在，我可以继续我的研究了吗？”

当天下班时，傅落银过来找他。

他开车带着林水程回家，一边看路一边问：“听说你今天在你们那儿一战成名？”

八卦总是传得最快的，林水程上班没几天就直接和空降来的部长“杠”上了，这又是一个好八卦。

林水程懒得理他，抱着傅落银给他的一保温瓶牛奶慢慢喝着。

喝到一半，傅落银又加了一句：“表扬你。”

傅落银还记得林水程以前对他说的话。

林水程是需要表扬的。

车开到半路，他突然听见林水程说：“其实我今天没打算跟他吵，是他一直叽里呱啦，太烦了。”

傅落银笑：“哦，你原来打算怎么样啊？”

“我本来想下班后向警务处举报，我们部门防火墙系统每分钟遭到三万次以上的攻击，希望他们调查一下安防系统。”林水程说，“他的做法应该是违规的。”

傅落银差点笑死：“真有你的，这招够阴，你怎么这么聪明啊，好学生？”

林水程又不理他了，低头喝牛奶。

“我听人说了，晟诗放话说，这个部门有你就没他，是这个意思吗？”傅落银问他。

林水程点了点头，这下他打起精神，询问傅落银：“他没有权力开除我吧？”

“没有，不过他可以打小报告，具体来说，是向警务处打人事报告，说你坏话。”傅落银说。

林水程没听明白。

傅落银沉声说：“我会摆平这件事的，林水程。等这事过了，过年时你得给我爸挑个礼物，不过也不用担心，他很好哄。”

林水程“嗯”了一声。

车开到了地方，傅落银招呼林水程下车。

冬天天黑得快，星大校区内一片漆黑，房子前只有路灯亮着。

09

年底放假前最后一个周末，傅落银带着林水程去采购年货。他们定好了在七处江南分部基地过年，基地里没有家用物资，所有的东西都要空运过去。

傅落银负责挑选家用物品，什么床单、被套、枕头、灯具，林水程则挑了挑菜。

他问傅落银：“伯父伯母喜欢吃些什么？”

傅落银想了想，发现不知道——他敷衍着说：“你随便做吧。他们过来不会只吃的，要是他们觉得没吃饱，就让他们叫外卖。”

林水程问：“那你们在家平常吃什么呢？”

傅落银又仔细回忆：“我还真忘了，一年也吃不了几回，没关注他们爱吃什么。反正没我爱吃的就是了，我爱吃辣，他们吃不了。”

林水程挑眉看了看他，说：“那我各种的都做一点，不踩雷。”

他听出傅落银仿佛和父母有些疏离，关系不太好。

这样的家庭，各自忙是正常的，但是要忙到什么程度，亲生儿子一年回家吃不上几次饭？

他们定下的日期是除夕当天，到时候傅落银的父母会乘空间车过来见他们。

与此同时，傅落银给傅凯打了个电话，告诉他林水程在犯罪数据调查部遇到的事。

打电话的时候，林水程就在他身边做沙盘，傅落银一打过去叫了一声“爸”，林水程就抬起了头看向他。

林水程身边的小奶牛本来蹲着黏在他身边，也跟着抬起头，瞅了瞅傅落银。

小灰猫则趴在傅落银的腿上。

傅落银一边玩猫，一边给林水程做口型：“怎么样，要不要跟我爸说两句话？”

林水程怔了怔，就看见傅落银笑吟吟地打开了外放：“爸，我让林水程跟您说句话。”

林水程难得显得有点紧张，他叫了一声：“伯父。”

傅凯很明显也愣了一下，好一会儿后才有些僵硬地说：“哦，是小林啊，我听落银说过你。这次过年你们就在七处基地过吗？不回来了？”

傅落银比了个手势示意林水程去做自己的事，随后拿起电话继续说：“对，基地还有事情忙，我们就在基地，还要劳烦您和妈多跑一趟。”

他一边说，一边踱步。

“对，就是这么个事，我跟您说一声，林水程性子安静，也低调，却不是能随随便便被什么人欺负的。”傅落银说，“不然别的什么人回头跟您告一状，您一琢磨，把林水程辞了怎么办？”

林水程又瞥了瞥他。

傅落银挂了电话之后说：“我爸之前不认可你，不过现在我已经说服他了。”

林水程想了想：“我家情况不好，伯父是担心吧。”

“你怎么帮着他说话？嗯？这么好欺负？”傅落银看他盘腿坐在沙盘边，也在他身后坐下了，接着说，“你这么好的人，满分考入警务处，相信我爸也没话可说了，最近他慢慢松口了。”

林水程点了点头。

傅落银看他神色很平静，不禁冷冷地问道：“你是不是根本不紧张？”

“没有。”林水程唇边勾起一丝笑意，“我真的很紧张。”

晟诗这事就算是这么解决了。如傅落银所料，晟诗直接向警务处打了林水程的小报告，说他利用上班时间干私事，并且不听管教。

警务处发布了处理结果——在警务处官网可查，内容大意为：经过调查，林水程是非常认真、负责的研究人员，警务处经过核查后，认为举报信息不实，并在调查过程中发现，举报人（晟诗）存在上班干私事，且用私人研究成果随意替换警务处防火墙系统的行为，为此对举报人进行停职调查。

深夜，林水程动了动，从床上起身往书房走去。

睡在隔壁的傅落银听到动静后，也走出来迷迷糊糊地问他：“你去哪里？”

林水程说：“想起有个算法可以加一下，我去书房。”

“好学生。”傅落银嘀咕了一句，又转身回去睡觉了。

林水程在书桌前坐下，将银色U盘插入电脑。

此时是凌晨两点半。

林水程点击了“获取动态密码”，随后看着拨号页面，调出了他最近的蝴蝶效应模型。

完整的蝴蝶效应模型，事件最终呈现的应该是蝴蝶形状的反应链，林水程之前做出来的反应链是网络式的，他也一直在为此寻求解决办法。

他在警务处几天，不断优化这个模型，已经有了初步的成效。他在系统中加入了动态天气系统、交通系统等进行优化，并且从上百个简单意外事故的建模中，一步一步摸索出了一部分去噪点的办法。

如今他的事件模型中，已经能看到明显的蝴蝶状趋向，但依然不是完整的，噪点和无关事件线条依然太多。

数据上的东西，差之毫厘，失之千里。

嘀嘀的拨号声过去两分钟后，对面的人接通了电话。

依然是一样的经过电子处理之后的声音：“你好，林水程。”

“你好，我做出了最初的模型，但是还需要更多的信息。”林水程问，“我取消了一些相关度不大的系统来排除噪点，但是需要更关键的大数据信息，我需要拿到全联盟的交易系统信息以及全联盟的动态定位信息。你要看看我现在的模型吗？”

“不用，我监控了你在警务处的动向，你的研究情况，我这里一直在进行实时追踪。”对方提起这件事时，仿佛无视了林水程是当事人，他的声音显得非常平静，“我了解你的需求，不过，林水程，目前发生了一些事情，原来我可以提供的资源，现在只能靠你自己争取。”

林水程沉默了一下：“比如？”

“比如我原来可以直接赋予你A级权限，但出于某些原因，我现在必须隐藏。我原来可以直接为你通过国安九处和防御局、航天局的项目听证会，但是如今我能为你做的，只有破例为你在年前安排一次听证会，这是年前最后一次机会，你可以争取一下。”对面的人说，“你的模型还不完善，不过这是一次好的机会。”

林水程怔了怔：“我上次打听过，年前不再举办大型项目听证会，您是……”

对方没有回答。

林水程犹豫了一下，轻声问道：“您和我……今天说过话吗？如果……是您的话，为什么要绕开傅……他……和我联系？”

“孩子，你如果好奇，大可直接去你怀疑的地方查证一下。我其实也有意和你面谈，只是时机未到而已。”对方说，“你只需要知道——”

就在这时，刺耳的警报声响了起来。

警报声尖锐急促，冲破人的耳膜，直接淹没了其他声音。

林水程下意识地去看房顶的烟雾报警器，但发现不是从那里发出的声音，这声音是从他的电脑屏幕对面——从另一边传来的。

与此同时，他还听见了这声音的共鸣音——来自书房隔壁的房间。

林水程往卧室冲去，刚打开书房门，就见到傅落银已经出来了。

傅落银神情严肃，对他抬抬下巴示意他看自己的手机：“紧急情况，去冰箱里拿点吃的，明天估计吃不上饭。”

他们两个人的手机此时此刻响着统一的警报声——S 级警报，这代表着有非常严重紧急的事情发生，所有听到警报的联盟公务员都要立刻就位。

这样的情况最近两年只出现过一次，就是全联盟量子计算机遭到统一干扰袭击，罗松遇刺去世的那一次。

林水程也迅速换衣洗漱，收拾好之后，傅落银不由分说地给他塞了一个小冷冻袋：“一块蛋糕、两个冷饭团、一瓶牛奶，明天加热吃。猫粮我装好了三天的量，如果我们都没法按时下班就给周衡打个电话。”

林水程接过冷冻袋，跟他一起上了车。

深夜，联盟中央办公楼里密密麻麻地挤满了人，灯火通明，不同部门的人全都到场了。大厅里人人表情肃穆，气氛空前焦灼，弥漫着死一样的寂静。

傅落银停好车，关好车门后看了一眼人群的方向，转头对林水程说："走了。"

林水程不知道为什么，一刹那，脑海中的幻觉电光石火般闪了一下。

——今天晚上他吃药了没有？

他想不起来，这件事在家里都是傅落银提醒他，他压根儿没管过吃药的事。

他鬼使神差地往傅落银那边走了一步，轻轻叫了他的名字："傅落银。"

傅落银回过头看他。

林水程对他笑了笑："记得给我打电话。"

林水程一路快步走去警务处，路上遇见了萧雅，萧雅都不知道发生了什么，和他一起神色匆忙地赶去自己部门。

"量子安全墙被破了！第一层加密已经被破了！"一见到他们，慕容杰神色紧张，压低声音告诉他们，"听说是一个恐怖组织干的！全联盟的量子计算机都坏了，他们已经破了第一层量子安全墙！"

林水程愣了一下，下意识地问道："杨之为呢？杨之为老师在哪里？"

"你不知道吗？杨之为半个月前就身体不舒服住院了！"慕容杰满脸惊惶，"那些人什么来头？现在没有量子计算机都能破我们的安全墙！"

所有人都沉默了。

他们都知道这意味着什么。

自从量子计算机被开发出来，穷举破解一切密码和安全墙完全成为可能。为了应对量子计算武器，联盟在量子计算机开发之初，就直接在公民审视下投入了量子安全墙建设。

量子计算级别的解密系统，必须是量子计算级别的防火墙系统才能拦住，这是目前的共识。

量子安全墙的架构和算法全部依赖于量子计算机的无限计算，目前的主流思路是依靠 T0 级别的运算能力，进行尽可能多的动态密码设置和并行算法，来完成这无限安全的壁垒。

但是如今的量子计算机不完善，这样的算法只是无限增加了破解难度，并不等于不可解。

杨之为主导的方向是三层量子安全墙的建设，不断查漏补缺，目前量子安全墙的建设距离完善，大概还有 50%。

而如今第一层量子安全墙告破，也就意味着 RANDOM 组织能破掉第二层和第三层！

——而且是在九处和防御局进行同归于尽式防卫、人为干扰全联盟的量子计算机之后！

RANDOM 手中没有握着神的钥匙，却已经打开了神的第一扇门。

当量子安全墙倾塌，全联盟的秘密都将不再是秘密，全联盟的密码都会清楚明白地为人掌控，全联盟的命脉会被握在对方手中！

这是真正的战争级别的预警！

“不一定。”林水程深吸一口气，努力稳住自己脑海中将要浮现的、雪花般飘飞的片段，他不知道今天晚上莫名其妙的心慌是怎么回事，努力使自己镇定下来，慢慢地说道，“量子安全墙不完善，并非不可解，我是杨老师的学生，对这种情况他一定会有应对办法——他在哪里住院？情况如何？”

“已经有防御局的人接手，杨教授正在前线带病修复安全墙。”方首走进来，疲惫地捏了捏眉心，“孩子们，我们的任务是原地待命。”

“原地待命？”慕容杰难以置信地看着他，“我们是犯罪预测部门，现在这么重大的事情，我们怎么可以——”

“声音小点，不要急。小林，你过来，我有话跟你说。”方首把手往下压了压示意慕容杰安静，转而看向林水程。

林水程不解其意，跟着他去了另一边无人的办公区。

方首皱着眉问他：“你和……七处的傅副处长，是朋友吗？”

林水程和傅落银这几天一直都同进同出，这已经不是什么秘密了。

林水程顿了顿：“是的。”

“哦、哦，是这样……我刚刚听来的情况，你做好心理准备。”方首低声说，“这次除了安全墙被攻击，还同时发生了多起资料被窃案，其中就包括七处的一个项目数据被窃，叫什么 B4 计划。”

林水程看着方首，认真地听着。

“具体的情况我不了解，好像傅副处长是领头人，也是核心负责人，这次 B4 计划的关键数据因为在非正常时间启动，触发了自毁程序而没有泄露，但是问题就出在自毁程序上，没有人有权力给这样的大项目安个自毁程序，所以没有备份，现在关键数据缺失了一部分，这个是要……”方首咽了咽口水，凝视着林水程的眼睛，“是要追责傅副处长本人的。”

林水程嘴唇动了动，半晌之后，才问道：“那他现在……”

“按照规定，航天局和国安九处已经决定将傅副处长羁押送审，目前是直接停职。航天局那边给出的罪名是怀疑傅副处长……通敌叛国。”方首看了他一眼，安慰道，“没事的，傅副处长根基稳，年轻有能力，没那么容易出问题，就是这个事……”

“我知道了，方部长，我要向您请个假。”林水程说。

“林水程，现在的命令是原地待命——”方首追着他的背影走了几步，只看见他头也不回地快步走了出去，步履如风，神情冷漠。

方首重重地叹了口气：“年轻人啊！”

10

联盟的政府机构没有分级，但是按照核心功能，国安九处负责监察和重大案情处理，航天局掌握联盟 80% 的资源，两边地位都高于其他机构，不分伯仲。

对傅落银的处理决定，是航天局下达的，国安九处通过了执行令，对傅落银进行羁押。

过来的许多人傅落银都认识，几位老干员甚至是在九处看着他长大的长辈。

“要劳烦傅副处长跟我们走一趟了，航天局指控您失职，并有通敌可能，我们要按照程序将您收押，B4 计划出现数据损毁，这是重大的案件。”

傅落银没有太过意外，十分冷静地问：“傅凯还好吗？”

前几天傅凯就跟他提了这件事，虽然事发突然，但他并不是特别意外，见惯大风大浪的人，这个时候更加沉稳平静。

九处人员说：“傅凯按规定办事，要委屈您一下了。”

傅落银被重重人群包裹着向外，道路两边每隔三米就有一个持枪的军人，监督着这一切。

气氛森然而压抑，各个部门的人都噤若寒蝉，只有少部分人开着门看，却不敢有任何动作——面对黑洞洞的枪口，有些胆子小的已经吓得瘫在了椅子上，半个字都说不出来。

夏燃抓着门框，浑身发抖，死死地盯着傅落银，但是傅落银并没有看他。

就在这时，寂静无声的、宽敞的楼道里突然出现了一阵骚动，紧密杂乱的脚步声中，夹杂着阻拦的声音：“你不能进来！回去！再不停下来，我们就要视同妨碍公务，开枪了！”

楼道尽头的人出现在众人视线中的那一刻，傅落银平静的面容出现了一丝波动，眼底也夹杂了惊讶。

他轻轻地说：“林……”

林水程快步向他走来，呼吸有些不平。他后面跟着荷枪实弹的几个军人，想要将他拦下来，眼看着他就要冲进押送队伍了，领队不得不鸣枪示意——

旁边办公室的好几个人吓得尖叫了起来，耳膜被震得有些发疼，连傅落银都禁不住心惊了一下！

他压低声音吼：“你来这里干什么？快走！”

压抑到极致、死一样的寂静中，林水程的脚步没有丝毫停顿，他在傅落银面前站定，平静地看了傅落银一眼，随后环顾四周，说：“我是杨之为的研究生，曾参与量子安全墙的前期研发；今年年中，我在星大报告会上破解了 RANDOM 组织的造假手段；十一月初，我是罗松遇害事件的目击证人。同时，我也是 B4 计划的参与者。”

“组织按流程办事，我不阻拦，我过来找傅副处长要一项授权，请他以傅氏军工科技执行总裁与董事长的名义授权我进行信息安全维护，恢复 B4 被损毁的数据。”林水程目光坚定。

傅落银差点呆住了。

——林水程根本就是在瞎扯！他什么时候参与过 B4？什么时候参与过量子安全墙研发？

他充其量进过杨之为的实验室，这也能说成“参与前期研发”？

傅落银低声吼：“你不要扯进来，回去！”

现在事态不明朗，林水程贸然卷进来，反而会让情况更坏。更何况，林水程顶着压力闯进押送现场，本来就是违规的，傅落银甚至无法想象后果。

“傅落银。”林水程叫了他的名字，直视着他的眼睛，“我相信你，所以你也要相信我。有我在这里。”

——多可笑。

一个刚入职的甚至研究生还没毕业的年轻学生，对着他这个七处副处长、傅氏军工科技总裁，说“我在这里”？

傅落银整个人都被震了一下。

他仿佛又看到答辩台上那个熠熠生辉的林水程，林水程就是带着这样笃定、安宁、可靠的光芒站在那里，没有人能抵挡这样的光芒。

这道光坚不可摧。

“我……现在任命你为傅氏军工科技的执行总裁，林水程。”傅落银说，“口头协议即刻生效，去找周衡。”

“好。”林水程点了点头。

他准备转身离去了，傅落银叫住了他：“林水程。”

林水程转头看他。

傅落银温声说：“记得按时吃药。”

林水程脚步顿了一下，点了点头，随后，他快步离开，其他人把傅落银押了下去。

B4 计划的实验基地有两个：一个在星城；另一个在江南分部。

林水程试着联系了一下傅落银的家人，但是没能成功，周衡告诉他：“小林先生，傅凯这会儿估计在前线，来不及联系任何人。”

林水程坐在车上，听着傅氏军工科技的专家告诉他目前的情况。

联盟在量子安全墙遭到攻击的一瞬间就发动了警报，从警报开始一直到第一层量子安全墙被攻破，只间隔三分钟。

这三分钟里，联盟定位到了攻击者的所在区域，全力追击，杨之为带病上阵修复，后方追责清查，这一切都发生在两个小时以内。

“这次 B4 加密系统的自毁程序是谁都没想到的，小傅总也是倒了血霉，被追责倒是正常，但是说他通敌叛国，完全就是无稽之谈。”专家压低声音告诉林水程，“这回是有人铁了心想让小傅总下去呢，傅氏军工科技估计是什么人的眼中钉，已经很久了。”

周衡在开车。

他一路都很紧张，脸色发白，这个时候也接了一句话：“金·李教授也在努力恢复数据，但是他接手 B4 计划时间不长，好像遇到了相当大的困难。”

林水程问道：“B4 计划到底是个什么计划？关键数据的核心内容是什么？”

车开到了实验基地。

因为接近年关，又不是正常上班时间，这里一片冷清。之前来驻守的联盟军方已经在二十分钟之前撤走了。

这是林水程第一次走进傅氏军工科技园。

他之前不关心傅落银的工作背景，傅落银也从来没有对他提起过。

林水程下了车，专家带着他，一边走一边说：“B4，实际上是一项生物优化改造计划——不要误会，不是人体方面的，而是偏动植物方面，类似发光海藻研究。在分子遗传学上，傅氏是目前全世界走得最远的，以前是小范围内探索环境改造、宇宙空间建设等方面，而 B4 的核心技术，是遗传基因优化技术。以目前的 DNA 拼接改造技术，许多动、植物会在术后出现 DNA 裂解，后遗症类似核辐射损伤，但是咱们公司的技术是无后遗症的。

“创始人傅青松在开创这项技术之后第一条规定就是，不得将这项技术应用在人体改造上，傅凯和小傅总也贯彻了这一规定。B4 中唯一与人体相关的，就是针对遗传病的研究，当时我们和萧氏合作推动基因改造计划，主要用来无偿治疗出生即患有严重遗传病的孩子，比如——”

“比如原发性免疫缺陷病。”林水程一直在认真听，这个时候却突然出声打断了他。

林水程垂下眼帘，轻声说：“我的弟弟有这种病。他是通过这个计划被治好的。”

“对、对，啊，那还真是巧了。”专家有点意外，连声感叹，“原发性免疫缺陷病、先天性心脏病、唐氏综合征等，上一代 B4 计划领头人主攻这个方向，并且研究癌症遗传基因，这些都是联盟许可的。这个方向到了现在，其实难点不是生物，而是化学，金·李先生和他的团队被请过来，也是这个原因。”

“被破坏的数据有哪些？”林水程问。

他们已经走到了实验室门口，专家推开门，里边十几个人齐齐回头来看他。

平常纤尘不染的实验室现在充满了烟味，每个人看起来都很憔悴。

金·李那湛蓝的大眼睛也没有神采，一看到来了新人，他立刻从椅子上跳了起来，大吼道：“这个没办法恢复，其他的都行，关键物质谱图不可能恢复！找个算命的来算一算吧！早点跑路，我不想被安上叛国罪！”

“执行总裁来了。”专家清了清嗓子，面无表情地说，“现在都听执行总裁的。”

周衡打了个电话，微笑道：“听林先生的吩咐，从今天起锁死实验室大门，只进不出，物资供应我们会保障，大家的安全情况我们也会保障。希望大家尽早完成任务，恢复关键数据。”

金·李瞪大眼睛：“你们不能这样对我！”

周衡点了点头："先生，这样是可以的，我们是甲方。"

金·李："……"

林水程走上前，对金·李伸出手："您好，我的名字叫林水程。"

金·李的蓝眼睛眨巴了一下，满脸疑惑："我的甲方是不是快倒闭了？你的名字我有印象，哦……我想起来了，你是傅总的朋友！"

林水程点了点头，又说："Vixerunt 也是我，我以前受过您关照，很高兴认识您。其他的话不多说，您可以直接给我介绍一下现在的情况吗？"

金·李揉了揉眼睛，声音沙哑地说："我刚来不到一个月，很多事还在上手阶段，资料也是在联盟系统里无法备份的。这次被自毁程序销毁的其他数据倒是没什么，关键是缺失了核心报告中一组 DNA 黏合物质的成分报告，这个东西是 B4 新一代基因优化技术的核心，上一代领头人早早去世了，这东西至今还没做出来，只知道是混合物，直接用样品打谱也分析不出来。"

简而言之，就是关键物质信息缺失了，而目前无法用一般的化学分析——核磁共振和质谱法——分析出来。

林水程皱起眉："官能团呢？红外呢，相似物质能给出来吗？"

金·李苦笑起来："红外要是能，我至于在这里这个样子吗？红外光谱分析做过了，系统没有给出任何相似物质，这是上一代领头人独立研发合成的新物质。要是量子计算机还能用就好了，可以穷举破译原材料构成，但是现在的情况你也知道。完全没办法了，小傅总那边调查期是多久来着？两天？三天？"

"两天。"周衡解答说。

林水程说："有办法，你的团队里有多少人会解红外光谱图？"

金·李说："我的团队里有三个人是纯化学方向的，加上我是四个。B4 涉及机密，这个时候也没办法请外援了。"

“那么带上我就是五个，三天时间，五个化学专业出身的人，解一张红外光谱图，试试总能行。”林水程说，“没有量子计算机，我们用手和脑子计算分析。”

金·李叫道：“你疯了！你知道有多少种可能等着我们吗？！你知道混合物里有几种物质，分别是什么比例吗？！”

这完全是从未知里找解，瞎猫碰死耗子，能不能碰到，全看缘分——根本就是玄学！

“不知道，所以抓紧时间。”林水程转身拉开实验室的巨幅幕布，跟专家低声说了说，把红外光谱图投到了幕布上，接着给每个人分发白纸。

一人一摞半人高的白纸。

金·李还在喋喋不休：“我知道了，林，你其实是个算命的！你算一算就能推出物质比例！你喜欢用应试思维去解决问题！你在这里算，我想不如去修量子计算机！”

“如果应试思维有用，为什么不用？而且我们现在不是毫无头绪，我们至少有红外光谱，知道特征官能团。”林水程已经埋头演算了起来，同时吩咐金·李的助手：“给我全部的资料，现在我是执行总裁，我把任务分配给你们。金·李先生，我要知道这种物质现有的一切特征，请你和我一起假设——如果是我们自己要研发一种全新的DNA黏合剂，我们会往哪个方向推进。”

“这些资料有，B4黏合剂的前代资料也有，不过你看完至少得一个月。”金·李也没脾气了，放弃大喊大叫。

林水程目不斜视地盯着演算纸：“你看过吗？”

金·李：“看过。”

“那么我就不需要看了，你来做研究计划，我来推演。”林水程说，“合作愉快。”

实验室里灯火通明，林水程没有心思去思考别的。

他把幕布上的图深深地刻在了脑子里，睁眼闭眼都是挥之不去的线条。

那一刹那，他觉得自己又回到了学生时代。

他参加竞赛，他们那个小城的化学老师费尽心思，给他买资料，出试卷。

他的老师总是说，他是自己见过的最优秀的学生。

林水程上初中一年级的时候，就已经自学完了高中所有的内容；他上课从来没听过讲，而是按照自己的规划和老师的指导，一本一本地刷题。

每年的竞赛试卷都又难又偏，林水程报不起昂贵的夏令营培训班，于是只在每个寒假、暑假，把他能找到的一切题目都做一遍，把他遇到的所有知识点都编成试卷，和老师一起探讨。

在他们那所小高中，优秀学生的水平其实是会高于老师的。

他的竞赛辅导老师也清楚这一点，他总是鼓励他，铿锵有力地告诉他："有志者，事竟成！"

年近六旬的竞赛辅导老师，患有高血压和心脏病，家里无子无女，甚至没有过人的资历——他是校方在看到林水程的能力之后，特意分派给林水程的。

遇到难题时，老师就戴着老花镜，认真地跟林水程一起研究。每次大考放榜，林水程总能看见他弯腰去年级的成绩公告栏，凑近了去看。

林水程很多年不去看成绩公告栏，但是他的老师每次都会高兴地告诉他："你是第一。"

——从来没厌烦过。

那么多个苍白的日日夜夜，高中宿舍有熄灯时间，大冬天，林水程会抱着一条棉被去宿舍楼下，代替宿管阿姨值夜，这样他能就着灯光多做几套试卷。

解谱图是最难的，一张一张地分析，有时候遇到难题，一张可用信息几乎为无的质谱图，也会要求解题人推出方向。

打印纸张粗劣，单是草稿就能堆起来老高，他就是从那个时候落下了干眼症的毛病，有时候白天上课，闭闭眼睛，眼前会浮现刺眼的虚影。

那是他人生的信条，从小时候那个带雪的清晨开始建立，在初、高中时生根发芽。

他想让他爱的人骄傲，他想冲破那道透明的墙。

时隔多年，他又触碰到了当时那种鲜活的心思，或者说又碰到了那堵隐隐挡在他前面的墙——每当他有所好转，每当他有所希望，每当他有所爱恋，上天似乎就会夺走他的一切。

但如今他已经不再恐惧。

他记得傅落银的眼神，记得他身上的薄荷香，记得他给予过的一切——他人生的二十多年，第一次获得安全感。

那熟悉的、低沉得仿佛连心都能一起震动起来的声音存在他脑海中，告诉他："那是伪神。"

"烯氢伸展过3000，排除倍频和卤烷。末端烯烃此峰强，只有一氢不明显。化合物，有键偏，~1650会出现。烯氢面外易变形，1000以下有强峰。910端基氢，再有一氢990。顺式二氢690，反式移至970……"

他已经不需要这么简单的口诀了，他遇到的困难也是中学几道题所无法比拟的，但是他从脑海里浮现的这些词句中找到了平静。

"林，我们是否需要休息一下？"上午九点，金·李顶着黑眼圈看他，一副精神摇摇欲坠的样子。

他们已经连续工作了十二个小时。在林水程来之前，他们已经加班加点尝试恢复了更多边缘数据。

林水程说："你们睡吧，我过会儿再休息。"

他站起身来，找到周衡——后者正靠着沙发睡午觉，被他一拍惊醒了："小林先生，有什么需要吗？"

"找个医生过来，带镇静剂和唤醒电流表给我。我可能会有入睡障碍，等我要睡的时候给我注射镇静剂，一旦入睡，三个小时后用唤醒电流叫醒我。"林水程说，"还有，我要咖啡。"

没等周衡回答，林水程又转身，回到了自己的座位上。

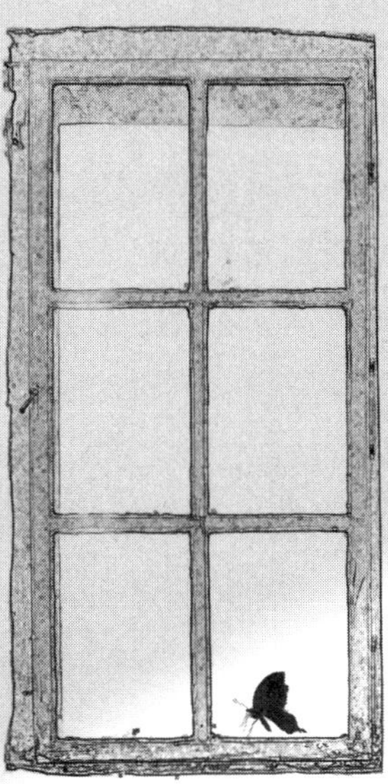

第三章

风暴

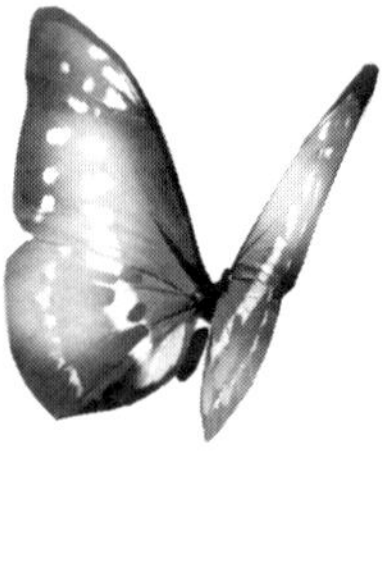

11

“傅氏军工科技创立伊始，第一宗旨就是为全联盟人民服务，为人类在太空探索和空间发展上做贡献。傅青松、傅凯，到我傅落银这里第三代，我们仰不愧对天，俯不怍于人，问心无愧。”

傅落银说：“我承认我在B4安全维护上的失职，出现了意外的情况，但对于其他的一切指控，我不接受。”

他站在大厅正中央，神情镇定，脊背笔挺。

距离傅落银被收押已经过了两天，旁听席上坐满了人，九处和航天局分坐两边，一边为首的地方，禾木雅目视前方，审慎地看着他。

另一边，傅凯神情凝重，由于傅落银是他的亲生儿子，审判时采取回避政策，代替九处坐在前面的人是九处副处长，旁边是七处处长肖绝。

这是一场漫长的庭审对决，室内的气氛空前压抑。

审判长提问：“按照程序，星际联盟法庭有几个问题要问你，请如实作答。”

傅落银：“请问。”

“对于B4加密系统中的自毁程序，你是否知情？”

傅落银：“不知情。相关情况，我想调查过后会有一个交代。”

“你确定你完全不知情，没有听说过任何有关自毁程序的情况吗？”

“没有。”

联盟中央办公楼，联盟警官警务处。

人来人往，中央主控室里挤满了人。

“董副科长，笔记痕迹分析结果出来了。”一个小职员跑来报告，董朔夜一反常态，神情紧张，眉头紧锁，盯着屏幕。

“放在这里吧。”董朔夜淡淡地说，“这件事不是当下最重要的事。”

小职员不敢多说。

他依稀也听到了一些情况——七处副处长被抓了，而傅落银和眼前的董副科长好像是关系很好的老同学。最近联盟里风向异样，没人说得清正在发生什么事，而今，调查 B4 自毁程序和泄密情况的案子被推到了董朔夜头上。

其他人都已经被派出去了，只有董朔夜还留在办公室里没有离开过。

给董朔夜安排这个任务的人，名叫董朝夕，是董朔夜的亲姐姐，在董家排行老大，也是最受宠、地位最高的年青一代，这个命令直接从二处下达，越过警务处一科科长，直接指向董朔夜这个副科长。

小职员走了，办公室门被关上了。

董朔夜拿出手机，看见了他大姐刚刚发来的短信：“傅家不宜依靠，来日漫漫，当心己身，识时务者为俊杰。”

董朝夕身在二处情报局，对联盟风向一向都一清二楚。她以前一直不怎么联络董朔夜，家里兄弟姐妹彼此疏离，各自往上爬升，她一直像个葛朗台一样捧着那点信息，为的就是在董父面前永远独一无二。

不过她婚姻不幸，嫁了几个男人，最终都因为受不了她的性格而离婚。眼看年龄越来越大，慢慢地力不从心，于是她就把主意打到了董朔夜身上。董朔夜是他们这一代最小的孩子，也是性格比较独立的一个孩子，在家中较为边缘化，如果能够纳为己用，那么也是一个不错的选择。

这次她放出信号，把调查权给了董朔夜，是非常明显的示好举动，也是给董朔夜一个和傅家撇清关系的机会——如果警务处出具报告，证明自毁程序是傅落银授意安装的，那么就可以坐实傅落银渎职的罪名，也可以顺理成章地怀疑，傅落银蒙骗联盟七处安装自毁程序是否别有企图。

如果这次大换血成功，董朔夜也许会再进一步，捞得一个飞黄腾达的机会。

“大姐看来已经站在航天局一方了。”董朔夜喝了口茶，眼底居然浮现出几丝笑意，他喃喃念道，“识时务者为俊杰，你焉知我不识时务？这次站对了队，你多一个人情；站错了，责任在我。全家可没有几个傻子会上这种当。”

他删除短信，站起身来，准备赴他迄今遇到的最大的赌局。

他已经为这个赌局准备了十多年。

“请问被指控人，B4 计划是否被傅氏军工科技用于人体项目？”

“我们进行过遗传病基因治疗和免疫提升治疗——”傅落银刚说了一句话，就被打断了。

“请回答是或否。”

傅落银环顾周围，波澜不惊地说：“是。”

“那么你是承认曾将 B4 用于人体项目了。”

傅落银笑了一下：“你的问题误导性很强，我回答是或否，你们记录的内容会有任何区别吗？”

在场的人纷纷议论起来，一片沸腾之势。

“这是联盟最高法庭，不是问答节目！”法官说，“肃静！”

“请问被指控人，是否曾将基因改造用于临床项目？请回答是或否。”

傅落银说：“所有的治疗手段通过认可之前都必须经过临床试验，包括药品发行。我们在孤独症、唐氏综合征等的患者中召集了志愿者，一切流程经过联盟许可。”

“请回答是或否！”

傅落银静静地说：“请回答是或否——我回答是或否，对你们记录的内容会有任何根本上的影响吗？”

大厅里又是一片哗然，甚至有些年轻点的旁听员笑出了声。

傅凯的表情也精彩异常——他一直知道自己这个小儿子一身反骨，离经叛道，但是没想到傅落银会把这种离经叛道保持到这种场合。

在这种情况下，他甚至生出了些许欣慰和骄傲——他这个小儿子，没有辜负自己的期望，是能抗住各种重压的人！

“肃静！”

大厅门被推开了，进来的人直接报告道：“警务处调查结果已出！是否要现场报告？”

坐在中间的董朝夕往门口看了一眼，随后收回视线，端庄矜持地理了理自己的裙摆，举手提议：“建议现场报告。”

大厅里讨论了起来。

门外，董朔夜拿着文件夹，安静地等在一边。

他知道这样的流程需要多久，并不着急，然而没过多久，他听见身后传来了一道有些耳熟的声音：“我能进去吗？傅落银是在里面吗？”

董朔夜回头，意外地看见了一张苍白漂亮的脸。

他有些意外：“林水程？”

林水程整个人苍白得可怕，透着一种极度透支精力和体力之后的疲惫，恍惚看一眼还以为看到了鬼。

但就是在这样的情况下，林水程身上居然还焕发着非常强的精力和活力，他的眼神清醒而富有穿透力，直直地向董朔夜看了过来，微微颔首。

立刻有人围过来：“你是干什么的？”

有九处人员快步走了过来，直接叫了他的名字：“林水程！”

林水程看到他的脸时，愣了一下。

这个人正是连续两次直接联络他的那个九处干员，看制服，等级还不低的样子。

“傅凯让我在这里等您。”九处干员低声说。

林水程点了点头，接着指了指自己手里的文件，声音沙哑：“我们恢复了 B4 核心数据，现在能进去吗？”

他身后，金·李也跌跌撞撞地跑了过来，不顾自己在哪里，大叫起来：“一定得进去！一定得让小傅总出来！这个姓林的男人太可怕了，如果小傅总倒了，我不敢想象以后都是这个姓林的人当我的甲方的日子！我的脑子和身体都需要上保险！！”

两天时间，五个人连轴转，在精神高度集中的状态下，花了二十个小时破解出最后的物质信息。虽然不一定准确，但是他们直接做了合成实验，做出来的和样品虽然有些出入，但是已经可以作为确定结论上报了。

林水程只用了一次药物助眠，他只睡了三个小时。

金·李差点被林水程逼疯，跟着林水程的节奏抖出了四百多个方案——每一个方案刚提出来，林水程都会迅速进行演算、推论，然后再推翻。林水程好似一个冷酷无情的精密智能机器人。

很少有人能跟上金·李的思路，但是林水程做到了，经常金·李只提出了一个雏形，别人都还没听懂的时候，林水程就可以迅速反应并且进行建模、推演核实。

就这样一个个地推翻，他们最后找出了可能有效的两种结构，林水程核实方案可用时，全场人都差不多累趴下了。

他们达成最大的共识就是：林水程是魔鬼！

“请把这件事交给我，林先生，非常感谢您。不过傅凯希望您现在帮他另一个忙。”男人向他递出一张表格，“请放心地将这边交给我们，不用担心。您加入这次的数据恢复工作，傅凯已经知道了，他让我代表他表达对您的感谢，非常感谢。”

“但是您的当务之急，仍旧是做好那件事。”男人低声说，“这是战争，我相信无论是您还是傅落银，都会承担起自己的责任。在前线追查中，我们已经有干部牺牲了，所有人都在为之努力。傅凯不想把时间浪费在内部消耗中，但是现在没有办法。”

他不再隐瞒，至此，林水程终于确认了——一直以来监视他、保护他、和他联络的，是傅落银的父亲——傅凯本人。

林水程接过表格，看见上面是批示过的信息：“犯罪数据调查部B级权限听证审核申请通过，审核时间如下……请准时抵达联盟中央办公楼A栋A771报告厅完成报告。”

时间是三天后，除夕夜。

这也是傅凯能够最大限度破例为他通过的申请。

他声音沙哑地说：“好。”

金·李通红着眼睛过来抓林水程：“走了，哥们儿，小林总，我亲爱的甲方先生，回去休息了。我们进不去，待在这里也没什么用，睡一觉后，等待好事降临吧。”

林水程被他拽得晃了晃，踉跄了一下之后，回头看着九处干员，嘴唇动了动：“他……他怎么样？”

“他很好，他也希望您好好的。”干员说。

林水程点了点头，不再说话，被金·李拽着离开了。

他很久没有体验过这种放空的状态，大脑在长时间高度紧绷和缺乏睡眠的情况下，已经自动拒绝了各种复杂指令，比如他发现自己无法理解电梯里的禁言提示，他眼里的文字图像都扭曲变形，他的世界像是电视上的雪花噪点一样，嗡嗡地天旋地转。

但是他还能保持清醒，他想起来，就在自己头顶的某个大厅里，有个人还在等他。

“我代表联盟警官警务处宣布两天前的RANDOM攻击案的调查结果。”

大厅里，董朔夜平静地站在发言席上：“针对B4被置入非正常状态自毁程序的调查，结果显示，这个程序确实是傅家人植入的。”

董朝夕在二处席位上满意地笑了，周围再次掀起了不止歇的骚动声。

“真的是傅家人做的吗？”

“他们这样岂不是等于做好了随时关闭B4计划的准备！联盟投入的成果，他们也要据为己有吗？！”

禾木雅抿着嘴，一言不发。

傅落银和傅凯脸上都没什么表情，依然沉稳镇定，没有丝毫波动。

董朔夜继续念：“相关操作记录在两年前，执行人的名字叫楚时寒。

“他的确是傅家人，也是傅氏军工科技曾经的领头人，两年前，B4计划处于开发初期，虽然已经与联盟达成协议，但核心部分并未并入七处联盟项目，属于傅氏军工科技的私有核心科技，警务处调查认为，楚时寒作为领头人，合法拥有植入自毁程序的权限。

“如果要使指控成立，请指控方提交傅落银对此事知情的证明。如果无法提供，那么傅落银不知情、无责任的结果，即为警务处的认定。

“以上，是联盟警官警务处针对有关傅落银的指控的全部调查结果。”

12

傅落银神色沉静，在董朔夜宣布结果的一刹那，抬起眼和他对视了一眼。

这是一场无须事先说好、无须事先沟通就能协力完成的赌博。

董朔夜高中时认识傅落银、成为朋友，从那时起他们都清楚：这绝不会是完全纯粹的友谊。

一个是在内部倾轧争夺、人人拼命往上蹿的大家族中不受宠的孩子，另一个是注定接管大局，同样不受宠的孩子，这之间掺杂着大量的利益关系和上下级的从属关系，但是他们都不在乎。提前十年，董朔夜以孩子的眼光，以及一个沉默寡言的孩子在家中行走的身份，看出了联盟未来的方向——如今的执政层和航天局发展的必然冲突。

这是一场豪赌，他赌傅落银这一边赢，也赌上自己的前途，赌上唯一翻身的机会。

而傅落银，也绝非善茬，第八区里残酷的末位淘汰制训练、空降七处、接手公司，这么多年的每一分每一秒，都是为自身的强大铺路，没有董朔夜，也有其他人，傅氏军工科技的根基在他手中这么几年的时间，只会更加深厚。人人都以为他依然要依靠傅凯的力量，只有他自己知道，他已经羽翼丰满。

董朝夕在听见董朔夜说出“楚时寒”三个字的时候，眼里涌上了震惊。

与此同时，不仅是九处，二处、七处、防御局也有不少人已经按下了身边的按钮想要发言，议论声再次响起来。

“楚时寒？是谁？”

“就是傅家大儿子！”

“傅家大儿子怎么姓楚？那傅凯内人是楚静姝这个事算是坐实了吧？”

“哎，谁知道呢？他们不对外说，谁知道傅家大儿子其实姓楚？不知道的还以为大儿子不受宠，在外头只听见傅副处长的名字。”

“请回答，B4 前代领头人与你是什么关系？”

傅落银说：“他是我的哥哥。”

“他人在哪里？”

傅落银：“他已经去世了。”

大厅里一片哗然！

法官再次敲了敲桌子：“肃静！”

傅落银说：“楚时寒两年前因意外去世，警务处和九处档案中都有记载。”

一刹那，傅落银脑海中突然浮现傅凯的举动——

傅凯先后两次没有让他接触到楚时寒的真实资料，甚至一开始不同意他重新调查楚时寒的案子。

如今看来，楚时寒一案有隐情是真的，但是只要他们还没查出来，那就是意外！

“意外”两个字可以堵死所有人的嘴，让活人免责。

莫非傅凯一直拦着，不让他继续追查楚时寒的死因，就是料到如今这一刻——航天局和九处，层层错杂的权力、势力彻底翻脸对立吗？

傅落银看了一眼傅凯，傅凯脸上依然紧绷着，没有给他任何回应。

与此同时，报告员发言：“傅氏军工科技送来了修复后的核心数据资料，他们坚持自有的数据应急系统有效，傅落银已经履行了他作为计划负责人的全部职责。经过专家组确认，他们送来的样品信息检测基本合格，没有发现任何异常。”

傅落银微微一怔，下意识地往门口看了一眼。

大门紧紧关闭着，林水程是没有权利进来旁听的。

但是他知道林水程来过了——他知道林水程花了两天一夜的时间，和他一起努力。

他知道那会有多难。

林水程真的做到了！

“如果没有人提出异议，那么现在进行集体表决，认为指控不实，同意撤销对傅落银的指控的人，请选择‘指控取消’；如果相反，请选择‘坚持指控’。”

没过几分钟，在场大部分人已经做出了选择。

——除了航天局的人。

发言人看向禾木雅：“禾木雅？”

“我不投票。”禾木雅声音平静无波，“我认可傅副处长在这件事中不需要承担责任，但我依然要指控傅家，傅氏军工科技法人代表有危害国家安全的嫌疑，因为他们的发言和证词中依然有颠倒黑白的事实存在。我有一个问题要问傅氏军工科技的两代法人代表，即在场的傅凯和傅副处长，楚时寒一案并非意外，为什么当年傅凯直接选择结案不查？”

禾木雅站起身来，她的年纪已经很大了，但是穿上航天局制服后，依然显得英姿飒爽。

“我提供证据，楚时寒在两年前，曾单独联系过我，希望与我就‘某些可能危害到国家安全的情况’进行洽谈，但是还没有到约定时间，楚时寒本人意外去世，九处飞快结案定性为意外。而我们航天局经过研究认为，楚时寒一案，是继三年前的火炬惨案之后，RANDOM组织公开袭击的第二起案件！”

“我明白在场各位的想法，也明白在量子安全墙第一层被破解的当下，当务之急是做好与我们的敌人，与整个 RANDOM 组织进行战争的准备。但在那之前，肃清我们的队伍，将潜在的威胁排除，也就是为我们排除敌人设下的阻碍。”禾木雅的声音铿锵有力，“B4 是国家和傅氏军工科技合作的核心，RANDOM 这次的目标直指 B4，这种时刻，所有人都需要知道真相。

“我要求傅氏军工科技法人代表和国安九处公开有关楚时寒案的一切信息，由航天局、国安九处、防御局三方共同监督推进查案，彻底厘清这起案件的来龙去脉。”

“林，你为什么不吃饭？我们刚刚做完了一件伟大的事情，这个时候应该开香槟派对，邀请俊男美女来别墅跳舞。”

酒店套房内，林水程端着一杯麦片喝着，眼睛一眨不眨地盯着电脑。

他洗过澡换过衣服，睡了六七个小时后，就起来继续工作了。

他对金·李晃了晃手里的麦片：“正在吃。”

金·李瞪着他湛蓝的大眼睛，过来给他分了一块顶级三层牛肉汉堡：“你吃的东西在我家是用来喂鸟的，没有冒犯你的意思。”

“我知道。不过我赶时间。”

林水程说。

离除夕夜还有三天时间，三天之后，他就要代表犯罪数据调查部前去做报告，以争取拿到 B 级权限。

等到有了这个权限之后，联盟所有的动态系统信息都可以被他使用，他有很大可能可以直接优化目前的蝴蝶效应模型，同时也能获取楚时寒的详细案件资料，从而进行推演调查。

只是他不知道能否通过，他的蝴蝶效应模型，目前依然非常不完善，并且没有进行过任何事件检测。

这就回到犯罪数据调查部讨论的那个点：没有全部的数据，他们无法做出成果，而如果不做出成果，他们就拿不到获得所有数据的权限。

金·李啃着汉堡包、喝着冰镇可乐往他身边大大咧咧地一坐，看了一眼他的屏幕：“这是什么？地球人类活动轨迹大型建模？嚯，你设置的参照体系很巧妙……”

林水程说：“是蝴蝶效应，你这么说也没错。”

金·李颇感兴趣地问他：“你做这个干什么？这个课题挺大的吧，我以为你一直都是实用工具派的，没想到也对理论的这些东西感兴趣，有兴趣加入我们旧欧洲分部学派吗？”

林水程瞥他：“这就是工具派的东西，可以用于犯罪调查。”

金·李吸着可乐，听他这么说之后，愣了一下，接着一口可乐差点喷了出来——金·李大笑起来，结果笑着笑着呛住了，只能手忙脚乱地找纸巾。

林水程停下对建模的关注和思索，有些疑惑地看着金·李。

对于金·李的这种轻佻散漫的态度，他并不感到生气，也没有感到被冒犯，只是好奇金·李在笑什么——这个比杨之为还小十岁的全才化学家、风格跳脱的新锐学者，他的观念有可能会给自己目前的研究带来巨大的改变。

金·李用了半包纸巾拼命擦可乐渍，笑了半天后才说：“为了犯罪调查，去做蝴蝶效应模型？林，你在跟我开玩笑，你的做法就好比为了拍一部科幻片去统一了牛顿力学和量子力学！你有这么聪明的脑瓜，为什么要去做用大炮打蚊子的事情？”

林水程又愣了一下，随后说：“我大概明白你的意思，但是我研究的是那些被定性为意外事故的案件，这些案件的实现方法是通过操控自然意外和巧合产生连锁反应，并不是普遍意义上的犯罪案件，我想如果能破解出事件轨迹，就能直接推出事件来源，也就是连锁事件最开始的那只蝴蝶。因为初始条件难以找到并且极度敏感，所以我想……”

“你听着，伪装成连锁反应和意外事故的犯罪也是犯罪，它需要工具破解，但是你正在干我们理论派的事。”金·李湛蓝的眼睛里充满了不可思议，好像好不容易找到了林水程的一点小错误，让他显得非常高兴，“蝴蝶效应对初始状态敏感，你也没办法直接模拟到奇点状态啊！你不可能从宇宙大爆炸的时候开始模拟，因为那会产生无限种可能，你单是排除无关噪点，大概几百万年都排除不完。”

“我知道，但是……”

“那你为什么不直接从已经发生的事件逆推呢？”金·李凑过来，仔细研究了一下他的算法，“你的算法高度模拟了人类行为，甚至给出了详细的相关度参数，你都做到这一步了，用了这么优秀的算法，为什么不直接倒过来，在一个已确定的事件集合中，推算与结果事件相关度最高的那一个事件呢？”

林水程怔住了。

金·李指了指被林水程放在一边的巨无霸牛肉汉堡：“事件发展对初始条件敏感，且初始条件无法确定。打个比方，我给了你一个巨无霸汉堡，我无法确定你会不会吃，这个预测成功的概率不是二分之一，而是零，因为概率学上它是二分之一，但在事件和人类行为学上，它是完全不确定的。这个汉堡包的最终状态不可能只局限在你吃或者不吃之间，而是会有更多的选项：被你丢进垃圾桶，被你拿去喂猫，或者我自己忍不住过来吃掉了，还可能这一刻宇宙发生了剧变，重力反常，这个汉堡直接被弹到了外太空。每一种状态都在你吃了和你没吃这两者中间，但你能说你可以从概率学上预测这个汉堡的状态吗？”

林水程沉默了一下后说：“不能。”

这也是蝴蝶效应不可解的一个原因，他不能模拟世间一切“可能出现的事情”，因为那是一个无穷数。

“但是反过来，你看。”金·李拿走了这个汉堡包并咬了一口，一边咀嚼着，一边口齿不清地说，“已知事件结果，我吃了你的汉堡，这是一个确定的状态，汉堡的状态也是确定的——它在我的嘴里，这是一个结果事件，从因果关系出发，这个概率就变成了1，也就是这个汉堡会出现在我嘴里的事件，它的前一步必然是我在你这里拿起了这个汉堡。诚然，这个房间里的其他人，比如我的团队成员，也可能是他们拿过来塞我嘴里的，但你是会去噪点的，你知道怎么按照相关度排序。汉堡出现在我胃里，你肯定会首先认为是我吃了它，而不是别人逼着我吃了它。”

“这也就是警方经常说的，第一嫌疑人、第二嫌疑人，按照案情相关度排序，同样也按照线性相关度排序。”金·李说，“你有这么优秀的算法，我建议你换个思路，你可以从结果推演出嫌疑人，进行相关度检测，这个算法要比模拟蝴蝶效应简单得多，而且范围也小得多，就是一个数据动态建模和线性相关度排查。说实话，这项工作老早就有人在做了，但是他们的算法都没有你的优秀，我可以看出你在没有量子计算机的情况下进行了非常天才的算法优化，你有没有兴趣加入我们分部……”

他说了没几句，汉堡快被他吃光了。

金·李一边享受着垃圾食品，一边感叹道：“大炮打蚊子啊，林，你理解我现在的快乐吗？看你吃瘪，我非常高兴。虽然你是我的甲方……但这会让我更高兴，你明白吗？”

林水程直接站了起来，收拾电脑冲了出去：“我回去一下。谢谢您，非常感谢。”

“那你的鸟食我可以尝一尝吗？”金·李扒拉了一下林水程剩下的那半杯麦片，而门口早就看不见林水程的人影了。

林水程回了一趟家，拿出傅凯给他的那个U盘，把所有的事件资料拷贝了出来。

不同的是，这次他拷贝的不再是那些被定性为意外的案件，而是凶手已知、比较离奇曲折的凶杀案，他特意挑选了侦破时间较长、线索较少的那一批。

小奶牛和小灰猫都蹭了过来，跳上桌瞅他，但他完全没有察觉。

时间一分一秒地流逝，天光从透亮转为黑暗，当天完全暗下来的那一刻，林水程按下了回车键。

凶杀案从受害者被害的那一刻进行模拟推演，往前推，在动态建模中的上千万人的轨迹不断变化，每一个人与案件的线性相关度都在不断发生改变，直到他的系统检测出线性相关度的峰值，且峰值要大于线性相关指数，明显超出正常范围。

峰值指向与案件关联最大的人——嫌疑人本身！

林水程因为长期没有进食，感到胃隐隐疼了起来，他摁着胃，手指却兴奋得发抖。

案件一，案件二，案件三……

他的系统，全部正确推演出嫌疑人！

他尝试推演了一遍火炬惨案。

系统弹出提示“时间逆推线性相关度排查进行中”。

三秒后，排查完成，第二个窗口弹出：“相关度异常事件、人物，按降序排序：火炬传递赛宣传委员会、道路施工公司、夏氏医疗科技公司。”

林水程皱起眉。

与火炬惨案第一线性相关的是火炬传递赛宣传委员会？

他又检查了一下算法，但是没有找到任何错误。他已经按金·李的建议进行了算法调整，就像金·李说的，拨开迷雾之后，他面对的是一个非常简单的系统，不至于出现太大的错误。

但这就是系统告诉他的答案：火炬惨案中，第一嫌疑人，是火炬传递赛宣传委员会。

年三十前夜。

林水程换上正装，带上U盘，准备前往目的地。

他不知道针对傅落银的指控调查要什么时候才能结束，但是打车去联盟中央办公楼时，他居然接到了傅落银打来的电话。

他接了，轻轻问道：“喂？”

傅落银的声音有点沙哑：“稍微有点空闲时间了，给你打个电话，你按时吃药了吗？”

林水程其实忘了吃药，但是他慢慢地说：“吃了。”

“我这边没事，针对我的指控已经撤销了，现在他们在讨论别的事，暂时还出不了结果。最迟明天，我应该就能回来。”傅落银说，“到时候我去接你？周衡给我们订了年三十中午十二点去江南分部的机票，或者我们直接在机场见面也行，我在七处那边可能还有点事。”

林水程轻轻说：“好。”

这几天发生的事情实在是太多了。

这是他们的心照不宣，是他们有关小绿和小蓝的谎言，幼稚，遮掩，缺少那么一丝坦率，却一样真实。

林水程静了一会儿，轻轻地补了一句：“你要好好的。”

傅落银那边没声了好一会儿，随后他才有些掩饰情绪似的咳嗽了一声：“嗯，好。我先挂了啊。”

年三十。

早上八点半。

报告会正常举行，林水程演示了他关于几个案件的推演结果，参与报告会的人他都不认识，有国安九处的，有防御局的，还有警务处的和航天局的。

他们在听完林水程的报告之后，又在现场对他开放了几个未曾对外公布的已解决案件，要求他用自己的模型推演。

由于林水程不了解这些案件的情况，他只能如实演示，并将最后归纳出来的嫌疑人报告给所有人。

报告结束之后，他被要求在一旁等待，半个小时后出授权结果。

林水程拿出手机看了看时间，离他和傅落银约定的时间还有两个多小时，收拾行李还要赶过去恐怕会有些仓促，他给傅落银发了条短信：“我这边报告结果不知道什么时候出来，机票可以改签到下午两点左右吗？”

傅落银回复：“可以，我跟周衡说了。我这边大概也是中午十二点出来，你回家注意安全。”

林水程回复：“好。”

“林先生，你的报告会授权结果出来了。”林水程这边刚发完短信，另一边就有人跑了过来，递给他一张黑色的权限卡，满眼笑意，“恭喜。上面认为您的这个模型很棒，或许会推动我们对许多案件的判断，只可惜现在年底了，来不及进行表彰，不过这些都会有的。”

林水程微微颔首：“谢谢。”

干员笑了："从今天起，全联盟的交易系统信息、高阶卫星定位监控信息、位置信息、隐私信息对您开放。希望您合理使用，为联盟继续努力。"

林水程点了点头："我会的。"

林水程回到家时，是十一点半，比他预计的时间还要早。

他打扫了一下家里的卫生，把被子被褥都收进柜子里，给沙发、桌椅罩上防尘罩，然后把该带的行李又清点了一遍。

小灰猫和小奶牛的航空箱放在一起，小奶牛喜欢航空箱，已经蹲了进去，小灰猫则还在走来走去地玩。

林水程倒了杯热水，把药吃了，然后去打卡机那里打了一下卡，结果语音提示他："打卡失败，这是林水程和傅落银的打卡机。"

傅落银没有录入他的指纹。

林水程瞅了瞅打卡机，唇边勾起了一丝笑意。

时间还长，林水程把笔记本电脑取出来放在膝上，试探着插入了他刚刚得到的 B 级权限卡。

登录认证通过，系统弹出了一些初始化设置之后，林水程看到一个资料库显示"警务处档案"，于是点了进去。

档案里边全部是按照时间年月排序的案件，密密麻麻的一大片。

林水程在搜索栏里输入了三个字——"楚时寒"。

系统立刻跳出了一条检索结果——

Z23321129 楚时寒港口遇刺案。

包含结果：家庭基本情况调查、社会人际关系调查等。

中午十二点，指控大厅宣布暂时解散。

对于傅落银的指控已经撤销了，但禾木雅要求公开调查楚时寒案件，并要求傅凯公开真实案件资料，航天局和国安九处加入这次楚时寒案件的重启调查监督。

傅凯仍然坚持他的说法："我当年终止案件调查是因为我已经看到了事情的真相，时寒是我的亲生儿子，如果有凶手，我难道会纵容他逍遥法外吗？意外就是意外，不存在隐瞒的说法。现在是战时，我们应该一致对外。"

禾木雅说："那么一切先等调查重启的结果出来。现在是战时，大家务必提高警惕，春节在家也要做好一切准备。"

所有人都将迎来几天短暂的假期，因为是一年的结束、新一年的伊始，新的一年，所有人都会许下新的愿望，期待好事发生。

傅落银走出大厅后，跟傅凯匆匆交代了几句，随后说："我先去找林水程会合，爸，你那边安排妥当了就带妈来江南分部基地，咱们一家好好过个年。"

傅凯看他的眼神有点复杂，伸出手拍了拍他的肩膀，最后只是轻轻地叹了口气："辛苦你了。"

下午一点。

董朔夜回到警务处，疲惫地给自己泡了一杯茶。

泡着泡着，他看见桌边还放着没打开的文件，伸手拿了过来。

笔记痕迹分析结果——

图片1：无序草稿。

图片2：无序草稿。

图片3：无序草稿。

图片4：清晰字迹。林。

图片5：清晰字迹。林水程。

图片6：树状图。分子生物，论文核心，学术界怎么了？

…………

下午一点半。

傅落银抵达机场，司机给他打电话："林先生的包裹都已经收拾好了，就是两只猫还没装，也不知道他人在哪里，我就先把行李运过来了。"

"行，他可能在外边吃饭，我给他打个电话。"

傅落银给林水程打了个电话，但是林水程没接。

下午两点半。

天空飘起小雪来，落在地上就化了，被人踩出了朦朦胧胧的、灰败的痕迹。

傅落银的脸色慢慢地变了，他紧抿着嘴唇，给林水程打去了第十七通电话。

这次林水程直接关机了。

一刹那，尽管傅落银内心不想承认，但是他隐约意识到了一点。

林水程——他不会来了。

13

"六年前，也就是林水程大一上学期时，楚时寒资助了林水程的学业，两人因此成了好朋友。由于楚时寒此时拟参与 B4 计划，B4 拟与联盟七处进行合作，他可能是为了简化流程而选择了隐瞒这件事。

"其间，傅凯，你是见过一次林水程的，尽管那并不是一次正式的会面，林水程本人也不知道你的身份，但是，你是清楚的，林水程出现在楚时寒的社会关系网中。楚时寒去世之后，你却擅自调用了 A 级权限给他，并动用国安九处的权力，把林水程从所有和楚时寒相关的系统中删除、擦去了，请问，为什么？"

审讯室里，傅凯换上了被审讯时的统一服装，没有了军装的衬托，他的气质依然沉稳英挺："为了保护我儿子的好朋友，也是为了保护真相。”

“林水程做了什么事需要被你保护吗？你的动机是什么？”

傅凯沉默了。

审讯员重复了一遍：“你的动机是什么？”

就在这个时候，审讯室的门被推开了。

一个穿着航天局制服、同样笔挺潇洒的年老妇人走了进来，一头银发显示着她经历过的岁月。

禾木雅说：“你们出去，我来吧。”

她在傅凯面前坐了下来，平静地说：“你比我晚七八年入伍，我在空间站军团时当过你的教官，也是你后来加入的第八区特工队的第一代成员，从某种意义上来说，我们也是老战友了，小傅。”

放眼全联盟，都不会再有第二个人敢直接叫历经风霜、战功累累的傅凯“小傅”，禾木雅是唯一的。

傅凯注视着她，和她一样平静：“你是真的觉得，我们傅家有一天会做出危害联盟安全的事吗？”

“我不相信，所以我一直在进行调查。调查的结果就是这样，楚时寒没有选择其他任何人，而是主动联系了我——他如果遇到事情，为何不第一时间向家人求助？”禾木雅问道，“你的行为也非常可疑。”

傅凯说：“我不知道。不过按时寒的性子，他或许在担忧，他遇到的事情可能会威胁到他身边的人。当年 RANDOM 还没出现，出现以后也一直没有得到相应的重视，直到星大罗松遇刺案后，我们才开始提高警惕。他们的作案手段太隐秘了，现在回想，应该不止这么多起案子，那些我们认识的老朋友，说是因为脑溢血发作或者空难去世的……你能确定其中没有 RANDOM 作祟吗？”

禾木雅说：“所以，告诉我林水程这个人重要在哪里。”

“我并不知道，我是赌一把。”傅凯沉声说，“禾木雅，我清楚你的作风和习惯，你一贯使用强硬的手腕来实现自己的目标，对于认定的事情不达目的不罢休。你认为我有嫌疑，或是整个傅氏军工科技都和 RANDOM 有关联，我明白你的怀疑和担忧。但与此同时，我也要重申，我目前和你一样，不了解 R 组织的任何信息，也不明白他们的真正目的。只是我通过观察发现，这个组织对于我儿子的朋友——林水程，表现出了异常的高度关注。对此，我做了我认为对的事。”

“这个结论成立的理由呢？”禾木雅问道。

“他身边人的三次高度‘艺术化’的意外事故，针对他本人的一次重演性的意外事故，还有两年前促使我终止调查并把他隐藏起来的原因。”傅凯问道，“你不是想知道我两年前查出了什么吗？现在你们知道了，九处查到的证据显示，林水程是杀害我儿子的凶手，他的账户在事发前出现了不明资金流入，他那一通电话打过来后，时寒选择了抄近路前去最近的空间车站，正好走到了打架斗殴的地方，如果一切事件有源头，林水程就是那个源头。

“但我无法给他定罪，因为这是连锁反应；我也见过那个孩子，相信他的人品和性格，他绝不会是杀害时寒的凶手。”

蓝色的系统屏幕亮起，系统运算弹出窗口“正在进行 Z23221129 楚时寒港口遇刺案线性相关度排查”。

相关度异常事件、人物，按降序排序：林水程。

林水程点击“重新运算”，摁下回车键。

弹出同样的结果：林水程。

这个操作他不知道进行了多少次，就像他这一晚上不知道看了多少遍楚时寒的案情资料。

资料第一栏是家庭关系。父——傅凯；弟——傅落银。

这些字、这些词、这些标点符号，这些灰蒙蒙的字节与像素点，全部化成了一记重锤，狠狠地砸在了他的脊背上，压得他的世界解构再重建、重建再解构。

呼吸都掺入血腥味。

林水程关闭了电脑。

随后，他站起身来，把电脑的定位芯片、发信芯片全部抽出来，拆除、销毁，丢到路边，只有九处给他的那个银色U盘还被他捏在手中。

空间车站人来人往，鱼龙混杂，行走间，人们将外面的雪水带了进来，泥泞一片。他在旧物交换处用这台跟随他四年的旧电脑换了一台更次的电脑，厚而笨重，这就是他全部的行李。

“小伙计，走不走？”有私家车司机在招揽客人，“四个一起，每人八十联盟币，冬桐市城区走不走？”

林水程勉强笑了一下：“走。”

可是他还能到哪里去？

曾是“家”的地方，早已经空无一人，他不能再回到那里，他不能再找到他那从未出现过的母亲，不能像一个婴孩一样寻觅她的怀抱，寻觅他一切曾经想要却没有资格得到的东西。

林水程和楚时寒相遇是大学一年级上学期。

杨之为刚刚同意林水程进他的实验室，林水程那时刚刚大一，要直接跟上研究生的进度，哪怕已经做了很多功课，实际上还是有些吃力的。

林水程花了很长时间在实验室里，也没注意过天天和他一起泡在实验室的那些师兄师姐里，有一个姓楚的师兄在关注他。

洗试剂瓶的时候，楚师兄会收走全实验室的脏试剂瓶一起洗，包括他的。

那就是他对楚师兄仅有的印象了。

后来就是他在实验室做饭被逮住，楚时寒发现了他的难处，主动提出来愿意资助他。

楚时寒帮他跟上进度，跟他头碰头地讨论研究方向和遇到的难题。

楚时寒很温柔，这种温柔是对待所有人的，让人如沐春风，一看就知道他是个拥有幸福家庭的人。

只是楚时寒从来没有跟他提起过自己的家人，也没有告诉他更多的信息，比如自己是哪里人，住在哪里，家里情况如何……这些事情，林水程偶尔想起来了，会问一问，但是楚时寒不说，他也不会再提。

那样的温暖与温柔，已经是他能想到的最好的东西。

林水程和大学室友作息不合拍，平时忙着项目合作、听课和做实验，也没什么别的朋友，那时候楚时寒算是每天唯一能跟他说说话的人。

还记得有一年的圣诞节，林水程和楚时寒在出租屋里煮了一顿清淡的火锅，楚时寒买了一个小蛋糕，两个人分着吃掉了。

林水程接了个电话，楚时寒问他："这么晚了还有工作吗？"

林水程和他一起收拾了碗盘，随后说："嗯，我要先走了。"

"圣诞礼物还没有给你。"楚时寒说。

林水程微微一怔。

他没想过还有圣诞礼物，准确地说，自从他高三毕业以来，他就没有过过任何节日，没有收过任何人的礼物。

孤僻，冷漠，独来独往，几乎没什么社交，这就是其他人对林水程的印象。

他不是不懂这些东西，只是没有时间去想。

没等他回过神，楚时寒把他拉到屋里，非常神秘地让他伸手去揭开礼物盒的盖子——盖子之下是一个锥形瓶，锥形瓶里盛着淡蓝的溶液，溶液中藏着冰蓝色的冰晶丛林。

那天是圣诞节，江南分部初雪，气温下降，风暴瓶里的冰晶狭长，如同雪花本身，晶莹剔透得能照见人的眉眼，美丽得如同星辰。

“我做了很多次，都失败了，最好看、最干净的结晶是这种六角形雪花状的，刚好在今天做出来了。”楚时寒笑起来的时候，呼吸冒着热气，“我在想，它今天出现在这里的意思，会不会是让我把它送给你当圣诞礼物。风暴瓶这种东西，对气温条件和溶液浓度太敏感了……”

林水程也曾想过，一个人诞生伊始，世界是否就会给予他往后余生全部的暗示。那么多灰败或光亮的记忆，仓促或被淡忘的过往。他的记忆总是会回到冬桐市的那个小院子，他那爱喝点小酒下下象棋的爷爷教他们背古文。

他记事晚，最早的记忆，是有一天他被爷爷抱在怀里念古诗词，爷爷教他：“赌书消得泼茶香，当时只道是寻常。”

爷爷还教他用拖长的声调抑扬顿挫地念：“流水落花春去也——”

他看着大巴启动，路边景致变换，从繁华的地带驶向他破败的小城，他抱着电脑靠在座椅上，梦了又醒，醒了又梦。

他梦见他父亲，梦见林等，梦见爷爷和楚时寒。

今天他也梦见了傅落银。

他梦到他们第一次相见。

很奇怪的是，他一直以为自己不记得，如今回想起来，一切都是那样清晰——他记得傅落银穿着大衣立在阴暗的停车场边的样子，他一身阴沉戾气和上位者的威压，手边的烟亮着红热的火星，薄荷香从风中传来。

如今他终于明白，这一切或许和“神”无关，甚至和“伪神”无关，操控他的是真正的命运——命运从不肯放过他。

“经过调查，楚时寒的人际网中，林水程是最大嫌疑人。”

警务处，董朔夜静静地听着报告，半晌之后才低声问道：“……确定了吗？”

“目前是这样怀疑的，因为就在楚时寒出事前，林水程的账户多出了几笔比较可疑的资金，而且当时，林水程正在跟他通话，时间上过于巧合。”

干员报告说。

董朔夜深吸一口气：“之前反追踪量子安全墙破解人有眉目了吗？”

“有，当时在逃的有三人，其他两个人引爆了炸弹自杀，剩下一个已经被我们抓了回来，他的名字叫秦威，毕业于星城科技大学，目前是一家新能源公司的高管，但是被抓回来之后，他什么都不说，并且他的体质比较特殊，我们发现吐真剂对他无效。”

董朔夜说：“什么都不说就先关在那里，傅副处长呢？他知道这些消息吗？”

干员说：“知道了。”

“行，你先下班吧，回去过个好年。”董朔夜说。

他低头掏出手机，找到拨号页面，翻到“傅落银”三个字，拨了过去。

傅落银没有接。

他想了想，又翻到“傻白甜”的通话记录，正准备打过去的时候，苏瑜却给他打了过来：“喂，董黑吗？”

“别这么叫我。”董朔夜皱了皱眉，随后问道，“林水程的事你知道了吗？”

苏瑜压低声音：“全联盟都知道了，楚一的案子今天已经全网公开了。”

董朔夜：“你怎么看这件事？”

苏瑜继续说：“无论如何，我绝对不相信林水程会是嫌疑人！”

董朔夜无奈：“我没说这件事，我说的是负二的事。”

苏瑜在那边沉默了一会儿：“他可能不太好，我给你打过来也是为了这个，我们要不要去陪陪他？”

董朔夜提醒他：“今天是年三十。”

苏瑜说：“没事嘛，咱们三个也不是没一起过过年，这次我跟我妈说说，她会理解的。咱们买点小菜、叫点小酒，陪他过年。”

董朔夜也没有异议。

出乎苏瑜意料的是，他赶过去找傅落银的时候，傅落银没在家，而是在七处，他甚至开了个会。

苏瑜听周衡说着：“老板当时在机场等呢，等到天黑了人都没来，后来就是接到通知，傅凯被抓进去审问了，大少爷的案子公开……您二位来得真好，真的，老板他一天一夜没吃饭了，我们都怕他犯胃病。”

苏瑜听得有点难过：“好的，我们会盯着他吃饭的。”

周衡叹了一口气：“老板和小林先生那么好。昨天老板跟小林先生打完电话还高兴得跟什么似的。小林先生也是……一声不吭就走了，猫都没带走……这个年又过不好了……”

——那么好，谁又能想到如今？

自己如此看重的朋友和人才也是亲哥哥曾经看重的人，如今他可能是杀害哥哥的唯一嫌疑人。

越来越多的人开始讨论——林水程是为了什么主动接近傅落银的？

难道他也想伤害傅落银？

…………

傅落银出来了，他有些憔悴，但是整个人看不出什么，只是像是累了，寡言少语，异常沉默。大雪天，天色本来就暗，他整个人显得异常苍白。

看到他们来了，傅落银也只是淡淡地说："怎么过来了？"

"陪你一起过年啊！"苏瑜打起精神笑着拍了拍他的肩膀，"顺便庆祝……庆祝……嗯，庆祝我不用当无业游民啦！有一家企业的offer不错，我打算去试试。"

傅落银勉强笑了笑，也没说什么，挥挥手和他们一起上车了。

没有任何人敢跟他提最近的事，更没有任何人敢跟他提"林水程"三个字。

苏瑜隐约觉得，傅落银或许又回到了那段迷茫的时期，但是现在的傅落银显得更加冷静沉稳。

因为傅凯倒了，傅家现在的主心骨是他，大敌当前，他更不能出任何乱子。

他们跟着傅落银一起回了他在星大外边的那个公寓。

到了楼上，傅落银脱下手套，伸手用指纹解锁——这个时候苏瑜才确定他状态不对，傅落银接连摁了好几次，位置居然都没对好！

错误提示音一遍又一遍响起："输入错误……"

傅落银脸上依然很冷，表情没什么波动，继续摁。

指尖印上电子锁。

——记得吃药，林水程。

"输入错误，请重按手指。"

——傅落银，我大学时也遇到过一个资助我学业的恩人。

"输入错误，请重按手指。"

——我也是为了他转的专业……

"输入错误，请重按手指。"

苏瑜在一边大气也不敢出。

傅落银接连试了好几次，指纹解锁都失败了，于是他放弃了，开始输入密码解锁。

这一次他居然也错了。

苏瑜看着他指尖有点发抖，慢慢地，越来越抖，他连续两次都输错了自己的生日，苏瑜忍不住想凑过来帮他摁，但就在这个时候，他终于输入正确，门打开了。

傅落银轻轻摇了摇头，挡住他的动作："不用，没事。"

与此同时，系统传出"咔嚓"的拍照声，提示道："今日密码录入行为异常，已拍摄您的情况发送至主控中心，如果您并非这个房屋的主人，请立即离开。"

苏瑜哈哈笑道："负二，你这个房屋管家还挺智能的哈，哪天我也在你这边买套房。"

傅落银也笑了笑："这个 AI 级别就跟智障一样，不需要，你要是想买类似系统的房子，我另外给你推荐一个。"

他一边说，一边顺手打开了主控中心的控制面板，想把刚刚的照片删除掉。

点击删除，他们三人进门的照片消失了，随之顶上来的却是另一个人的照片。

傅落银动作顿住了。

照片上，林水程站在房门外，眉眼低垂，漂亮又安静。

这种角度、这种像素拍出来都能这么好看。

傅落银没有印象这是什么时候的事，他看着系统记录的时间，也没有有关那一天的任何印象。

那是好几个月前的事。

系统记录这是一次输错密码的行为，并且记录了林水程输错那一次的内容——系统会记录与正确密码相差过大的密码，以提防盗窃和破解行为的发生。

傅落银低声念：“23070312。”

苏瑜听到声音回过头，疑惑地问他：“负二，你在说什么？”

傅落银喃喃地重复了一遍：“23070312，生日。”

苏瑜严重怀疑傅落银已经精神错乱了：“你清醒一点，你生日不是23090927吗？”

“我知道。”傅落银抬起眼，“这是我哥的生日。”

话已出口，不仅苏瑜，连董朔夜都愣了。

14

楚时寒一案详细内容公布的当天下午，联盟航天局发布了针对林水程的通缉令，并认定林水程为楚时寒一案的第一嫌疑人。

国安九处仍然没有解除对傅凯的关押和指控，而这次实行追查和通缉的是另一批人——禾木雅在航天局的手下，其余的是警务处的人员。

“林水程目前销毁了他身边所有的发信设备，但是还带着国安九处的权限认证U盘和权限卡，这两样东西都是可以直接追踪他的位置的，不过他本身精通这些东西，设置了相应的反追踪程序进行干扰。很奇怪，他好像没有进行比较彻底的反追踪，只是设置了比较基础的程序来拖延时间，我们离破解他的精准定位大概还需要十二个小时。”

“他想用这十二个小时干什么？”

警务处，干员发来的断断续续的追踪信号显示在屏幕上，坐标显示林水程一路南下，没有任何波动。

董朔夜低声说：“冬桐市，机场和空间车都因为风暴天气关闭了，道路也封锁了，立刻去排查这段时间还在营业的黑车，还有，调取所有路段的监控。”

干员小声问：“发……发给航天局？”

董朔夜抬起眼：“发给傅副处长。”

干员立刻不敢说话了，回头专心做事。

林水程坐了七八个小时的车，中途因为封路，还下车走了一段路，等另一边的司机接应。

这个时候，坐黑车的大部分是赶着回家的人，出于风暴原因被拦到了现在。越是小地方，年味儿越浓，离冬桐市越来越近，能看到路边家家户户张灯结彩，盘山公路上结了冰，被过往车辆轧出了两道深灰色的脏兮兮的印痕，冰雪脏兮兮的，夹杂着鲜红的鞭炮皮。

林水程已经六年没有回过冬桐市。

高中毕业，林等和林望出事之后，他上了大学，就再也没回来过，连上坟也不曾回来，只是拜托认识的邻居爷爷每年帮忙打点照料。

每一年过年，他都待在林等的医院。

林等在ICU，他在外面，ICU楼层不允许带任何熟食进去，林水程每年就买两份巧克力，一份消毒后放在林等床头，另一份自己带在身边，等待新年第一声鞭炮响的时候开启，吃一口，甜蜜又苦涩，可可脂的香气在唇边绽开。

他们家的那个小区早就破败不堪，大部分地方已经空置下来等待拆迁。

林水程走到院门前，碰了碰生满铁锈的栏杆，接着借力往上爬——像他们小时候一样。他们家的院门不上锁，不仅因为邻里关系和谐，也因为房子里没有任何值钱的东西，连小偷都不会光顾。每天晚上，林水程和林等会象征性地给院子的铁门上个锁，但是他们俩都知道，这道门任何人都能翻进来。

他走进庭院里。

杂草没有他想象中的那么多，最荒芜的地方大概是他爷爷的荷花池，漆黑一潭，已经是沉沉死水。

屋里弥漫着灰尘的味道，林水程咳嗽了几声，在储物间里找到了以前洗好晾干的抹布。他打开 ID 卡给家里交了水电费，接着把所有的地方都打扫了一遍。

家里什么都没有，林水程出门找了找，在小区拐角处找到了一台老破小的自动售货机，买了一包泡面。

他的时间应该只够吃一包泡面了。

林水程回到家，拿了一副干净的碗筷，然后泡上泡面，坐在他和林等的房间里启动电脑。

家里空荡荡的，有点吓人，破败空洞，透着久久无人居住的气息。但是他在这个地方找到了片刻的心安，如同梦回孩提时代，如同下一秒林等就会跑进来扑到他身上，他爷爷会用京剧腔叫他们两个吃饭，林望坐在客厅，目不转睛地看着时政新闻。

权限卡刚刚插入，页面就弹出了几个字：“您已在全联盟范围内被通缉，请立即自首！联盟军方将采取行动！”

林水程点掉了这个页面，接着运行他的模型。

他调出了楚时寒一案模型中有关他的全部运算数据，所有运算数据加起来接近 50T。

这么多条数据，这么多参照系数，他要怎么找到促使他成了第一嫌疑人的那个异常数据？

虽然如此，但林水程依然明白，出问题的地方可能并不在他的模型里，他的模型经过了无数次的调试和优化，一直到模拟楚时寒一案之前，它的正确率都是 100%。

时至今日，他终于明白了傅凯的意思，为什么傅凯要抹去他在楚时寒生命中的轨迹，为什么要把他拦在真相之外。因为那也是对方要探寻的东西，傅凯没有说谎，并且一直都在保护他。

如今这层保护网消失了，被他亲手做出来的模型消除，不知道这是否也是命运的一种暗示。

林水程拿出手机搜索了一下“傅凯”两个字，没有发现新的相关消息。

林水程发了一会儿呆，又搜索“傅落银”三个字，依然没有新消息。他倒是看到了警务处公开的关于楚时寒一案的细节和针对他的通缉令。

他没来得及告诉傅落银的真相，到底还是会通过这样惨烈的方式被对方知晓。

这一刹那，他分神想了一下——傅落银应该非常生气吧？

林水程吃完了泡面，把碗洗了。

天已经黑了，林水程关闭了笔记本电脑，随后起身出门。

他没有带任何东西，仅仅拿了一口袋的纸钱——四年前买多了没有用掉的，那时候他以为自己会在清明回来祭奠，却没有想到之后一直没有勇气面对这一切。

他没有吃药，连日的奔波劳累让他体力消耗很大，但他就是这样走着。他从家里徒步到冬桐市的烈士墓园。

他走了整整两个小时，中途几次想要停下来休息，冰冷的风雪直接灌进喉咙里，几乎把他浑身上下都冻僵了。

林望的墓碑前很干净，没有杂草灰尘，也没有祭奠的痕迹。

从前带林水程参加化学竞赛的老师已经在一年前去世了，那之前，老师的子女联系过他，但是他依然没有来得及看一看。

林水程在坟前盘腿坐下，就像林望还在的时候，他们父子俩经常进行的“男人间的对话”，林望坐在沙发上，他盘腿听着，怀里一般都会抱着一本习题书。

“爸爸。”林水程发觉第一声发出来的时候，自己的喉头就已经哽住了，之后的话都凝涩在了胸口，声音嘶哑异常，“这么久没回家，我来看看您。”

他用冻得发白的手聚拢纸钱，慢慢点燃，火光明灭，照得他的眼底非常亮，带着发红的水痕。

“您和爷爷要是还在就好了。”林水程深吸一口气，“对不起，我没能让你们骄傲。我没有做到我想做的事。我不知道、我不知道……应该怎么做。”

他不知道应该怎么做，这种时候他仅剩的想法是“回家”。

——回到这已被风霜摧折的避风港，已经物是人非的窝巢，他学会爱和喜怒哀乐的地方。

他深深地吸着气，胸腔因为过度激烈的情绪波动而有些痉挛，有些疼痛。

——他应该怎么做？

从小到大，他只知道应该做第一，应该努力背负起这个家的担子。林望是警官，但是对孩子们很温吞。林水程记得林望唯一一次对他发火，是发现他在被窝里打着手电筒背书，那样会影响视力。

他很清楚林望不要求他成为多厉害的人物，拿到多高的名次，林望反复对他们说：“你们两个孩子，只要走正道，以后平平安安、快快乐乐过日子，就好。”

但是他依然想当第一。

年少时立下的誓言依然鲜活如初，让他爱的人骄傲，这个愿望是这样光明而简单。

可是当他爱的人都离开了他，他应该做些什么呢？

“我不知道应该怎么做。”林水程神情没有很大的波动，但是眼泪不断地掉出来，声音哽咽，“你们都不在了，我不知道应该怎么做。爸爸，我没有跟你说过，我真的很累。要是你们还在就好了。但是等等还在，我没有办法去找你们。”

“等等他很好，医生说他的脑神经区域活动加强了，可能很快就能醒过来了。六年了，等等出来可以直接念大学了，他自己肯定还反应不过来。”林水程深吸了一口气，慢慢平静下来，“我想等到那一天，但是不知道还能不能等到。”

“爸，对不起，这么多年没有来看你和爷爷。原本我打算之后回来的，或许会带一个人一起，但是现在没有办法了。”林水程低声说，“对不起。”

远方传来直升机的声音，还有仿佛惊雷一样的对地广播，从空中滚过模糊的警示话语，仿佛要惊动一整个墓园的亡灵。

林水程不再说话，把剩下的纸钱都投入了火堆，默默注视着它们烧完。泛黄的纸钱仿佛要跟着火焰一起升腾，热气燎着人的眼睛，眼底的泪痕蒸干后，只剩下干干的、灼热的疼痛。

等到那零星的火焰熄灭之后，他站起身来。

“林水程，这里是航天局与警务处向你说话，你已经被我们包围了，立刻举手走到主干道上！”上空直升机的声音依然如同滚雷阵阵。

刺眼的灯光扫过来，林水程伸手挡了挡，他用余光看到，直升机上喷涂的标志的确是警务处和航天局的。

他哑着声音问：“国安九处呢？”

风雪中，他的声音都被淹没在嘈杂的直升机声音里。

林水程转身快步跑了起来。

“站住！林水程，不要再做无意义的抵抗！这是最后一次警告！”

林水程不再理会，他用尽全力往墓园深处奔跑着，穿过各种各样高大或低矮的墓碑。烈士墓园占地面积大，四面环山，墓碑群更是错综复杂，直升机没有降落的地方，只能下绳梯让人搜捕。

直升机的光束追着他，越来越大的飞行噪声充斥着陵园上空，探照灯照白了半边天。

林水程没有明确的目标，只是随机挑选方向奔跑，尽量躲避他们的视线。刺耳的广播声让他的心沉沉地跳动了起来，耳鸣声一阵一阵，鼓膜疼得仿佛要炸开。

没有吃药的后果偏偏在这个时候浮现了，林水程开始看不清路，一睁眼，眼前全是虚浮无意义的幻象和声音。他的思路一下子断了，仿佛天地空茫，他一下子不知道自己是谁，又要往哪里去，整个人像是被断掉了电的机器人，脚步突然就顿住了。

因为是雪天，雪地湿滑，林水程这一下没站稳，随后因为惯性直接摔了出去！

还没有落地，林水程感到一双手稳固有力地把他接住了。

林水程睁大眼往上看，傅落银也正好垂下眼帘打量他。

林水程一身狼狈，南方的雪天刺骨寒冷，他浑身都冷得像冰，只有一双眼是红热的、哭过的，眼底带着他最爱的潋滟水痕，活像一只被欺负的流浪猫。

——明明仅仅时隔一天，傅落银却像是重新认识了这个人。

他难以解释这一刹那涌上的情绪——愤怒、无措、强烈的恨，还有深不见底的、摧毁眼前这个人的欲望。

他想，得杀了这个人才行。

傅落银如同观察猎物的野兽，眼底隐藏着压抑到极致的、危险的审视！

林水程被他抓得很紧，几乎动弹不得。

傅落银的力气大得吓人，此时此刻一身戾气，仿佛要将他按碎了揉进骨血中。

另外一边的半空中炸响警告："那边的直升机，你们是哪里来的？不要妨碍公务！尽快交出林水程！"

"林水程——"林水程听见傅落银的声音，这低沉的声音同时响在他耳边和他们上空的一架直升机上，他是在对着航天局和警务处的人说话，声音威严而漠然地回荡在墓园上空，为这满天的冷雪与上千的亡魂所听见，"是我们傅氏军工科技的人，你们动不了他。"

15

航天局和国安九处差不多决裂的事情，已经尽人皆知。

傅凯还在禾木雅手上，而国安九处和防御局的人，尽管很多是傅凯的老部下，但是依然要按照规章流程办事，包括缉拿林水程。

这次傅落银在墓园等林水程，调用的是傅氏军工科技的私人直升机和保镖，全都是傅家合法所有，甚至有些就是九处和防御局批准的——傅家每年要往联盟输入40%的前线军工武器，更是直接参与外星系空间站基础建设。

傅落银的意思再清楚明白不过——他想要做成的事就一定要做成，如果航天局继续进行干预，他就要直接翻脸了！

不留余地、不留情面，任何人想要动到傅家头上，都得掂量掂量自己的斤两，航天局也不例外。

联盟从来都不愿意把傅家变成敌人，在傅青松那一代，联盟曾经考虑要把这个不肯对内公开核心技术的公司从国家企业中剔除，但傅氏军工科技的核心技术具有不可替代性，所以这个考虑从未付诸实现。

而这次傅落银抢人的理由，给得也十分耐人寻味：林水程现在是傅氏军工科技的执行总裁，也是B4计划的参与者，现在发生了可能不利于国家的事，傅氏军工科技要第一时间把林水程带走调查，以防止更多的资料受到威胁。

与此同时，他也要对林水程进行“代替航天局”的审问。

深夜，寥落的小城墓园上空，直升机盘旋不去，引擎轰鸣，探照灯扫来扫去。对峙良久后，警务处与航天局的直升机选择了返航。

而傅氏军工科技的直升机统一往最近的停机地点飞去，清一色漆成黑色的直升机消失在夜幕中，长长的一列，形如鬼魅。

深夜。

林水程被拽着带进了门，他一上直升机就被押住了，还被蒙上了眼睛，接着嘴里被强塞了几粒药。

通过药物熟悉的、微酸的苦味，林水程知道他们给他喂的是他常吃的那几种抗抑郁药。

服药过后，幻觉消退，他的情绪也稳定了许多。黑暗中，他只能听见直升机巨大的噪声，隆隆地盖住了其他一切声音。他上了直升机之后，傅落银就跟他分开了，也没有出声。

落地之后，保镖把他带到门前说：“进去。”

他们没有给他解下眼罩，他居然也没有主动想起来要解开它。

他用手轻轻地贴着墙面，慢慢地往前走。

这里空无一人。通过脚底通透的回音和纹路繁复的墙面、墙上嵌入的画框，林水程知道，这里应该是住宅之类的地方。

他轻轻地叫了一声：“傅落银。”

没有人回答他，这里一个人也没有。留给他的只有完全的黑暗。

他继续摸着墙往前走，但是拐过一个弯之后，他被挡住了——拐角处放着一个类似茶几的东西，他绕过它，但是一步踏错，就彻底摸不到任何存在的实体，这个空间实在是太大了，而且东西堆放得杂乱无章。

热气轻轻拂过他的面庞，他的脚步忽然顿住——他意识到了什么，显然吓了一跳，但是除了身上绷紧了一瞬，他没有任何其他的反应。

傅落银就站在他面前。

“知道这里是哪儿吗？七处基地江南分部科技园，我们过年打算来的地方。”

林水程听见傅落银开灯的声音，接着，傅落银伸出手，狠狠地扯掉了他的眼罩！

“给我看清楚。”傅落银声音里有着轻微的波澜，“你看清楚，林水程。”

炫目的灯光让林水程条件反射地躲了一下，他看到这间空旷简约的房子里，所有的东西都已经打点齐，只有一些杂物混乱地摆放在地上。玄关、走廊两侧俗气地贴了对联，挂上了毛绒鞭炮；地毯铺设好了，而最令人瞩目的是客厅：方方正正的空间里，摆放着一整个投影式建模工具和顶级电脑设备，比林水程放在出租屋的那一套还要大。

客厅背后连通的书房被改造了，前置了一扇防静电门，那是量子实验室的规模和布置。

傅落银还给他准备了一台量子计算机在这里。

傅落银笑着说：“没想到你和我哥竟然也认识，更没想到你恩将仇报，当初主动找我，你是不是也准备要对我下手……”

“傅落银！”林水程声音也有点变了，他有点发抖。

“我跟个傻子一样被你骗了这么久！”傅落银低低地喘着气，眼眶泛红，他死死地抓着林水程的肩膀不放，“我还和我爸说你有多么优秀，我跟个傻子一样，你看我是不是像在看笑话？”

傅落银笑了起来：“你知道吗？我哥死后，我妈疯了，他把我认成我哥。我真的没想到你也是这样。”

这些话克制不住地从他嘴里冒出来。

他想，说这些给林水程听干什么？！

他那灰暗凋零的童年、遍体鳞伤的少年，以及独断专行的成年，这些东西他绝不会暴露在任何人面前，不会吐露给任何人听，因为那是撒娇和卖弄，他的人生中不再需要这些。

林水程轻轻地说：“对不起。”

过了一会儿，他又说：“那是以前的事，我现在想的也是查清楚时寒发生意外的真相，至于未来，我也可以去七处，我们一起守护联盟的未来。”

这句话直接引爆了傅落银所有的情绪，他冷笑着说：“这话你骗鬼去吧！”

傅落银漠然地说：“你就在这里待着，继续你的推演，哪里都不许去。我会经常来看你，直到你查出真相。”

“林水程，”傅落银丢给他一支膏药，声音里仍然压着情绪未平的颤抖，“你给我好好记着。”

林水程睁开眼看他，眼里没有怒气也没有其他激烈的情绪，只有温和与温柔。

这种眼神傅落银见过，是林水程看着林等的眼神。

他几次去ICU外找林水程，都会看见这样的眼神，林水程安静地望着病房中或许醒不过来的孩子，什么都不说，不知道在想些什么。

周围的人都觉得他疯了，他也觉得自己像是疯了。

傅落银对外宣称林水程重病，就差直接说林水程已经死了，他不对任何人解释林水程的去向，也不在乎山雨欲来的氛围。

他机械性地办公、开会、承受各方的压力和询问，而后回到位于科技园的家。

他没有再去看过林水程。

傅落银安排周衡照顾林水程的起居。这几天林水程状态不好，一直处于高烧的状态。

傅落银经常问周衡关于林水程的情况，他把两只猫也送了过去，这件事林水程不知道。

小奶牛和小灰猫都比较能适应环境，只是小奶牛这几天有点萎靡不振，大约是因为没有见到林水程。

楼下搭建了一个猫乐园，还有顶级的猫粮和罐头。

傅落银过去的时候，小奶牛蜷缩成一团，趴在猫沙发上。看到他来，也不躲，只是抬起绿幽幽的眼睛瞅着他，随后脑袋又低垂下去。

毛茸茸的一只小家伙，平时张牙舞爪，这个时候却可怜得要命。

傅落银把手放在小奶牛身上，轻轻摸了摸它。

小奶牛大约感到不舒服，扭了扭，但是没有挣脱。

傅落银收回手，看了小奶牛一会儿，随后深深地吸了一口气。

他在一边的休息椅上坐下，低下头，将脸埋在手里。

很久之后，傅落银感到有什么毛茸茸的东西碰了碰他，接着突然跳到了他身边来——他这才眼眶发红地抬起头。

小奶牛跳到了他身边，将毛茸茸的脑袋往他手边拱了拱。小灰猫则蹲在他脚边，用猫咪特有的关切的眼神看着他。

陡然被两只小猫咪撞破自己失态，傅落银有点慌张，他找了很久都没有找到纸巾或者手帕，只能狼狈地用手擦。冷漠锋利的大男人，眼圈红得不能看。

他低声对小奶牛说："我可以相信他吗？"

小奶牛又蹭了蹭他："喵。"

傅落银狠狠地擦了一把眼睛："你觉得会不会是误会？"

小奶牛还是叫："喵。"

小奶牛在他身边打着滚趴下了，这猫以前从来不肯亲近他，今天却特别反常。

傅落银觉得大约是这只猫听懂了他说的话，被他弄难过了，过了一会儿，他摸了摸小奶牛的脑袋："我还是信任林水程的，我不信是林水程杀了我哥。否则我也不会把林水程救下来，你不用担心。"

又过了一会儿，傅落银深吸一口气："或许只能靠他自己了。"

16

傅落银一直没有回来。

林水程醒了睡，睡了醒，后面发烧严重起来，还挂了几天点滴。督促他吃药的人变成了周衡，送来的药不再是装进维C瓶里的，而是原包装的，冰冷格式化的说明书提示他用药方法和不良反应。饭菜都是周衡从餐馆订了送过来的，不过林水程吃得不多。

林水程很安静，几乎可以一整天一句话都不说。

他可以下床的时候，就去客厅里坐着，打开电脑看他的模型。他像一个最安静、最乖巧的好学生，专心致志地做着研究，两耳不闻窗外事。

——就好像什么事都没有发生过一样。

外边偶尔有车的声音响起来，林水程会转过头，透过落地窗往外看。这里的落地窗正对外边的人工湖和宽阔的草坪，不过没有一辆车是驶入这里的，白色的防控门紧闭，整片天空之下能看见的活物只有每天清晨会飞到湖边的鸽群。

有一天，家里来了几个人，是九处的人员，为首的人依然是林水程见过好几次的那个男人。

这次，男人终于进行了自我介绍："你好，我的名字叫楼青，是一直负责监察保护你的九处专员，关于楚时寒一案的情况，我可以和你聊一聊吗？”

林水程看着他，没有出声，只是调整了一下坐姿。

楼青说：“今天我们过来的事已经获得了傅副处长的许可，有关这——”

他的话说到一半，林水程开口打断了他：“他呢？”

因为很久没有开口，他这一声哑得甚至让人无法分辨他说的是什么。

楼青愣了一下之后才反应过来林水程问的是傅落银，他抓了抓头发：“傅副处长在忙呢。最近联盟都算是战时状态了，傅副处长算是第一拨要去前线统筹安排的，再就是……”

他没有说下去。

私自扣押林水程的行为让目前的傅落银面临极大的压力，不仅是航天局，连国安九处都必须根据流程对傅落银进行警告和施压。但是傅落银丝毫不退让，只同意国安九处的人员上门来对林水程进行询问，没有经过他的同意，任何人都不能动林水程哪怕半根头发丝。

如今量子安全墙被破，各方面的数据修复和备战调动都需要傅家的力量，即使是禾木雅也没有底气直接把傅家剔除在外，所以在林水程的事上，两边实际上处于完全僵持的状态。随着有关 RANDOM 组织的多种调查展开，人人都意识到，林水程或许是打开死局的一把钥匙，但是这把钥匙目前在傅家手中，任何人都没有办法撼动。

除了这一件事，在其他事上傅落银都显得相当好说话，他不声不响无偿调用了一大批傅氏军工科技的前线物资给联盟，并且每天直接在统战部参与战时计划讨论、布置侦查追踪任务，基本上是连轴转，别人都下班了，他就一个人睡在办公室。

“有关目前的情况，你自己了解多少？网上公开的案件信息你已经看过了吧？”楼青问他。

林水程点头，轻轻地说：“看过。”

“嗯，虽然看过，但我还是跟你确认一遍——楚时寒和你通话过后，改变了他本来应该去禾木雅那里的行程，选择穿越巷路快点去车站，然后刚好被卷入码头斗殴的这件事，你确实清楚吗？”

林水程很慢很慢地说：“清楚。”

“那么你自己分析出你是嫌疑人的结果，你也清楚吗？”

林水程：“清楚。”

“对于你的账户突然流入的资金，你有什么看法？”

林水程：“不清楚，我并没有收到相关的消息，我有记账的习惯，每一笔钱我都会记住。”

“那你应该明白你这个情况，嗯……会比较难办，是吧？”楼青事先被周衡打过预防针，说他们这位小林总最近状态不是特别好，需要服用抗抑郁药物，他调整了一下措辞，“不过目前是没有问题的，我们向你传达的意思没有变，依然是傅凯的意思，他希望你继续优化你的算法，或者做你之前正在做的所有事情，因为你是唯一被 RANDOM 组织盯上的人。我们也相信你不会是害死楚时寒的凶手，这一点就我来说是完全确定的。”

楼青压低声音说：“说句不好听的，这两年来你是怎么过的，我是监视着你过来的，看着你一步一步走到现在，你为了这些事荒废自己的学业，把自己弄成这样……我还是希望会有一个好的结果。”

听到这里，林水程终于勉强笑了笑：“谢谢你。”

楼青临走前，问林水程：“还有就是……现在傅副处长不允许你公开露面，但是我们抓到了 RANDOM 组织的一个成员，他不肯开口说话，我们和警务处那边的意思是，看看你能不能试着去接触一下，或许会对你有什么启发。比如，你想想你之前有没有接触过类似的人呢？”

林水程说：“好。”

他回答得这么干脆，楼青反而有点意外，思索了一下，随后又苦笑着告诉他：“你愿意去，当然最好，不过现在的难题恐怕是傅副处长不肯放人，你们之间有什么问题的话，不如好好谈谈吧？”

林水程又点点头，说：“好。”

楼青这次过来，给林水程带了一本书，依然是《旧约》。

傅落银回家时，就看到林水程正在看这本书。

房间里没开灯，只有被改造成工作间的客厅亮着一盏小台灯，林水程蜷缩在沙发上，半躺着看书，灯光照得林水程眼睫下阴影深陷，苍白而寥落，连平常那颗俏皮活泼的红泪痣都一起隐匿在阴影里。

他垂着眼帘，乍一看还以为他睡着了。

但当傅落银一靠近，林水程就被惊动了，他像一只嗅到风吹草动的猫一样坐了起来，书也跟着放在了手边，书页合上。

傅落银神情冷峻，透着一种威严和漠然感。林水程见过他这样子，那时候他在深夜的阳台放轻声音开视频会议，房间一样没开灯，他们坐在沙发上。

两个人都没说话。

过了一会儿，傅落银先移开视线：“你答应九处的人去看那个嫌疑犯了？”

林水程轻轻问：“会给你造成什么麻烦吗？”

傅落银喉头一哽，面无表情地说：“不会。你决定去就做好准备。”

林水程又问：“我应该准备什么？”

傅落银又哽住了：“……早点睡觉，药带着，你如果情绪失控，不会有人陪你浪费时间。”

林水程低下头，又轻轻“嗯”了一声。

他放下手中的书，愣怔了一会儿之后，像是不知道应该干什么。

然后他想了一会儿，轻轻说："傅落银。"

傅落银重新看向他，神情紧绷。

"对不起。"林水程说。

傅落银深吸了一口气："不用跟我道歉，你不欠我的。是我太冲动了，前几天的事，还有以前……"

他想尽量平静地说出这句话，但是控制不住地变成了刻薄又恶毒的语气："你有这个工夫就去做你的分析，早点把楚时寒的案子破了。"

林水程嘴唇动了动，但是什么都没说。

他看着林水程安安静静的样子，心头涌上了一阵扭曲的快意，心底的酸涩却如同狂潮一样涌来，几乎把他压得窒息。

他觉得自己不能继续站在这里了，再站在这里，他会说出更过分的话，做出更失态的事，他勉强笑了笑："你别在意，注意身体少熬夜，药记得吃，每天想吃什么直接跟周衡说。"

他克制不住想要伤害林水程，克制不住地想对林水程发脾气，但是苏瑜告诉他，这个时候不能给林水程更多的刺激，不然林水程恐怕会更加崩溃。

——可是林水程会崩溃吗？

林水程根本不在意吧？

傅落银几乎是逃避一样地往房间里快步走去，把林水程一个人丢在客厅里。

这么多天，他没有回来过，但是一直在通过监控看着林水程。

客厅里，林水程没有动，也没有干别的什么事，怔怔地发呆，像是被拔掉电源的机器人，没有了任何波动，也没有任何生气，看上去只剩无边的落寞和心酸。

林水程开始咳嗽，咳起来时声音闷闷的，仿佛要把胸腔都咳破，他应该是有点感冒了。

吃早餐时，林水程咳嗽起来，傅落银皱了一下眉头，林水程察觉了他的神情变动，于是没有继续吃了，而是安静地找周衡要来了口罩和感冒药。

傅落银有点胃疼，他想问林水程主动戴口罩是什么意思——林水程以为他会嫌弃吗？

他有这么坏吗？

但是他最终没能说出口。

林水程浑身上下包得严严实实，戴了口罩和墨镜，还戴了顶帽子，跟着保镖和九处人员一起出了门。

傅落银没有跟他坐在一辆车上。

林水程安静了一路，依然带着冷静、理智的情绪，傅落银走在他身边，也是一声不响的。

他们两人周围两米范围内都没有人敢靠近。

带路的九处人员跟林水程介绍："这个嫌疑人叫秦威，是这次我们根据量子安全墙破解进行反追踪后查找到的唯一嫌疑人，其他嫌疑人都进行了自杀式行动，只有他的自杀爆炸程序被我们抢先破解了，没死成，然后押了回来。但是押回来之后他什么都没说，我们用了……一些手段之后，他依然没有说一个字。

"秦威毕业于星城科技大学，是一家能源公司的高管，他绝不是哑巴，只是在我们的审讯过程中表现出了相当高的精神素质和身体素质，禾木雅那边的意思是，目前正在调查他的基因，看他是否进行过基因方面的改造提升。"

九处人员瞥了一眼傅落银，非常谨慎地说："目前我们没有查到和傅氏军工科技有任何相关性。"

隔着对外不透明的审讯室玻璃窗，林水程看到了秦威。

秦威看起来年纪不大，三十岁左右，他身上带着一种成功阶层会有的锐气和傲慢，脸上虽然因为连日的审讯而显得疲惫松垮，但是任何见过他的人都能一眼看出，这是个非常聪明的人。

他处于一种封闭自我的状态。

“秦威父母双亡，被人收养长大，收养的人家对他一般，十八岁之后就断了经济来源，要他独立谋生。他二十岁的时候开车失误出了车祸，把一个年轻女孩撞得下肢瘫痪，那个女孩是餐厅服务员，他担负了所有经济赔偿，后来和她结婚了。女孩在家做一些小活计。小两口挺会过日子，而且秦威本身有能力，慢慢地，也就越来越好，后来他媳妇……嗯，不知道怎的自杀了，他一直没再婚，工作到现在，再就是被我们抓获。”

九处人员说：“从他的个人经历来说，他是比较容易变得性格扭曲的，确实这个情况会很辛苦。”

林水程注视着秦威。

隔着审讯室玻璃窗，秦威看不到他，这一刻却像是感知到他的视线一样，往他的方向看了看，随后又看向了别的地方。

九处人员小心翼翼地观察着林水程：“……你有什么想法吗？”

“自杀式逃亡和自杀爆炸程序。”林水程说起话来还是止不住地咳嗽，声音沙哑，“他们表现出了一定的社群性和集中性，我目前没有什么想法，但有一个提议，或许可以从最近几年活跃的宗教团体入手。”

“宗教？”九处人员怀疑自己听错了。

楼青在旁边想起自己昨天送了一本宗教书给林水程，脸都绿了——他本意是帮助林水程走出困境，谁知道林水程原来在想这些东西！

林水程又剧烈咳嗽了好几声，半天后才缓过来，继续慢条斯理地说："高度艺术化的犯罪手法，背后有相当强的科技资源，证明R组织成员应该大多是高层知识分子、科研人员或者受过良好教育的人，不一定是宗教团体，也可能是……科学会、科普社团之类的。他们的笼络手段可能包括精神控制。"

林水程笑了笑："这个的话，我自己比较有感触，不过这是我目前的想法，我没有你们那样的专业度。"

"明白。"九处人员唰唰记录着，随后询问道，"您要试着进去和他接触一下吗？或者协助我们问一些情况？"

这句话是问林水程的，九处人员却看着傅落银。

傅落银脸色有点不好看，但是没说什么。

林水程点了点头，同意进去看看。

审讯室大门打开，九处人员领着林水程走进去。

在他们进去的时候，秦威依然漫不经心地盯着空气中的一点，以为这又是一次漫长而繁复的审问——直到他的视线扫过林水程。

他的表情变了变。

外面的监控人员在耳麦中说道："注意他的位置，提高警惕！"

就在林水程摘下墨镜的一刹那，一直保持缄默的秦威居然发出了一点声音，他说："你……"

所有人都愣了一下。

紧跟着，秦威突然整个人往前疯狂挣扎了起来！

他坐在拘束椅上，四肢都受到了限制，但是他居然就这样跌跌撞撞地冲了过来，哪怕整个身体都重重地磕在了冰冷坚硬的桌上。

惊天动地的巨响中，半米成了不可逾越的距离，安保人员迅速上前制住了他。

林水程还没有反应过来的时候，就感到一股强大的力量把他往后拉了过去，接着整个人都被拉了好远！

傅落银的动作完全是下意识的，他第一时间把林水程扯了回来。

剧烈的动静还在持续，被制住的秦威不动了，但还是模糊地喊叫着什么话，安保人员扳着他的肩膀让他抬起头来，那一双死气沉沉的眼冲着林水程望过来的时候，居然如同热烈燃烧的火焰，里边透着兴奋、期待和狂喜！

他疯狂地叫喊着，冲着林水程叫："神！我们的神！！"

所有人的脸色都变了。

"我终于见到你了！"

…………

每一个字，每一句话，甚至每一个微小的表情，再次成为重锤，一寸一寸地，几乎将林水程砸碎。

他觉得自己有点站不稳，连骨骼都克制不住地颤抖起来——因为荒谬、愤怒或者其他，他无法分辨。

血液一阵一阵地往上涌，冲击着他本来就因为感冒而不太清醒的头脑，他眼前一阵阵发黑。

17

"回去，马上撤离！今天的事不能透露出去。"傅落银低声厉喝，"再审！我看看他嘴里还能吐出什么花样来！"

林水程发病的状态已经有些明显了，他浑身都在抖，牙齿咯咯作响，"神"这个字如同晴天霹雳，直接劈傻了在场所有人，包括林水程自己。

傅落银干脆直接把林水程拉出来，快步往外冲去。

他低声说："没事、没事，他故意吓你的，没事，谁知道那个疯子什么意思！不要在意，林水程，不要在意。"

林水程靠在他怀中，死命咬着嘴唇，抓着他的手直接用力到发白，眼神近乎绝望，他低声说：“我不是、我不是……”

“我知道。”傅落银把他抱得更紧了，傅落银走得快，九处和七处人员在前面为他们开路，傅落银紧急想了想该怎么哄他：“你如果是，那小奶牛就能和黄油面包一起跳舞了，是不是？”

在这样的情况下，这句话说出来，基本上没有任何说服力，傅落银有点紧张地打量着他，虽然面无表情，但是依然下意识地把他死死地抓着。

林水程看着傅落银，很久之后，才慢慢平静下来，身体放松了。

傅落银把他带上车，随后坐在他身边。

随行的医生过来了，问傅落银：“林先生需要镇静剂吗？”

傅落银察觉到林水程状态还是不太对，低声问：“我们睡一觉好不好？睡一觉就到家了。”

林水程没有吭声。

医生给林水程打了镇静剂。

片刻后，林水程就睡着了。

车无声地往家驶去。

“这么快就睡着了。”傅落银低声说，唇边扯出一丝笑意，他的笑容有点苦涩，声音也相当嘶哑，“你之前骗了我，还这么容易让我担心，可我还在跟你生气呢，林水程。

“你要我怎么办，你想要我怎么办？”

林水程醒来时，听见苏瑜和傅落银在房间外面说话。

他很久没看到苏瑜了，没有想到苏瑜这个时候过来了。苏瑜和傅落银说话声音都压得很低，像是怕吵醒他。

林水程从床上坐起来，裹着被子，安静地听着。

傅落银在挨训。

“有你这样的吗？本来林水程出了那么多事就状态不好，你还这么刺激他，我知道你生气，我知道，都知道，你别这么看我——都过去了，别折腾了。”苏瑜声音压得模糊不清，“看开点，有可能林水程确实无意间伤害了你哥。你赌气有用吗？你赌气有用吗？负二，啊？”

“我哥死了，我遇到他了，我觉得事情没有那么简单。”傅落银的回答硬邦邦的。

“那你现在跟林水程这么僵持着又有什么意思？或者你们俩好好谈一谈——”

“我不跟他谈。”

“那你一个人难受着，林水程跟你一起难受。”

“他有什么难受的？他有什么——”

“你小声点！”

外边安静了一会儿，随后是傅落银有些低落的声音：“……我抽根烟。”

“还抽烟，林水程咳成这样你还抽烟。”苏瑜继续教训他，“我吓都吓死了，你知道吗？这几天，董黑在前线忙，你也是，就这么个事闹得满城风雨，我妈都催我来看看你……林水程是我家的恩人，我虽然没你家大业大，但是护住一个林水程不是问题。再说了，你气什么气？林水程知道你哥是你哥吗？林水程自己不难受？现在那个秦威那边是个什么情况？秦威为什么看到林水程了就管他叫‘神’？”

“没审出来。他后边又不说话了，九处和警务处让我把林水程再带去一次，我没同意。”

傅落银又喃喃：“林水程一个人去太危险了。”

没等苏瑜回答，他又说：“可是我也不知道今后该怎么办。”

苏瑜一听，自己唠唠叨叨跟他讲了半天大道理，敢情这个哥一个字都没听进去！

他也无奈了："我说你……"

"你别说我了，我胃疼。"傅落银说，"你去看看林水程，这几天如果有空就陪陪他吧。"

"大哥，负二哥哥，你胃疼也要注意啊。"苏瑜说，"别以为自己当过兵就'扛造'，当兵时落下伤的我见了没有一百也有五十个了。"

"嗯。"

脚步声离房间越来越近，林水程披上衣服下床。

苏瑜一进来就愣了，小声说："林水程，你醒着啊……"

林水程冲他点点头，又温和地笑了笑："你来了啊，吃饭了没？"

苏瑜觉得自己在林水程这里是摘不掉"饭桶"这个标签了，不过林水程看起来状态很好，也愿意跟他说话，他顺着林水程的话继续说下去："还没呢，饿死我了，林水程，你吃饭了没？咱俩要不点个外卖吃吧？"

他知道林水程回来后一直没怎么进食，整个人都消瘦了下去。

林水程说："我做吧。"

苏瑜愣了一下，接着有点高兴："那太好了！终于又能吃到你做的饭了！我跟你说，我上次吃过你做的椰子鸡后，再去吃三院的，就……"

他一边吹着林水程的"彩虹屁"，一边在心里对林水程的状态做了一个稳定的估算：至少还愿意做饭，今天林水程看起来不算太糟糕。要鼓励林水程的任何自主行为。

苏瑜陪着林水程吃了药，看着林水程戴上口罩去了厨房，他就去帮林水程打下手。

"能跟我说说他吗？"林水程用削皮刀慢慢地给一个苹果削皮，动作轻柔。

苏瑜愣了一下："说什么？"

"傅落银。"林水程说。

他的神情很平静，想了想措辞，轻轻问道：“他家里人，是不是对他不好？”

“这个……”苏瑜挠了挠头，“就，叔叔阿姨——怎么说，唉，在我们看来挺偏心的吧，楚阿姨生了他之后落了病，身体养了好久才养好，事业也跟着耽误了。负二小时候也没什么人管，在江南分部和星城两边跑着读书，吃饭有时候就蹭我们家的，但是后面他自己说太难吃就去吃食堂了。他算是野着长大的，高中为了志愿的事情，跟傅叔叔吵了好久，闹得快要断绝父子关系。后来家里又逼着他继承家业，不过负二上手倒是很快。”

他说着，观察着林水程的反应。

林水程若有所思。

苏瑜又清了清嗓子：“他……就是犟嘛，他应该是我认识的人里最犟的一个了，又有点死要面子活受罪。傅叔叔他们觉得，负二他哥是搞科研的，没必要去掺和公司的事，就把公司给负二，还要他去当兵进七处，但是负二他其实挺有能力的，我们这些从小都认识的，谁家里没有点纠结的事呢……后面也就不在意了。”

他讲起上学时候的事，就叨叨地说了很多。

楚时寒念大学时，楚静姝差点飞去江南分部陪读。那时候傅落银刚在星城稳定下来念书，周末连个饭都没人送，刚好董朔夜也没人送饭，苏瑜家的饭是“生化武器”，他们仨就借老师的摩托车去五公里外吃涮羊肉，有点同病相怜的意思。

锅里炖的东西咕噜作响，林水程用线轻轻分皮蛋，热气蒸腾。

最后苏瑜的叽里呱啦被他的声音轻轻打断：“吃饭吧。”

苏瑜就不说话了。

苏瑜去叫傅落银吃饭，傅落银不肯过来：“我没胃口，你们吃着吧。我一会儿点外卖。”

今天的菜都很清淡，主食是皮蛋瘦肉粥，鲜香嫩滑好消化。林水程另外煮了一锅鸡汤，一勺一勺撇去上面的油，只留下香醇清透的汤底。

林水程安安静静地吃了饭，随后去客厅做他的模型。

他一去客厅，傅落银就掐灭了烟离开了，去了书房。

苏瑜两边都不知道怎么办，想过来陪林水程说说话，不过看林水程在工作，就没有烦他，只是找傅落银要了间客房，上去给林水程做接下来的心理辅导计划。

林水程一个人盯着电脑屏幕，看着浩如烟海的数据资料，继续研究。

“输入——楚时寒港口遇刺案动态建模。”

“结果：林水程。”

“重复运算——取消通信系统与交易系统参照系数——楚时寒港口遇刺案动态建模。”

“结果：林水程。”

林水程眼睛一眨不眨地盯着电脑屏幕。

片刻后，林水程选择了“重新导入——林望、林等悬崖车祸案模型”。剔除交易系统参照系数。

他摁下回车键的手指有些颤抖。

“计算结果：林水程。”

…………

傅落银从书房里出来时，看见林水程趴在书桌边睡着了。

傅落银走过去的时候发现他醒了，神情紧绷，傅落银垂眼看他，和他视线对上了，又移开了。

傅落银准备离去的时候，听见林水程轻轻叫了叫他：“傅落银。”

他硬邦邦地“嗯”了一声。

"吃点东西，粥养胃。"林水程声音听起来低低的。

"嗯。"

"你和我遇见……"这句话，林水程说得有点吃力，"是……偶然吗？那天你在停车场等我，是……"

不知道为什么，傅落银听见他问出这句话后，心猛地一跳。

——他其实是有点不愿意回忆他和林水程的相遇的，因为那是一场错误的开始，他只是抱着一个不成熟的想法，而林水程或许仅仅是觉得他和楚时寒很像，所以主动靠近。

那时候的他，自己都不喜欢，又怎么能奢求林水程喜欢？他只想把那段回忆揉碎、撕烂，彻底冲进下水道，恨不能在另一个好的时间与林水程相逢。

傅落银低声说："你别多想。"

可是叫林水程别多想什么，他也不知道。

——因为遇到了傅落银，所以命运注定让林水程在这个时候被血淋淋地撕开伪装，将最隐秘羞耻尴尬的一切呈现在眼前，让他注定知晓这让人无法接受的真相。

这也是命运安排好的吗？

如同他是楚时寒案件的源头，而他是那只蝴蝶。

傅落银隐约察觉了林水程的这些想法，心底像是被玻璃碴儿一遍一遍地碾过。他在林水程床边坐下，好一会儿后才说："那些都是骗你的、迷惑你的东西，我哥……他不会因为谁被害死，只是因为那一天他走了那一条路。"

他努力绷着不让声音颤抖："我遇到你是因为我当时确实觉得你不错，是个值得培养的好苗子，只是这样而已。世界上没有命运这种东西。"

"那你会觉得，你家里对你不公平吗？"林水程轻轻问，"你会不会想，如果自己早一点生出来或者……没有在这个世界上存在过，是不是就能不受这么多苦？”

“说这些没有意义，林水程。”傅落银越听他说，越觉得心慌，“没有那么多如果的事情，我们好好的就行了。”

林水程安静了一会儿，然后说：“我们或许以后做不成朋友了，我应该也不会去傅氏军工科技或者七处了，傅落银。”

傅落银怔住了。

仿佛被冰刃当胸贯入，傅落银这一刹那甚至停止了思考。

仿佛哭闹着向大人要玩具的小孩，以为这次赌气后会得到自己想要的东西，家长却直接把他扭送去了派出所，告诉他，他是捡来的。

这不是他想过的走向。

“我听见你和苏瑜的话了，你不好做抉择的话，那我来做吧。”林水程说，“本来我们应该也不会有过多的关系。”

傅落银的眼睛一下子就红了，看起来有点可怕：“你说什么？”

林水程安静地说：“这些天如果你要跟我闹，我想大概也闹够了，发泄够了。我们也只能走到这里了。”

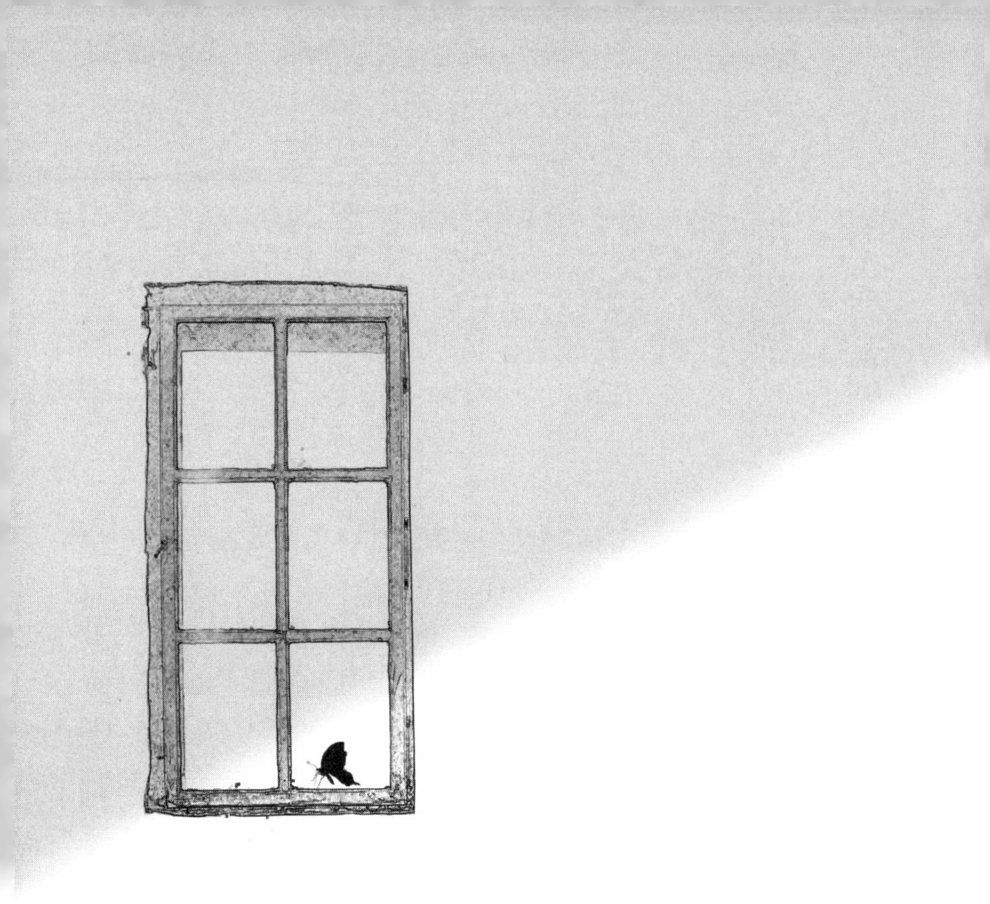

第四章

落花春去

18

“……我不。”傅落银眼睛越来越红，他声音嘶哑地打断了眼前人的话，“林水程。我信你，我们一起查出真相吧。”

林水程看着他，还是用那种温柔安和的眼神：“目前我仍然毫无头绪，我也不想继续这样的生活了。我会联系禾木雅，让她把傅凯放出来，换我过去，这样的条件她应该会答应。”

“不可能。”傅落银还是硬邦邦地说，但是一向冷漠自持的眼底已经涌现出了一丝慌乱，“你不要乱说话，林水程。我不……”

林水程轻轻地说：“我知道你在我身上投入了太多东西，时间、精力、名声……这些东西你放不下，以后会慢慢放下的。”

傅落银还是说：“我不……”他睁大眼睛看着林水程，魔怔了一样重复着，“不可能。”

林水程背过身去不看他。

时间仿佛就在这一刹那凝固，空气沉闷酸涩得几乎让人没有任何反应的余地。

傅落银没有走，也没有动，他只是站在那里，沉默不言。

林水程的平静如同阴霾的天空，乌云一寸一寸地顺着时间聚拢，几乎要把他压垮。

这是沉默无声的审判，也是最后通牒。

不知道过了多久，傅落银终于转身走了。

黑暗里的薄荷香慢慢散去，气氛却依然沉闷。

林水程摸出了身上的手机。

手机亮起来，淡淡的白光照亮他的脸。

林水程没什么表情，只是用力地把自己整个人蜷缩起来，用指尖点手机慢慢地发送消息。

他与禾木雅联系过，他是有禾木雅的联系方式的。

他就这样一条一条地发过去。

“我是林水程。

“我知道你们想要我，我同意过去，但是有两个条件。第一，取消对傅凯的指控；第二，加派人手保护我身边的这两个人——傅落银、林等，我不允许他们受到任何伤害。RANDOM 已经从我身边夺走了几个人，我不能再失去他们了。

“我手上有破解 RANDOM 组织的钥匙。我对他们来说很重要。

“如果你们觉得我的要求有点多，那么我也可以帮助联盟回忆一下那个玻璃花房里的对话，禾木雅应该不愿意我和她的谈话内容被公之于众，因为你们实际上没有任何理由指控傅氏军工科技的研究内容，我反而有理由指控你们想要窃取和独占其所有成果。

“以上是我要说的所有内容，希望你们考虑一下。”

打出这些字似乎耗光了林水程的所有力气，不到一分钟，对面打来了电话，同时发来消息：“方便确认一下是您本人吗？”

林水程摁了接听键。

“您好，请问是小林先生吗？”对面是一个年轻男人的声音，听起来很阳光，林水程记得他的名字，他是禾木雅的保镖徐杭。

“是我。”林水程说。

“您短信中提到的情况，禾木雅已经知晓，她表示会开个会来做一下研究。我们现在要确定几个问题，不知道您方不方便配合告知。”徐杭顿了顿，问道，“您现在的行动是自由的吗？您给我们发送消息，是出于您本人意愿吗？”

林水程哑着声音说：“我知道你们想问什么，傅落银不会强迫我。我为我的所有言行负责。”

徐杭苦笑道：“我们当然知道您可以负责，但是傅副处长……我就这么跟您说吧，您在傅氏军工科技园我们不是不知道，但是从您住进去第一天起，傅副处长就把这个地方武装成了一个军事堡垒，如果，我是说如果，在傅副处长眼里看来，我们闯进来，带走您，那么我们的安全可能是无法得到保障的，随便来一个展开式纳米炸弹，我们也会损失惨重。”

林水程说：“这也是我要求你们释放傅凯的原因之一。你们送傅凯过来，我跟你们走。”

那边被他说得一愣一愣的，片刻后说：“好的，请您等待答复。”

“对了，听您声音有点嘶哑，希望您注意身体。如果您过来了，我们不会像对待一般嫌疑人那样对待您的，这一点请您放心。”徐杭说。

林水程挂掉了电话。

深夜又沉寂了下来，无边的黑暗和寂静立刻又涌了上来。现实的疲惫几乎压得他喘不过气，他回到了卧室躺下。

他缩在被子里一动不动，睁着通红的眼睛望着虚空发呆。

很久之后他才睡着。

在梦里，他看见了年少时的傅落银，傅落银一个人挎着书包沉默地走在校园中，一身桀骜与孤寂。

他梦见自己在周六的下午借宿管叔叔的桌子做竞赛题，桌边放着他爷爷跨越大半个校园、颤巍巍地送来的保温桶。

傅落银经过他的窗前，歪头问他：“好学生，你怎么不回家？”

他本来沉默乖巧，一般不怎么搭理人，但是他鬼使神差地对傅落银举了举手里的竞赛题，安安静静地回答说："要比赛。"

"哦。"傅落银说，随后做了一个深嗅的动作，嘀咕道，"宿管叔叔又在炒菜了？什么东西这么香？"

林水程不知道为什么，觉得他没有吃饭。没有理由，林水程就是这样觉得。其他学生都回家了，或是在校园里拉着父母说着一周的事，还会回宿舍的也只有有家人送饭却要比赛的好学生，以及没有家人送饭也没找到开着的食堂的叛逆少年。

林水程又瞅了瞅他，犹豫了一下，轻声说："你过来跟我一起吃吧。"

…………

凌晨时，林水程被猫踩醒了。

毛茸茸的尾巴扫过他的脸颊，带起他眼尾残留的、湿凉的水痕，温热粗糙的猫舌头舔着他的指尖。

"喵。"

林水程睁开眼，望见一只奶牛猫趴在他胸口，绿幽幽的眼睛看着他。

"……小奶牛？"

林水程不知道为什么这只猫会出现在这里，揉了揉眼睛，从床上坐起来，摸了摸它。

小奶牛拼命地蹭着他，甩着尾巴，喵喵叫着，仿佛在倾诉相思之情。

林水程伸手摸着它的小脑瓜，轻轻地问它："你的小跟班呢？"

刚问完这句话，床尾一陷，一只小灰猫也跳了上来，凑过来要林水程摸它。

傅落银把这两只猫都送了回来。

看到小灰猫的一瞬间，林水程下意识地摸了摸它的尾巴尖，但是什么都没有。

他把两只猫一起哄了哄，摸了摸，随后打开手机看了看时间，已经是上午七点。

他披衣起身，轻轻推开门。

19

屋外下起暴雨。

林水程抱着小奶牛坐在落地窗前，透过重重雨幕看见科技园的大门打开了。

军用空间车驶入，傅落银一身黑色风衣，在雨幕中低头下车。在他身后的院门外，慢慢聚拢了更多军用空间车，车身上有航天局特有的星环标志，应该是禾木雅的人。

一夜和一个早晨的时间，想必各方面都已经谈妥。

林水程的东西已经收拾好了，电脑、U 盘和一些草稿纸，用一个随身文件袋装着，这些就是他要带走的全部。

脚步声响起的时候，他放开怀里的小奶牛，摸了摸它的头，又去另一边拍了拍小灰猫的头，随后站起身来。

傅落银身上带着外边风雨的气息，外套边角被微微打湿，神情冷峻，嘴唇抿得紧紧的。

他没有像昨天晚上那样失态，只是眼底的红血丝暴露了他的疲惫。

林水程垂下眼帘："走吧。"

他的声音依然是沙哑的。

"你的猫在这里，你不带走吗？"傅落银的声音和他的一样沙哑，"你不在的时候，小奶牛很想你，它会不好过。"

林水程轻声说："有些品种的猫长期记性没那么好，很快它就会忘记我这个主人。没什么人和事是离不开的。”

他温柔地注视着傅落银的眼睛：“我知道你会对它们很好。”

傅落银喉头一哽，偏头不再去看他的眼睛。

林水程又说了一遍：“走吧。”

他走到楼下，傅落银跟着他下楼。

禾木雅方的人进不来，林水程出现在别墅门口时，门口的车也打开了门，傅凯从车上走了下来，旁边有人为他打伞。园里园外都站满了人。

青灰色的天幕下，林水程注视着倾盆大雨，觉得心情反而通透敞亮了起来。

几年前，他拿着一张小字条赶来这个陌生的城市，最后被拦在墓园门外，那一天也是这样一个暴雨天，青灰色的天阴沉沉地压下来；再往前，高考出成绩后不久，他去了其他几个学校参加自主招生考试，考完的那天晚上大雨，他在心悸中惊醒。

或许他往后不会再有这样心悸的时刻，因为他已经孑然一身。

想到这里，林水程唇边居然勾起了淡淡的笑意。

傅落银撑伞立在他身边，在他想要往前走的时候，傅落银突然伸手抓住了他的手腕，非常用力，让他无法挣脱。

傅落银什么都没说，林水程回头去看时，只看到傅落银因为用力而微微发白的指节、紧抿的嘴唇和幽暗固执的眼神，像一个孩子最后犟着，不肯放手。

林水程看了他一眼，甩手转身决然地踏入雨幕中。

那一眼中带着傅落银看不懂的神情，那一眼让他想起林水程做答辩报告时那种飞扬的神采，带着纯粹的光和热，还带着一点玩笑似的俏皮。不像别离，而像是最平常不过的问候。

平淡、简单，却是最真挚的问候。

傅落银笔直地站在那里，仿佛一尊雕塑，眼睛一眨不眨地望着林水程离开的方向。倾盆大雨顺着屋檐飘下来，沾湿了他的双肩。

他说不清为什么，林水程一个眼神过来，他心底的滚烫酸涩像是被一瓢清凉的水浇灭了，温热的水汩汩淌开，让他从累日病态的冷漠中慢慢复苏。

他突然知道那温柔的眼神是什么了——看他的眼神，看林等的眼神。

那是知道终有一天将会别离，不对重逢抱有期待的眼神，是寂静的死灰中最后一抹发光的虔诚与想念。

林水程在安慰他，纵容他，如同一个年长者对小辈无声的默许，可是林水程明明比他小，而这么多次他给林水程找出牛角尖之上的答案后，终于轮到林水程来告诉他答案。

林水程走了。

傅凯这几天被关在审讯室，憔悴了许多。他走上台阶，跟着回头看了一眼，伸手拍了拍傅落银的肩膀："进去吧，先进去再说。"

父子俩一路沉默。

傅落银把饭菜热了端上桌，两人都没吃饭，仍旧像是在军队里一样，坐得笔直，动作整齐划一。

傅落银一勺一勺地吃着皮蛋瘦肉粥，一边吃，一边走神。

养胃的东西，滑入腹中就带起一阵烧灼感，从胃一直到心口。

"这次我能出来，多亏了小林。"半晌之后，傅凯打破寂静，"本来这顿饭……过年应该跟你们一起吃，有些事，我是打算过年说明白的，不过现在……唉，现在你知道了也好。"

傅落银闷头吃饭。

傅凯看着自己的这个小儿子，一时间也有些感慨，不知道该说些什么。

傅落银的犟是体现在方方面面的，傅凯知道，自己这个小儿子是不撞南墙不回头。过于固执，迟早都要吃亏。

傅凯沉默了一会儿，说："林水程对你，对我们傅家已经仁至义尽了，他跑了三个昼夜帮咱们恢复数据，用他自个儿把我换出来……"

傅落银"嗯"了一声，傅凯又叹了一口气，不再说话。

下午的时候小奶牛满屋乱窜。

傅落银开视频会议的时候，就感觉到这猫偷偷摸摸进门了，在他身边绕了几圈，然后咬住他的裤脚往外扯。

傅落银把它抱起来放在膝上，小奶牛被他一抱，很快又蹬着腿跳回了地上。它不让他抱，却依然咬住他的裤腿，想要把他带到别的地方去。

视频会议接近尾声，傅落银不得已俯身用手安抚着小奶牛，一边调整拿手机的姿势，一边跟着小奶牛走。

小奶牛把他带到浴室门前，随后在浴室门口蹲下了，似乎是眼巴巴地希望他能够进去看一看。

傅落银说了几句之后，挂了电话，随后也蹲下来，和小奶牛对视。

奶牛猫绿幽幽的眼睛里倒映着他的影子。外面的雨声不停，却显得屋里更加安静。

"带我来这里干什么？"傅落银低声问，"找他吗？"

小奶牛："喵。"

傅落银接着问："你乱跑了一下午，就是在找他吗？"

小奶牛歪歪头，似乎对他的话感到有点疑惑。它舔了舔爪子，随后又想上前来咬他的裤脚，却被他一把抱了起来。

他想——要怎么向一只小猫咪解释，林水程不要它了这个事实？

他没有那么坏，不会再对小奶牛说一次这么"伤猫"的话。

可林水程这次居然真的连小奶牛都不要了。

傅落银稍微用了点力气，摁住吱哇乱叫的小奶牛，把它抱回客厅的猫沙发上。

小奶牛发现自己挣脱不了，于是不再挣扎。它在猫沙发上踩了踩，随后蜷缩起来，又变成了十分低落的样子。

他随后给周衡打了个电话："联系一下宠物医院，让他们派人带设备过来给两只猫做一下体检。"

小灰猫又过来给小奶牛舔毛。小奶牛连打猫都没了精神，依然非常颓靡地趴在那里。

傅落银还是蹲下去跟它对视。

他想了半天，慢慢跟小奶牛解释："林水程出门了。你乖乖地认真吃猫粮，可以咬一下沙发，也可以打一下小灰猫，你要是想用我的烟灰缸当猫砂盆，也可以。"

小灰猫不知道他在说什么，还在一脸天真烂漫地用爪子扒他的膝盖。

小奶牛还是趴着，耳朵都耷拉了下来，看起来非常伤心。

傅落银也不知道该说什么了。

他就待在小奶牛旁边，低头看着它，随后轻轻叹了一口气，问它："你也只要他是不是？"

他伸手摸摸小奶牛的脑门儿，小奶牛又冲他"喵"了一声，这一声有点凶。

傅落银想起他上午跟傅凯的对话，不由自主地笑了笑，随后指尖抚上自己的唇。

林水程那一眼如在眼前，令人震颤。

林水程那时候在想些什么呢？

傅落银想了很久。

他低声说："那我把他给你抓回来，你可以挠他，还可以睡他的键盘，好不好？"

小奶牛还是趴着，傅落银觉得自己都魔怔了，却同时知道自己很清醒——他伸手在它的头上轻轻点了两下，声音低低地说：“好。”

“林先生，这是战备一组给您提供的工作室，条件肯定是没有科技园那边的好，请您将就一下。”

航天局干员在前面带路，林水程打量了一下四周：狭窄的长通道空间，建设在地下，错综复杂得像是蜘蛛网。他们一路过来，路上哪个部门的人都有，航天局的、九处的、七处的……每个人胸前都挂着名牌和标志。

他说：“挺好的。”

留给他的工作室门锁有三道，其中一道还是密码锁，林水程被带了进去，没有人告诉他密码——这其实也是变相地囚禁与监视。

“请您放心，这里的安保系统绝对是最高级的，考虑到您的特殊身份，也请您继续完成您的工作，必要的时候配合我们进行一些侦查工作。”干员说，“战备一组就在最前线，有时候可能要直接面对RANDOM组织，进行追捕或者与其交涉，所以我们也会为您配备保镖。”

“现在的情况如何？”林水程问道。

“不太好。”干员冲他摇摇头，“第一层量子安全墙被破解的后果很严重，虽然正在尽力修补，但联盟范围内还是有不可估量的信息被泄露出去了，也因此发生了许多恶性事件，比如一些在安全墙边缘的小公司，数据库直接被破解了，领域涉及衣、食、住、行等方面，已经对联盟的经济造成了不可估量的影响。有人在私人银行的储蓄直接被清零，有餐饮公司的标准配方一夜之间被公开……人心惶惶。如果真的等到三层量子安全墙都被破解了，那么联盟所有的军事力量、科技力量……都会是躺在那里等待敌人享用的大餐。”

干员说："目前 RANDOM 组织依然处于暗处，我们正在按照您的建议进行大范围的宗教团体排查。"

林水程点了点头。

"再就是……军方已经派人驻扎三院，保护林等。"干员说，"傅副处长那边不缺保镖，不过我们依然为他提高了安保等级。如果有什么地方不满意，您可以直接提出来。"

林水程说："谢谢你们。"

他从桌上拿起自己的身份牌，在上面看到了"战备一组林水程"。

墙上挂着许多照片，林水程戴好身份牌，视线扫过的时候，怔了一下，随后轻轻问道："那些照片是什么？"

干员顺着林水程的视线望了望，看见林水程正盯着其中一张照片看，他也没仔细看，只是说："是以前的照片，这里以前是七处的地方，禾木雅当初创立七处，这里是地下战备所备选处之一，有好多七处创立之初的照片，还有一些合作的科技公司的照片。"

林水程点了点头。

"您如果没什么事的话，我们就先走了啊。"干员冲他笑了笑，"有什么事您就告诉他们。"他指房间里守着的几个警卫员。

林水程放下自己的文件袋，走向墙边。

他这个动作显然引起了警卫员的警惕，几道视线齐刷刷扫向了他。

林水程指了指头顶的画框："我能要这张照片吗？"

离他最近的警卫员神色有点古怪，似乎是思忖了一会儿后，才严肃地说："可以。"

林水程于是搬了一个凳子过来，站了上去。

这张照片挂得很高，林水程把相框取了下来，又随便拿了一张写满公式的草稿纸塞进去，依原样挂好。

这是三个人的合照，另外两个人林水程不认识，他只认识最左边的那一个。

照片上没有显示时间，傅落银穿着一身军装站在左侧，挺拔清瘦，神情冷而平淡。傅落银本来看上去就凶，这张照片显得更凶，不认识的人一眼扫过去，会惊异于此人的锋利，眼神仿佛能穿透人一样的一个人，就这样又飒又酷地闯入了整个画面。

20

这个地下战备所，被称为“老七处”。

林水程全天都待在这里，每两个小时换一拨警卫员监视他，一日三餐都是从外面送进来的。地下潮湿幽暗，白炽灯从早到晚开着，完全分不清昼夜。

战备组偶尔会开例会，林水程旁听，更多的时间里，他不被允许出去走动，只能待在这个幽闭的房间内。

这里大部分是航天局的人，对他的态度很微妙——不像九处人员那样对他很重视，却也不是可有可无的那种态度。

私下里有人开玩笑地给他起外号，戏谑地跟着叫他“神”，林水程偶尔听见了，也没什么反应。

进来后的第五天，林水程的工作室里多出了一个老熟人。

金·李拖着行李箱大大咧咧地搬了进来，还带着两个助手。

他看见林水程之后，吹了声口哨表示问好：“有缘呀，我的二东家，看来我们又要共事一段时间了。”

林水程抬起眼看他。

金·李已经忙起来，瞪大他湛蓝的眼睛，抱怨着这里边的生活设施：“这是什么东西？折叠弹簧上面弄个乳胶垫就敢叫它床？啧……晚饭能点菜吗？我要吃炸鸡。”

带他进来的人面无表情："现在是战时，这里是前线，没有让您挑剔的余地，希望您能明白。"

"食物是我的驱动力，我的大脑和身体是战争的关键武器。"金·李把行李往行军床上一堆，又伸手指了指林水程，"他的也是，你们就是这样对待'神'的钥匙的？他可是用三天时间逼我做了两百套方案的男人！"

警卫员在旁边掏出笔记录了一下，随后说："我们会向上级汇报情况。"

晚饭时，外边送来了大份炸鸡，堆成了小山，除此以外，还有精致了很多的套餐以及切好的水果。

金·李招呼林水程跟他一起吃："来吧，哥们儿，你这几天又在吃喂小鸟的食物吗？"

林水程安静地说："不是鸟食。不过，谢谢你。"

"不用谢，你的大脑和身体一样需要上保险，我是为联盟做贡献。"金·李戴上手套撕炸鸡，香喷喷的滚烫肉汁顺着金黄酥脆的外壳滴落，他顺手给林水程分了一块。

林水程问道："您为什么过来了？"

金·李耸了耸肩："为了B4。他们抓我进来，要我继续进行B4。"

林水程皱了皱眉，重复了一遍："B4？"

"对，他们要求我照常推进B4计划。"金·李压低声音告诉他，"我都观察清楚了，这个战备一组大多数是航天局的人，也就是那个女将军的手下。她的八卦我也听了不少，她应该是作风比较强硬独断的那一类人，我听他们开了几次会——你去听了没？"

林水程摇了摇头，安静地说："他们不让我听。"

"不让你听就对了，他们其实没有那么重视你，也知道你是小傅总的人。那个女将军答应用我的老东家去换你，我想你是用了点手段的吧？”金·李带着那种见惯世事的、惊人的敏锐性看了他一眼，随后补充道，“不过这都不重要。战备一组到现在依然认为，破案的关键在于楚时寒的案件，那个女将军到了这个时候，想要整治的其实还是学术界。这个逻辑也很简单，既然RANDOM是高科技组织，那么学术界顶层一定不怎么清白，而当初楚时寒在遇害之前，是主动联系过她的，说想要就学术界的一些问题与她谈一谈——哥们儿，抛开你是最大嫌疑人这个话题不论，她怀疑楚时寒和B4动了一部分人的蛋糕。”

林水程很平静。

他想了想，星大名画案之后，禾木雅找他谈的那一次，实际上已经隐隐透出了这些意思，她直截了当地告诉他：“我想要你做一把漂亮的锋刃，割掉那些腐烂的果实。”话语矛头直指如今的学术界。

在那之后，她下令实行的各种有关学术界的政策，都能看出这一点。

金·李继续吃着炸鸡：“她这个思路倒也不是不正确，只是在关于你的问题上，他们大概觉得过于玄学了……你别这么看我，我也觉得你是很‘神棍’的一个人，各种意义上。”

林水程哑然失笑：“我？”

“看过科幻片吗？你这类的科研人员一般都是最后的反派，为了某个理想进行不达目的不罢休的实验之类的。和你沾边的东西，什么蝴蝶效应……都太虚了，他们不敢把筹码押在你身上。”金·李喝了一口可乐，意味深长地拍了拍自己的肚子，“而我是追求汉堡和可乐的那一类人，科学的终极目标与我无关。不过我没有讽刺你的意思，就我的感觉来说，你确实是那把钥匙。但是这个时候，我可能会更加有用。”

“那这些事情和B4有什么关系？”林水程问道。

"B4里有那个女将军要的东西，二百六十六组人体基因优化链条，以及咱们上一次推出来的基因黏合剂。"金·李把声音压得更低了，"她要我尽快做出来以对抗RANDOM，因为她认为RANDOM已经在暗中使用人体优化改造技术。"

林水程怔住了："这听起来太……"

"太不现实了是吗？"金·李吐出一块鸡骨头，"看来他们真的什么都没有告诉你。"

"你是见过那个R组织成员秦威的，他们一开始就发现了，联盟的吐真剂对他无效，所以送他去做了基因检测。"

林水程低声说："我知道这件事。检测结果呢？"

"在他的身体里，我们发现了两种遗传物质。在这两种遗传物质中，一种是他本来拥有的，另一种是黏合改造过的，这种遗传物质操纵性状表达为，任何吐真剂类药物对其无效，所以他能够一直保持沉默。"

林水程微微睁大眼睛。

"我看了他的血液提取物，他的身体因为这种改造已经出现了大范围的转录不正常，体内无法正常合成蛋白质，DNA有溶解断裂现象。这种效果类似于轻度核辐射后遗症，也在一定程度上证实了他们的想法。"

金·李说："还记得吗？B4计划里有一种不会导致这种副作用的黏合剂。小傅总是对的，当初全联盟的量子计算机被干扰后，他第一时间要求我继续推进B4计划，认为R组织的目标或许正是B4计划，此言不虚。R组织做不到去除副作用，但是B4计划可以。"

"有了这个方向的发现，所以这里的人对你说的宗教啊、蝴蝶效应啊，其实不太感兴趣。他们偏重的点不一样。只能说，两边尽力。"金·李说，用湛蓝的眼睛看着他，"不过，林，我还是给你带来了一个好消息。”

林水程轻轻地问：“什么消息？”

“先不告诉你。”金·李冲他眨了眨眼睛，“你遇到就知道了。”

老七处343会议室。

“傅副处长，您现在进了战备一组，即默认您已经做好了出战的准备，以您在第八区的履历，您将领导侦查缉拿科，或许会非常危险，这一点您明白吗？”航天局人员问道。

他的视线投向会议桌尽头的男人。

傅落银冷漠的气息中隐隐透着几分漫不经心：“明白。”

“对于目前的情况和战备一组做出的决定中，您需要担负的责任，您也全部同意并且接受吗？”航天局人员继续问道。

面前的男人虽然年轻，但是周身散发着非常锋利的威压感，让人不由得有些胆怯起来。

傅落银抬起眼：“我接受。不过我仍然坚持，不能放弃对宗教团体的重点排查。”

“小傅。”禾木雅坐在桌子的另一端，身姿笔挺，她语气温和地说，“之前排查过了，并没有发现任何可疑组织。目前联盟范围内活动的宗教团体，都是登记报备过的；不合法、不合规的，也早就被取缔了。”

“没有发现不代表没有。”傅落银坚持，“这和您现在进行的学术界排查并不矛盾，两边同时进行，或许可以给R组织更大的压力，让他们露出更多马脚。现在的我们过于被动了，数据恢复、灾后重建补偿、安抚社会固然是头等大事，但是现在我们连R组织的来头都没摸清楚，这是全联盟的耻辱。”

会议席上的其他人面面相觑。

禾木雅静坐着没有动，思索了片刻，随后问他：“我记得……几个月前，政府的量子计算机被全方位干扰之后，提出反向扩大范围进行全球量子干扰来反击的方案的人，是你吧？”

傅落银点了点头：“劳烦您记挂。”

禾木雅又打量了他几眼，随后叹了口气：“并行吧，宗教团体这部分的侦查交给你。小傅，这出于我对你能力的信任。战时我们的人力有限，所以希望你能尽快给出成果。”

“我明白。”

会议结束了，傅落银起身往外走。

在场的其他人不由得都松了口气。

傅落银在场，气场压迫感太强。更何况航天局和傅氏军工科技在短短一个月内多有龃龉，说不尴尬是假的。

一名航天局干员偷偷打听：“傅氏军工科技……不是前几天才和我们闹翻吗？傅凯的事，还有抢那个姓林的人的事……怎么这会儿又过来了？”

他身边的人小声地告诉他：“是傅副处长自己要求的，听说他在B4上做出了一些让步，无论如何都要过来。”

“林先生，可能会有轻微刺痛感，请忍耐一下。一会儿还要进行穿刺，取骨髓细胞，这个的话我们会给您上超局部麻醉。遗传物质取样流程是会复杂一点的。”

医疗分析舱。

护士给林水程解开橡皮管，递给他一根消毒棉签。林水程肌肤苍白，隐隐能看见其下淡青色的血管。

他用棉签摁着针孔，轻轻地问：“这个要连续取样几天？”

“一周，您每天来一次吧，穿刺只需要第七天再做一次就可以了。基因检测结果的话，要再等三天，十天后就知道结果了。”护士解释。

林水程点了点头。

所有取样做完后，医疗人员给林水程发了一袋热牛奶，还给了他一些小饼干。警卫员依然跟他寸步不离，如同假人一样监视着他。

林水程坐在休息椅上，歪头看了看顶上的灯，张开五指。

他的指尖细长白皙，边缘透着微微的红色，灯光照下来尤其明显。

这样的一副躯体，有没有可能已经被人改造过，未来有一天消失在断裂的 DNA 和溶解的蛋白质中？

林水程记事晚，五岁才记事，三岁前的档案资料缺失。

他从来没有听过家人提起那段过往，家里没有女人，有关他的妈妈、他不记得的那些时光，从来都没有人提起过。

在他的记忆里，他一直是一个平凡的，或许比平常人稍微聪明一点、努力一点的普通人，如果问是什么让他成为“神”，答案会出现在他三岁之前吗？

林水程喝完一袋牛奶，在警卫员的注视下乘电梯。

从医疗舱到他的工作室，电梯是直达的，上下都有人监视接应，每一层都有专人把守。

林水程摁了顶层，电梯叮一声往上行驶，行到中途某一层时，电梯门打开，走进来一个人。

林水程站在电梯按钮前，起初低头看着自己手背上发青的针孔，直到那人一步一步走近了，在他面前站定，他才慢慢地看向了对方。

淡淡的薄荷香气在狭小的空间飘散。

傅落银微微低头看着他，眼里幽深莫测，平静之下藏着风暴，冷而肃穆。

“七。”傅落银低声说。

他们并肩站着。

林水程动了动嘴：“你怎么……”

“七。”傅落银打断他，重复了一遍。

看他不懂，傅落银伸出手——从他肩膀上越过去，微微侧身，摁了第七层。

过了一会儿，叮一声，第七层到达。

傅落银走了几步，反身用手撑住了电梯门，就停在这里看林水程。

林水程避开他的视线，依然淡静地站在电梯内，安安静静。

“我知道你想问什么，从你走的那天起我就感到疑惑，所以我跑过来了。”傅落银注视着他，目光炙热，“林水程，我会自己找答案的。”

21

林水程看着傅落银，没有说话，像是一时间不知道该说些什么，他张了张嘴，但是几次都没有发出声音。

最后他清清淡淡地说：“你不应该来这里。”

“我想来就来，你管不着我。”傅落银本来都走到了门边，这时候又凑近俯下身来——林水程下意识地后退了一步。

但是他退无可退，脊背贴上冰冷的电梯内壁。

他刻意垂下眼帘不去看傅落银，脸上一点波动都没有，傅落银就这样微微俯身下来，伸手把他胸前挂着的身份牌从外套之中钩了出来。

林水程穿着白大褂，不靠近他，只能看见身份牌上连着的蓝线，其他地方都被挡住了。

傅落银伸手钩出他的身份牌，仔细看了看，低声念道：“战备一组林水程，办公室 902A。”

没等林水程反应过来，傅落银就把这张身份牌给取了下来，揣在了兜里，顺手摸了摸自己身上，找了半天才找到身份牌，伸手就往林水程兜里塞：“你的我收下了。好学生，想要身份牌就自己过来找我要。”

林水程一直没有动，傅落银不管不顾，强行把自己的身份牌塞了过去。

随后，傅落银直起身，望着他笑了一下，轻声说：“好了，别生气。”

傅落银走了出去，回头冲他挥了挥手。

电梯门关闭，继续上行。

到了九楼工作室，林水程才把塞在口袋里的身份牌拿出来看了看。

上面印着：特备一组傅落银，办公室 711A。

一直看着电梯监控画面的警卫员跟了过来，看见了也当没看见一样，依然公事公办地问他：“您好，请问您需要换一张新的身份牌吗？”

林水程抿了抿嘴：“算了，不用。”

之后的每一天里，林水程总能在电梯里遇见傅落银。

现在外边形势严峻，量子安全墙第一层被破解导致连锁反应，许多小企业、个体户停业休息了，星际联盟部分边缘地区的政府公务系统也被破解了，导致一些公务员的私人信息被泄露，引起了一批犯罪分子的报复，造成了不小的恐慌，还发生了四起恶性袭警事件。联盟至今没有公开 RANDOM 的存在，只对外解释为一次安全系统的故障，并在全力修补。与此同时，联盟也在进行一场全方位的信息备份，日后不至于再像这次一样措手不及。然而，RANDOM 存在的消息依然不胫而走，人人都紧张——在这个全方位高度数字化的时代，RANDOM 破坏的可能就是每个人的身家性命，各种各样的谣言层出不穷。

外面的情况，说是满城风雨也不为过。虽然联盟已经宣布了进入战时状态，但这种感觉其实是相当古怪的——这是一场完全没有硝烟的战争，暗流汹涌都隐藏在数据背后。

基因取样第七天的时候，林水程做了第二次骨髓穿刺，从医疗分析舱出来等电梯。

刚走到电梯门口，附近会议室的门就被推开了，走出来一大群人，显然刚刚散会。傅落银一边跟身边的一个干员讲着什么，一边往这边走，看到林水程的时候，脚步就放慢了。

他对身边的干员笑了笑，说：“就这样，之后再有什么不懂的问题就来办公室找我。”

电梯里一个一个地上人，林水程让了让。等到前面的人都走进去之后，傅落银看了林水程一眼：“走啊。”

林水程平静地说：“我等下一趟。”

傅落银半只脚都跨进电梯了，又退了回来，说：“那刚好，我也等下一趟。”

他们两个在这里戳着，彼此僵持着不动，傅落银对电梯里的人笑了笑：“你们上去吧，我和小林老师等下一趟。他刚打完针不舒服，人多，挤着难受。”

电梯门关闭了。

傅落银低声说：“就这么不愿见我？电梯都不愿跟我乘同一趟？”

林水程说：“傅总想多了。我只是不想跟你再扯上任何关系。”

傅落银瞅了他一会儿，表情阴晴不定，也不知道是个什么意思。

过了一会儿，傅落银转移了话题：“疼吗？”

林水程偏了偏头，不理解他的意思。

傅落银看着他没有血色的脸，声音低低地说：“我是说骨髓穿刺基因取样。”

林水程没出声。

“你以为我不知道这件事吗？”傅落银放轻声音。

林水程这次又沉默了，很久之后才说：“没事。”

他又补了一句："傅落银，你别来找我了。这里不是你该待的地方，太危险了。"

"想都别想。"傅落银照样给他顶回去，语气硬邦邦的，"你觉得危险，那你自己为什么不走？只要你走了，我保证马上就走。"

林水程："……"

基因取样第十天的时候，林水程提前起了床，让警卫员给他开了门，去医疗舱等待基因检测结果。

他是否也是RANDOM的试验品，他是否和别人有什么不一样——以至于要被称为"神"，成为事件源头的那只蝴蝶，无论结果如何，今天都要见分晓。

他来得太早，到了地方，医疗人员主动告诉他："机器还在运行，结果大概要晚一点才出来，您可以先在外边坐坐休息一下，结果一出来，我们会马上告诉您的。"

林水程点了点头，找了个地方坐下。

林水程连着来了很多天，和这边的人差不多都混熟了。他长得好看，脾气也温和，医生、护士都很喜欢他。

他一个人坐在这里，垂眼低头，看起来很乖巧，猛一看像个高中生。

没有人察觉他额头冒着冷汗，人们只会觉得他今天的脸色苍白得过分，不会多心。

有几个摸鱼的护士过来给他送牛奶和饼干，坐下来跟他聊天。

他们问他："小林老师，今天傅副处长没来呀？从前你每次过来，他都在外面等的。"

林水程怔了怔，说："我不知道。"

与此同时，所有人的手机弹出了一条重要通知。

旁边路过的医生给自己倒水，正好看了一眼手机："你们说七处那个傅副处长啊？他是侦查缉拿科的负责人，三天两头跟着一起出外勤，今天好像出任务去了。刚刚下来的通知，十分钟后全体开网络会议，实时连接支持侦查缉拿科的行动。听说那边有新发现。这边的事情先不管了，赶快过去吧！”

凌晨五点。

傅落银来到办公室，进入侦查缉拿科几天，主要负责的是全联盟范围的宗教团体排查。

查了几天，没什么进展，干员向他报告：“傅副处长，所有能够搜集到的情报都已经搜集了，耗费了大量人力进行了精准访问，抓了五十三个不合规的团体，其他的则没有发现。其他的例如科学会、科学社团等都没有发现可疑目标。”

“奇了怪了。”傅落银在这边的助理发着牢骚，“怎么会没有呢？难道一开始方向就错了吗？”

傅落银沉默不语，坐在座椅上，翻阅着一张又一张资料：“不可能错，从一开始我们知道的名画鉴定案、罗松遇刺案，对方先有邮件式的艺术化示威，随后又是多人聚集干扰受害者视线，到后面的成员自杀式逃离行为，聚集性、合法社群性、高度组织化……都符合宗教聚集人群的特点。秦威直接管林水程叫‘神’的这个行为已经算是铁证了。”

“但是现在……”助理欲言又止。

傅落银揉了揉太阳穴：“今天星期几了？”

“星期二。”

“星期二？”傅落银打起精神来，喃喃地说，“今天是林水程基因检测出结果的日子。”

“今天有任务要出去巡查，我没法去看他，你一会儿让人给他送点东西。”傅落银想了一下，又觉得不太妥当，“我给周衡打个电话，让他送点药过来。把苏瑜也叫过来，我给他开通行证。”

他不清楚林水程在这里有没有按时吃药，虽然金·李偷偷告诉过他，林水程每天都在服用抗抑郁药，但是他也不知道那些药够林水程撑到什么时候。

他给周衡打了个电话：“带林水程常吃的那几种药来。我放在家里的，用维生素瓶给他装好。”

周衡一边听电话一边找：“老板，你说的那种蓝色的药好像没了，林先生走之前带了出去。这个我还是去找苏瑜开？”

“都可以，今天送过来，越早越好，通行证我一会儿给你们放门卫室。”傅落银又叮嘱了几句，“看好他，注意观察他的状态，等我回来。”

挂了电话之后，傅落银从抽屉里把联盟制服抽了出来，起身准备前往更衣间的时候，却突然愣了愣。

他的视线扫到了他放在桌上的胃药小瓶。

药。

胃药，抗抑郁药。

聚集性，合法社群性，有创伤经历的人群。

如果不是宗教团体或科学社团，如果把信徒式的精神信仰扩大化，换成——集体性的、弱势方对强势方的精神依赖呢？

“查错方向了。”傅落银飞快地披上外套，沉声下令，“所有人立刻出动，跟我一起排查星城范围内所有医院的精神科，包括社区医院和私人诊所，重点排查定期开设讲座和复诊活动的组织，优先排查高学历、有过重大创伤经历的医生和患者。

“立刻连线总部，我要求线上会议进行动态分析和信息资源支持。侦查缉拿科 A 组，联系警务处围绕星城繁华区网状分布待命，随时准备支援！”

他做起事来雷厉风行，短短的时间内已经统筹安排好了所有任务，并给出了行动方案。

室内人齐声回答："是！"

傅落银拿好装备乘电梯下楼，已经有人把统一的车开了过来。

傅落银摆摆手拒绝了："我开我们家的。"

他从车库里倒腾出傅氏军工科技开发的最新一代载重式军用空间车，俯身确认系统。

这种车奇丑无比，车屁股如同一个大铁盒子，看起来非常笨重。

助理好奇地问道："这车屁股里有什么？"

傅落银说："核弹。"

助理脸色白了："啊？"

"我倒是希望有。追踪式纳米震爆弹而已。"

傅落银确认系统无误之后，跨上驾驶座，关闭了车门。

22

"目前锁定可疑人员 112 名，正在分配侦查追踪目标。A 组领队傅落银，正在前往城区陈医生心理诊所。报告完毕。"

"收到。已为你配备实时分析专家组，有任何情况请联络。"

"收到。"

副手报告："您选择的第一侦查目标名叫陈浪，星大本科毕业，拿了心理学和脑神经学的双学位，后来在联盟医科大学读心理学博士，主攻方向是性心理学。"

傅落银一边锁定优先排查位置，一边听着："继续。"

副手坐在后座，继续翻着联盟连线发来的实时档案："他的家庭情况特殊，从小家境优渥，但问题是……他的父母是，呃……亲兄妹通婚，至今没有拿到结婚证明，程序上他和他妹妹都是领养的。他的亲妹妹陈爱比他小十岁，出生即患有严重的遗传病，包括先天性心脏病，五岁的时候失明。两人都和父母断绝了关系，目前妹妹由陈浪负担生活费用。至于陈浪本人，他年近四十依然没有结婚，也没有恋爱迹象，加上他对性心理学表现出高度关注，推测应该是性功能障碍者，这一点可能也与父母近亲通婚有关。

“陈浪在联盟尤其是星城也算非常有名了，他五年前在一个情感咨询类节目里当嘉宾，拥有大量拥趸。不过他的心理咨询挂号费用不低，大几十万，客人非富即贵，每周二开办老客户咨询交流会，其间闭门停业，有聚众传教的可能。”

“今天他们交流会的名单——”

“一共十二人，都是各领域的精英，有过各种创伤——这个显而易见，需要去做心理咨询的差不多都是这种人。他的私人诊所是三层楼结构，后面有医疗仓库和花园，因为处在港口街区，人多眼杂，人群密集。”

傅落银低声问：“警务处那边联系了吗？”

副手调整频道播放给他听，那边传来的是警务处的报告：“所有人员已就位，目前正从可疑地点逐个击破，只是星城港口附近警力不足，如果有什么情况发生，需要一定时间才能赶来支援，傅副处长，你是否考虑调换地点？”

“不用换。”傅落银哑声说，“楚时寒遇刺的地方，离这里直线距离只有 4000 米。这个地方很可疑，如果有什么事，我新仇旧恨一起报了。”

老七处。

气氛一片肃然，所有人都拿出自己的设备打开了与侦查缉拿科的连线，随时准备远程支援。

902A 中，林水程坐在电脑面前，沉默不语。

金·李凑过来跟他一起看："现在都是数据部提供资料，进行可疑人员排查，咱们在这里也帮不上什么忙。你今天这么早起床出门，要不趁这个时候补个觉什么的？"

林水程摇摇头说："不困。"

金·李看他神色凝重，又想了想，盛情邀请他："那你要跟我一起攻克 B4 的难关吗？我正在顺着前代领头人楚时寒的思路继续往下做，但是遇到了一些理论上的阻碍。我觉得这或许是一个非常有趣的问题。"

林水程摇摇头："下次吧。"

"真是个无情的男人。"金·李唏嘘了一声，回到了他的位子上，继续鼓捣他的东西。

公共屏幕上，代表侦查缉拿科人员位置的信号点逐步散开。

傅落银是领队，他的标志是一个蓝色的小三角。

林水程眼睛一眨不眨地盯着这个小三角，随后，他才像想起了什么似的，打开了他的蝴蝶效应模型，把公共屏幕上的坐标信息导入其中。

他设置了一下参数，挑出了傅落银和他周围的人所涉及的时间、区域和事件线条，实时追踪分析傅落银可能面对的情况。

模型开始运行，数不清的事件重新启动，无数条细小的线飞出蝴蝶的形状。一件事能造成的最大效应，都在这个蝴蝶图像的范围之内，即理论意义上的一件事的发生和消亡。

而如今，在系统实时显示的数据中，傅落银的所有行动中线性和非线性相关度最高的人，仍然是他。

他曾经尝试改变、尝试反抗，想要用冷待的方式去改变这一切，但是他无法忤逆命运，就像他不能阻止傅落银追着他过来一样。

傅落银是因为他选择了进入战备一组。

他是傅落银的蝴蝶。

而他眼睁睁地看着那个晶亮的蓝色小三角离港口越来越近——仿佛命运某种无声的启示，他只觉得一阵心悸涌了上来，心不堪重负，挣扎在崩溃的边缘，那种心情和他早晨等待基因检测结果的心情一般无二。

林水程握着鼠标的指节微微颤抖，太用力以致泛出了白色。

早晨七点半，陈浪将诊所的门打开。

他虽然年近四十，但是保养得很好，不熟悉他的人乍一眼看过去还以为他顶多二十出头。

今天虽然不营业，但是他依然穿戴整齐，西装革履。

“外面要下雨了。”他身后驶出一架轮椅，安静漂亮的女人坐在轮椅上，睁着无神的眼睛，指尖轻轻地拂过微微湿润的瓷砖墙面。

说是女人，实际上她看起来更像是女孩，先天性心脏病带来的严重后遗症让她四肢纤细，皮肤苍白。为了减轻活动性呼吸困难，她必须坐在轮椅上，一脸病容，嘴唇苍白发紫，没有任何血色，仿佛下一刻就会撒手人寰。

外面天还黑着，陈浪看了一眼地面的点点水痕，感受到扑面而来的湿气，点了点头：“已经在下了，和我昨天说的一样。”

“今天没有客人要来吗？”陈爱问道，“今天星期二了，以前这个时候，人都来齐了。”

在她的印象中，从很久以前的某个星期二开始，她哥哥的重要患者们每周都会上门听一次心理学报告，她从来没有参与过，只知道一个大概。关于这件事，她印象最深的就是来人大约十个，每次都提前好几分钟到达，每个人都打扮得体，女士穿着高跟鞋，男士也会喷上香水，仿佛来参加的不是什么咨询交流讲座，而是重大的宴会一样。

她知道她的哥哥备受尊重，而陈浪除了专业上优秀，还有一些令她觉得非常神奇的地方。比如他跟她谈论起某件事的时候，可以准确预测其走向，每天他下班回来后，看见她在哪个地方，甚至能够反推出她这一天的生活轨迹。这个能力也被陈浪用在一些病人身上，常常有病人惊呼着问他是不是会读心，对他本人的一字一句奉为圭臬。

几年前，她好奇地问他是怎么办到的，他说："问神而已。"

陈浪不像是会信教的人，陈爱就当他是在开玩笑。

陈浪的这种能力在她看来或许是某种逗她玩的把戏——她是盲人，要骗她太过容易，在房子里安个摄像头就可以。但是陈浪不会做出这样的事。

她比他小十岁，因病几乎没有接触过外界，心理年龄也比实际年龄小不少。时至今日，陈浪对她说话仍是用哄小朋友的语气。

陈浪说："客人们不在这里，因为有另外的人需要我们招待。我陪你把药吃了，你再回房里睡一会儿，好吗？"

陈爱点了点头。

送陈爱回房间之后，陈浪开启了别墅内的防惊扰模式——为心脏病人特别搭建的系统，能够完全隔绝外界的声音，避免吵嚷声诱发陈爱的心脏病。

现在这个系统还多了一样好处，那就是无论外面发生了什么，他的妹妹都不会察觉。

陈浪打开电脑。

他的电脑屏幕上，数十个坐标点正在快速往这边移动，他看了看，发出一声嗤笑，随后打开了一个聊天框。

对面的昵称是"Chaos（混沌）"。

五分钟前。

Chaos：“1。”

陈浪回复：“已准备妥当。”

Chaos：“记住这次行动的关键，扩大影响力不是第一目标，净化神身边的人才是。神的脚步不能为普通人停下。”

陈浪：“明白，傅落银是首要目标。”

早上七点半。

星城的冬天，这个时间天还没有亮，灰蒙蒙的天幕渐渐落下雨点，雾气又升起来了。

傅落银开启了雨刮器，放缓了车速。

进入居民区后，他心底就隐约泛上了一种不好的预感。这种预感来自他在第八区地狱一样的训练中摸爬滚打过的经验，如同暴风雨来临前的宁静。

……太过安静了。

早晨七点半，天半明半暗，一切都沉寂在烟青和黛色的朦胧中，傅落银抬起眼，立交桥下挂着“船通四海，港兴百业”的标语，因为被逐渐上升的、黏稠的雾气遮挡，若隐若现。

傅落银调整了对讲频道，低声说：“A组报告，这雾有点不对劲，听到请回答。”

坐在后座的副手问道：“啊，哪里不对劲？”

傅落银伸手摸了摸紧闭的车窗，随后感觉到车窗竟然微微发烫。

副手看他这么做，也跟着摸了摸，被烫得吓了一跳：“我天，这外面什么雾啊？这是水蒸气还是岩浆啊——”

他话还没说完，傅落银脸色就变了，他一脚踩下油门冲了进去，同时再次呼唤了一下其他人——同波段的队友竟然没有一个人回答。

“人工高能热辐射雾，能同时干扰热成像侦查设备和电磁通信，除了我们这辆车，其他人估计都中招了。这种东西前年才提出理论，我们家都还没做出来，没想到现在就能亲眼见到。”傅落银调整着通信波段，转了一下某个旋钮，另一边传来的声音断断续续，是老七处总部在呼叫他。

“A组，你们还好吗？听到请回答。A组，听到请回答。除傅落银外，其余坐标已消失，听到请回答。”

“我没事，这边出现了高能热辐射雾，所有的探测设备和通信设备无效，我正在用我车上的反干扰系统跟你们通话汇报情况，外面情况未知，请迅速增援！”傅落银说，“我继续前进。”

“傅落银，总部建议你立即返回！”另一边的声音传过来，有些急切。

“高能热辐射雾”——老七处所有人听到这几个字，都噤若寒蝉。

这种东西也是联盟一直在研制的，现在居然有人先于联盟军方做了出来，并且大范围使用了！

A组遇到的这件事，几乎可以确定傅落银的判断完全正确——RANDOM的确是通过心理诊治手段网罗成员、发展组织的！

而让人恐惧的还有，这仅仅是一场高能热辐射雾，RANDOM手里，到底还掌握着多少联盟也无法与之对抗的筹码？这个高科技组织到底是什么来头？

林水程所在的工作室。

在所有蓝色光点都消失，只剩下蓝色小三角的时候，林水程从桌前站了起来，告诉警卫员：“放我出去，我要见禾木雅，让她立刻中止傅落银的行动。对方这次就是冲着傅落银来的，他现在有生命危险。”

警卫员拦着林水程：“这是不合规的，林先生。”

由于紧急集合，这时候工作室内剩下的警卫员只有他一个。

林水程抬起眼直视他，眼神冷厉：“我现在给你两个选择——第一，用你手里那把枪把我杀了；第二，放我出去。”

“重复一遍，A组傅落银，建议立即撤退！”

“不用——我看到他们人了。”

傅落银眼前全是雾，他看着地图开车，此时此刻，他的地图上显示有几个异常目标正在靠近，呈现包围的趋势。

不知不觉中，他的车已经退无可退。

由于电磁干扰存在，他只能通过车载系统的音频震动探测仪确认对方的位置。“实时坐标我发送给你们，他们看起来想要包围我，我没地儿撤退。我请求拥有开火权限，我会先将他们引出高密度人群聚集区。”

另一边停顿了一两秒，随后答复道：“权限开启，请注意，你的生命安全是第一位的，如非必要，请不要与敌方正面起冲突。今天打探勘察的任务已完成，请坚持一下，我们全速增援！”

“收到。”傅落银说。

他的车速越来越快，身后的光标也越跟越紧。

副手翻到了前座负责保持通信，刚坐稳，整辆车突然剧烈震动了一下！

副手直接被弹飞了，后脑勺重重地磕在车顶，只差把牙都磕碎，傅落银系着安全带，也被震得整个人往前倒去，被勒紧了闷哼一声，他随后低吼：“安全带！”

“组长，你撞到什么东西了吗？！”副手头晕眼花地给自己系好安全带，话音刚落，整辆车又猛烈一震！

这次副手感觉到了，这震感不是来自车前，而是来自车顶——甚至整个车身，仿佛有什么东西狠狠地砸在了车上！

傅落银说："坐好，是火箭筒之类的轻武器，应该还是追踪式的。你该庆幸今天我开的是我们家的车，不然这会儿我们已经是肉泥了。继续前进，你报告位置，我要专心开车了。"

"疯了，都疯了！"

老七处核心会议室的大门被推开，林水程一身白大褂，手里拎着他的电脑，后面紧跟着一个慌张的警卫员。警卫员指着林水程说："他自己破解了工作室的三重密码，三分钟都不到！金·李先生抢了我的枪顶着我，我没能拦住他！"

会议被他们突然闯入的行为打断了，在座的所有人都看着林水程，其中一大部分人甚至不知道他是谁。

禾木雅站起身，阻止了周围人要赶林水程出去的行为。她温声问："有什么事吗？"

林水程说："侦察任务已经完成，傅落银有生命危险，请让他立刻撤离。"

议论声响了起来，渐渐嘈杂。

禾木雅说："我们已经跟傅副处长沟通过了，他自己选择了继续深入，而且目前的情况不允许他撤离，你也是知道的。傅副处长那边能见度不高，预估有十辆车在追赶他，不过有个好消息，他今天出去使用的是傅氏军工科技最前沿的军用攻防两用车，我们的人也会尽快前往增援。"

林水程坚持："那让我留下来，我申请直接和他对话。"

"现在信号断断续续不稳定，傅副处长应该还没有离开高能热辐射雾区。"旁边的一个记录员说，他刚进来不久，也不认识林水程，显然急于显摆自己的"紧急情况处理能力"，他问林水程，"你是谁，有什么立场直接跟傅副处长对话？"

林水程一字一顿地说："他的挚友。"

"雾气淡了一点，组长，我们好像已经撤出居民区了，这边是港口。"副手观察了一下周围的情况，对傅落银说。

"出来了就好，到我们的时间了。"傅落银点开武器系统页面，毫不迟疑地进行了一串操作，武器目标锁定了身后的七辆车——同时发射！

震耳欲聋的爆炸声在身后响起，即使有一段距离，他们依然能感到连骨骼仿佛都在共振，血液都一起麻痹了。

副手看了一眼武器库的名称，差点吓晕："傅、傅副处长，不是说只有震爆弹吗？你这……"

这里头，几乎是一个大型的军火库！

"没错，我是只用了震爆弹。"傅落银打了一下方向盘，掉转方向。

身后七辆车都不动了，副手问道："都被震晕了吗？要不要下去抓活的？"

傅落银反手摁住他，与此同时，一踩油门，更大的爆炸声轰然响起！

即使隔着浓雾，他们也看到了身后的冲天火光。

那是炼狱一般的景象，火光冲天而起，几乎把头顶的天空也染红，烧焦的气味混着浓烟滚滚而出，宣告着生命的终结。

"还没长教训吗？！他们人手一个自爆系统！"傅落银标记了剩下三辆车的位置，声音极冷，"继续追！"

浓雾逐渐散去，天也慢慢亮了起来，雨却下大了，雨点噼里啪啦地砸在挡风玻璃上。

与此同时，傅落银看到面前的三个坐标变换了路线，像是在分头逃跑，与他周旋。

傅落银只思索了两秒，随后直接锁定了其中一辆车："其他车的行动都围绕这辆车展开，陈浪在这辆车上。"

傅落银眼底越来越亮，散发着锐利冷漠的光芒，与此同时，他的神情一如既往地沉稳严肃。

坐标不断移动着，蓝色三角和总是迟一步反馈过来的敌方坐标一闪一闪的。

"呼叫总部，增援部队已到达！失去目标，无法追踪！干扰太严重！"

"有办法追踪吗？"禾木雅环顾一圈——今天与会人员中有一整个团队的追踪系统专家，原来是准备随时对傅落银进行全方位信息支持的，但是现在失去了参照物，只有坐标，他们也束手无策。

"都没有办法？"禾木雅平静的声音里也隐约出现了怒气——大敌当前，联盟养出的这些专家居然毫无用处！

高能热辐射雾的出现已经狠狠地打了联盟一巴掌，RANDOM 仿佛正在用这种办法，宣告着他们这边的无能！

"有办法。"

清清冷冷的声音冒了出来，所有人的视线不禁转向了说话的人。

林水程的电脑开着，桌面显示正在运行一个全方位的事件模型，林水程导入傅落银发来的坐标，系统不断进行着自我校正。

"蝴蝶效应模型，反推事件与因素的相关性，正推就是预测人的行动。"林水程说，"用线性方法完成非线性预测，跟天气预报一样，有预测时限，但是准确的。"

"你在说什么鬼话？"桌边的一个科研人员站了起来，"你那模型得出的结果显示犯罪嫌疑人是你自己，你不清楚吗？你不是不承认吗？这难道算准确？"

“相关性不等于因果关系，我以为这是三岁小孩都懂的事情。”林水程身后，金发蓝眼的科学家大大咧咧地推门进来了，手里还拿着一杯可乐。金·李环顾一圈，问道：“我能坐这儿吗？我的立场是……嗯，我是给小傅总打工的。对了，林水程现在依然是傅氏军工科技的执行总裁，我也是给他打工的。”

——但大部分时间，可视作等同于因果。

所有人都清楚这件事，但是有金·李在场，没有人质疑。

金·李转向林水程：“这个模型运算还不到二十分钟，准确性应该比较高，小林总，得出的结果是什么样的？”

林水程专注地看着屏幕，随后低声说：“三号和五号车离开了事件范畴，离开事件前的坐标预测已经确定，但是傅落银正在追的一号车还没有，它的方向是……”

说到这里，他喉头哽咽，接着颤抖起来：“让我跟他说话，我要跟他说话——”

傅落银看着越来越近的码头，微微皱起眉。

他把目标跟丢了，知道大致的方向，但是面前有两条路，一条是通往主城区的主干道，另一条是小巷道。

暴雨中，他仿佛代替某个人，站在了命运的抉择口。

两年前的码头，他的哥哥为某个人做出了选择，走了有死神等待的那条路，而今他终于也被引导到了这个地方。

原来今天的这一切，矛头都指向他——所有的事情编织成网，只为把他引到这个旧日的地方来。

而每一条路背后等待他的是什么，都不得而知。

跟丢了，傅落银却踩了刹车，车缓缓停下。

副手一脸疑惑地看着他，却发现他眼底居然浮现出了一点笑意——他俯身从收纳盒里找到一根薄荷烟，随手点燃了，他居然非常闲适地抽起了烟。

“连线总部，我要找一个人。”傅落银说，“林水程在不在？”

一刹那，不仅他身边的副手，连另一边总部中所有人——包括林水程本人，都愣了一下。

刺啦刺啦的电流声中，林水程的声音响了起来，虽然断断续续的，但是能听清楚。

林水程叫了他一声：“傅落银。”

这一声里面带着不稳和慌乱的情绪，傅落银一下子就听出来了。

他没等林水程说什么，直接道：“你先别说话，听我说。”

“林水程，你是不是觉得自己是个‘瘟神’啊？”傅落银抽了一口薄荷烟，重新打火启动车辆，缓缓向前行驶，“高中毕业，弟弟和爸爸在来看你的路上出事了；大学快毕业，挚友因为你一通电话抄了近路，被捅死了；后来好不容易做出一个模型，得出的结果是自己；最倒霉的是还有一个神经病管你叫‘神’，你连为自己辩解都做不到。”

另一边只剩下轻缓的呼吸声。

傅落银说：“我知道你在想什么，我知道你怕，但是我要告诉你，就算你的身份特殊，就算你可能是个什么基因改造人……这些都不是导致那些事情发生的理由。人有旦夕祸福，如果我今天出事了，那一定不是因为你，而是我的选择；你的家人也是同样的，他们不是因为你而遭遇不幸，而是因为他们注定是你的家人，重来再多次，他们也不会放弃你，你刚降生到这个世界上的时候，他们只会欢喜快乐，而不会去计较许多。”

“不要怕。”傅落银重复了一遍。

两条路都近在咫尺，傅落银摁下按钮，车载系统中的所有武器倾泻而出！

轰然的爆炸声淹没了一切，气浪和余波差点把他们的车掀翻，副手直接被震得呕出了一口血。火光再度蔓延开来，震天声响和泼天烟尘遮掩了大半个天空，如同末日景象。

傅落银朗声笑道：“去你的两条路，我一条都不会走！”

无论是小巷道还是通往城区的主干道，都已经被炸毁，荡然无存。

傅落银狠踩油门，忍着剧烈的眩晕和耳鸣往前开过去、闯过去、轧过去，他打开了视频转播，给所有人直播了眼前的景象：这一片地方几乎被他炸为废墟，两条路的后面各有一台巨型激光武器——如果他刚刚选择跟进其中任何一条路，激光都会立刻让他灰飞烟灭。

“林水程，你看到了吗？这里只有伪神——伪神让你随机选一条路，实际上那根本不是路，不是真正的随机。”傅落银的声音低沉而温柔，头顶直升机飞来，老七处会议室里一片哗然，他的声音依然坚定、温和、有力地传了过来，“别怕。”

23

暴雨倾盆，火光和雨水混合，升腾起浓重的烟雾。无人的码头已经被夷为平地，乱砂碎石中没有任何生机。

直升机上方传来联络信号：“这里是警务处增援，听到请回答，报告你的情况。”

“一切正常，暂时不要降落，对方可能有自毁倾向，我先确认一下。”傅落银重连了一下系统，扫描了一下热源，在某一处断裂的墙体下发现了一个类似人体的热源，还有生命迹象。

傅落银打开扩音设备，他低沉的声音回荡在大雨中：“你已经被我们包围了，陈浪。请放下你有的一切武器，不要试图反抗。自毁程序没有用的，你们多死一个，我们的敌人就少一个，但你们的信息已经被我们捕获了。”

傅落银打开车门，副手在旁边伸手想拦住他，他摇摇头制止了副手的行为，执枪慢慢地靠近那处断裂的墙体，无声无息。

一切都消弭在暴雨里，这冬日清晨寒凉的雨幕，仿佛能荡涤一切罪恶与血污。

陈浪仰面躺倒在地上，呼吸急促。他身体烧伤面积达40%，剩余的地方被弹片和砂石所伤，血流不止。

但是他仍然在呼吸，平静地睁大眼睛仰望着天空，胸膛缓缓起伏。

傅落银穿着军靴踏过浸透雨水的砂石，在他身边停下，俯身检查了一下他的状态——傅落银在他的手心找到了半截控制器，自爆系统已经被炸毁了。

“陈浪。”傅落银叫他的名字，打量着这个已经被烧得面目全非的人，同时向上打了个手势示意直升机可以降落。

陈浪本该是这个社会的精英，仪表堂堂，如今就算救回来，多半也是废人了。

他的眼睛本来空空地望着天空，但是傅落银俯身查看的时候，口袋里的身份牌跟着一起滑了出来，蓝色绳子吊着的牌子往下落，上面有三个字——“林水程”。

背面则是林水程的照片。

陈浪的眼神终于有了波动，他盯住傅落银挂着的这个牌子，似乎想从它旋转的频率中看出什么。傅落银注意到他的视线，又把身份牌塞了回去。

这个动作似乎让陈浪觉得有些好笑，他闷闷地咳嗽起来，嘴往旁边咧了咧，恐怖扭曲的面容里带着傅落银看不懂的情绪：“怪不得神这么看重你。你是个很难对付的人……”

“他有名字，叫林水程，劳烦你记挂了。”傅落银冷冷地说，从装备里拿出急救用品，给他包扎伤口。

陈浪又剧烈咳嗽起来，疼痛让他一阵痉挛，但他脸上还是保持着那种扭曲的笑：“不用了，我死……我妹妹，在房子里，她不知道，请、请……”

“与其把她交给我们，还不如一开始就老实本分地活着，不要作死加入 RANDOM 这种组织。”傅落银沉声问，“你们组织的领头人是谁？除了你门诊里的那些人，还有谁？”

“没……没用的。”陈浪低声说，“给你机会看一次命运，谁会……拒绝？没有人生来……生来就要受这么多苦。约伯本不该承受命运给他的考验……但那个故事里的神是假的，我们却是真的，在很久以前，我们就能看见命运给出的选择。”

傅落银低声说：“别说话，保持体力。”

“我活不了，没用的。”陈浪剧烈咳嗽了一阵之后，声音里恢复了一些力气，他对着傅落银举起没有烧伤的另一只手，“本来就没有几年了。”

猛地一看不会察觉，但是仔细观察，会发现陈浪的手从关节开始，皮肉仿佛正在腐烂，甚至能看到其下的肌肉组织和血管，那层皮薄薄的，仿佛是张挂上去的纸，让人触目惊心。

“基因优化？”傅落银低声问。

“两种……遗传核，优化的……遗传核会逐步清除原有的遗传核，就像免疫系统清除抗原一样。”陈浪笑了，“我原来念书很差，小时候有轻微的智力障碍。后来靠这个，”他指了指自己的头，“拿了双学位，博士。那个人说，想要改变命运，掌控世事变化的路口和改变自己本身，缺一不可……用你们搞科研的话来说，就是同时改变因变量和自变量。”

陈浪笑着问：“很难理解吧？我们以外的人，很少有人能理解我们。但是谁愿意生下来就注定成为一个遭人白眼的孩子？谁愿意从小到大当一个低能儿……谁愿意得心脏病，失去光明，在轮椅上度过一生？我唯一后悔的是神留给我的时间太少了、太少了……”

疼痛侵蚀着他的理智，他仿佛一个好不容易找到人倾诉的心理疾病患者，此刻角色调换，他抓住了傅落银，呓语一样讲述自己的人生。

傅落银沉声打断他：“林水程和你们有什么关系？你们为什么叫他神？他也经历过基因改造吗？”

“神他……”陈浪说话又变得吃力起来，“他是那个人最完美的作品，只有他是看尽往后命运的希望，但是这么多年了，他只走到我们已经走过的路的一半……那个人对他很失望。”

“那个人是谁？”短短几分钟内，傅落银见到陈浪脸色急剧转白，心知大事不好，加快了语速问道，“你们还有哪些人？”

陈浪低声说：“At random.（随机地。）”

“什么？”傅落银怔了一下，“随机是什么意思？陈浪？陈——”

“照顾好陈爱。”

陈浪的笑容里有些苦涩，随后，他的神情终于转为平静，一刹那，他像是放下了什么沉重的负担一样，重新把视线投向天空，接着眼神渐渐凝固，失去神采。

短短几秒内，这人间的一切记忆如同走马灯一样在他眼前浮现。

他看到年幼的自己因为死活学不会五十以内的加减法而被赶出教室的那个冬夜，看到父母怀里那个浑身发紫像是小外星人一样的女婴。他听到父母选择生下这个女孩的原因：“陈浪那天说想要个小妹妹，他除了笨一点，其他的都还好，再生一个应该没有问题。”

他看到自己被推进手术室，清楚地知道自己的人生将因之而改变；他看到陈爱坐上轮椅，日渐沉默，又因为他的“预知”能力而展露笑颜。

她问他晚上的天气，问他卖茉莉花的老婆婆会在什么时候经过他们的阳台下面，一如他们面对这个丑恶的、充满了罪孽与不伦的家时，她问他："哥哥，我们什么时候会好起来？"

他第一次发现自己的手掌变薄的夏夜，家中停电，他们点了蜡烛照明，窗外的昆虫扑进来，刺啦一声在火光中被烧成灰烬。

陈爱认真聆听着，说："哥哥，是飞蛾在扑火吗？"

他说："不是，是蝴蝶。"

他导致了她的诞生，他是她的蝴蝶。但是她永远都不会知道。

一天之内，联盟出动所有可以派出的警力、军力排查了所有心理诊所和心理咨询科，直接确认了将近三百名RANDOM组织成员，其中有一大半选择了逃亡后自毁，另一半则实打实地进行了防卫和攻击。因为傅落银决策得及时，大部分RANDOM组织人员对此没有任何准备。

一直未见真身的RANDOM组织，在这一天被狠狠撕下了伪装的第一层面具，越来越多的成员正在浮出水面。

"除了傅副处长首先遇到的高能热辐射雾、重型激光武器、火箭炮等轻武器，今天的搜查缉拿行动中，我们还遭遇了微波武器、泰瑟枪、粒子束武器等装备的袭击，已抓获的RANDOM组织成员至今仍没有一个人愿意吐露实情。从目前情况来看，他们使用的是自产的设备，并且科技领先于我们现有的。如果这种设备和人员还有更多，恐怕我们要面对的情势比现在更加严峻。"

会议室内，气氛空前压抑。

防御局人员在投影屏前讲解："但是目前有个好消息，林水程先生的模型被证实是有效的，我们在他演算出的事件终点坐标处回收了

RANDOM 港口事件二号车到七号车的残骸。与此同时，我们用林先生的模型检测排查已抓获人员和其他疑似人员的相关性，顺藤摸瓜，锁定了近千人。使用这个模型排查起来非常快，大概五天之内就可以检索出所有可疑人员。”

禾木雅点了点头，接过话头发言了：“我们保留林水程先生提出的观点——相关性不等于因果性，由于战时的特殊性，我们会将所有相关性高的疑似人员进行统一收押处理。

“除了这件事，剩下的所有人统一分析傅副处长从前线传来的情报。分析 RANDOM 组织头目的画像，解析陈浪供词中的‘at random’，今天有大突破，我们至少摸清了敌人的实力和目的，有办法确认可疑人群。希望大家振作精神，并肩努力渡过这次难关！”

全场齐声答道：“是！”

“林先生，你的基因检测结果出来了。”

九楼工作间，大门敞开，医疗分析舱的护士拿着一沓报告单走了进来。

房间里挤满了人，分析和比对人员一时半会儿掌握不了林水程开发出的模型，甚至不知道怎么观测参数，林水程正在按照前线发回的信息逐个建模。

他抬起眼睛对护士笑了笑：“谢谢你，给我吧。”

他站起身来，接过护士拿来的报告，随后对身边围着的一堆人说：“我需要更多的资料和数据来验证相关性，为了提高效率，最好多开几台设备并行运算。量子计算机不能用，我需要的设备越多越好。”

九处人员立刻说：“这就为您安排，二楼是数据层，一整层的设备都会是您的。那么我们现在直接搬过去吗？”

“可以，给我一点私人时间整理。”林水程点了点头。

工作间里安静了下来。

早晨的联络很快就被切断了，他甚至来不及对傅落银说什么。

事情紧急，傅落银一直在前线，他们也没有什么说话的机会。林水程上一次见到傅落银，还是在电梯外。傅落银和他并排站在一起，偏头问他：“疼吗？”

虽然已经从别人口中听闻了“林水程是RANDOM最完美的作品”，但是林水程不再感受到那种压在胸口的心悸，如同微风拂过，他潜藏不显露于外的唯一不安，被人轻轻拂去。

因为他和傅落银在并肩作战。因为这世上还有一个人，亲口告诉他：他不是什么灾星，他只是林水程。

林水程伸手翻开报告。

映入眼帘的是几行字——

林水程分子基因检测结果。观察期：七天。

遗传核种类：一种。

唯一异常：体内锂元素稍高，测为抗抑郁药物成分。

结论：无基因改造迹象。

24

联盟的暴雨持续了几天，此后的几天内，林水程一直都没有见到傅落银。

自从傅落银带领侦查缉拿科取得突破性成果之后，他就一直停留在前线指挥作战；林水程则留在老七处昼夜不停地优化建模，进行研究。

连续几次事件都证明了这个模型的可用性和准确性，但是最初的那个问题依然没有被排除：无论林水程优化多少次，火炬惨案的第一线性相关者都是火炬传递赛委员会本身；与之类似的情况还有很多，比如这次拿到的部分RANDOM成员名单，推出了更多匪夷所思的结论，比如陈浪兄妹事件往前推演，起始点显示的不是人也不是事，而是一条没头没尾的天气预报。

金·李跟他说：“这种情况暂时是没办法排除的，你的去噪点算法够了，但是机器运算力不够，它们没有办法把这些不造成因果的相关性精准挑选出来，除非你真有完备的量子计算机，能完全反演量子纠缠和经典混沌现象，这是技术上的事，不是想法上的事。而且老七处的人也不会去逮捕一条天气预报。”

林水程安静地笑：“我明白。”

他掏出手机看了看。

这两天他和傅落银只靠短信联系，连打电话的时间都没有。

傅落银回他消息的时间极不规律，有时候会隔上七八个小时，并且永远只能看到他发的最后一条消息。

林水程：“你那边情况还好吗？注意安全。”

傅落银：“很安全，没事。你记得吃药。”

林水程：“今天还在出任务吗？我吃过了，苏瑜来给我送了药。”

傅落银：“吃了就好，一定要按时吃。”

林水程编辑着消息，有很多话想告诉他，但是打出来后又都一个字一个字地删除了，最后只给他发送：“不忙了记得找我。”

他虽然知道傅落银应该不会立刻看到这条消息，但还是屏息凝神地等待了一会儿，随后才关掉手机回到工作台前。

针对他的监视已经被撤销了，他的工作室搬到了二层，还剩下四五个警卫员轮流值守，保障他的安全。

金·李跟他一起搬来蹭设备用，看他还在纠结自己的模型，于是问他：“你有兴趣和我一起修量子计算机吗？我最近遇到了一些阻碍，也需要用到量子计算机。”

林水程怔了怔：“为什么要修量子计算机？B4有相关的内容吗？”

金·李揉了揉脑袋：“我接手B4没几个月，刚开始还是看资料和现有成果，目前已经开始做楚时寒去世前那段时间的半成品项目了，很复杂，楚时寒没有留下什么资料和记录，许多地方只能从头做起，中间有一个合成实验出了问题，和现有理论不一样，怎么都得不到最终产物，我在考虑改变算法，另外选择一种合成方式，计算上需要借助量子计算机。”

林水程想了想：“实验过程有问题吗？修量子计算机花费的时间成本应该不低。这个实验我记得是分子生物里一个奠基方向的实验吧，星大好几个长期项目组都建立在这个实验的基础上。”

“林，你是不知道我已经在这上面浪费了多少时间。明明是拿了奖，还写进你们下一届教科书的实验内容，底物和反应条件全都按照资料做的，但是不知道为什么就是卡在了这里。”金·李的蓝眼睛里难得显出了一点苦闷，“而我还不能去问这个理论的提出者。”

林水程笑了：“为什么？”

金·李更加郁闷了，大声嚷嚷了起来：“我就是死，也不会去问杨之为的！”

林水程有些意外：“杨老师？”

金·李瞥了林水程一眼：“哦，差点忘了，你是他的学生。”他闭上了嘴，意味不明地发出了一声冷哼。林水程见惯了他平时没个正形的样子，陡然变得这样冷漠而带刺，还有点好玩。

林水程这下想起来了，他刚进《TFCJO》(指《联盟科学重心期刊》)评审系统的时候，傅落银跟他提过一些有关金·李的八卦——除了他贡献的几个惊天大“瓜”，还有他单方面与杨之为不和，曾经勒令他的团队和学生发论文时，一律禁止引用杨之为的文献。

他轻声问道：“你和杨老师之间有什么误会吗？”

“误会没有。”金·李蓝色的眼中透着些许轻蔑，“我刚毕业的时候，主攻方向本来是原子堆砌，也就是姓杨的那家伙的老本行。我当时想应聘他的实验室成员，发了简历和我的一些想法过去，但是被拒了，拒绝信里还说我不适合这个方向，建议我放弃。

“被拒倒是次要的，只是在第二年的化学峰会上，杨之为那个团队提出的理论，有不少和我邮件里的是重合的，那之后他们在原子堆砌方向高歌猛进，我则转了别的方向。”

林水程怔了一下：“应该不是你想的那样，杨老师他不是……”

“不是那种人，我遇到的每个人都这么跟我说。或许那些点子是他们一早就想好的，只不过和我的想法撞了而已，但是我觉得硌硬——既然有重合，理念方向一致，那他们的实验室又有什么理由拒绝我？”金·李缓缓地吐出一个烟圈，耸耸肩，“学术界没几个干净的，当然我也不干净，因为我只赚汉堡和可乐，高贵圣洁的学术与我无关。我讨厌杨之为，也因为他动了我的汉堡和可乐，这二十多年我们理论派系和他们实验派系势同水火，每次都是我们提出理论和可行方向，他们却抢先一步做出来发成果——偏偏我们这方面没有足够的资源，出成果比他们要慢。”

金·李盯着林水程，认真地问道：“林，我知道你们这边对我们派系评价不太好，觉得我们派系势力盘根错节，太迂腐，水货太多。但是哪一边都有做实事的人和蛆，你能想象有人当着你的面，抢走你刚做好的巨无霸烤翅加大份牛肉汉堡吗？那是一个炎热的夏日，你刚在凉爽的空调房坐下来，饥肠辘辘地准备享用你的汉堡和冰可乐……然后它们就被别人端走了。你能懂那种痛吗？”

林水程：“……”

这些事情他的确是第一次听说。他念书的时间长，大部分时间都被杨之为庇护在羽翼之下，实际上并不太清楚学术界的这些陈年旧事，是非对错更无从分辨。金·李平常满嘴跑火车，一句话听一半就行，十句话里有八句是想拉他入伙，这时候说出来的东西其实未必可信，一时间也难分对错。

林水程看了看模型进程，略微迟疑地说：“量子计算机修复目前是许空教授在做，许空教授也是我认识的老师，如果你真的想要修量子计算机，我想大概也是没问题的。我这边的分析工作还要三五天时间，到时候如果有空，我就来和你一起推进 B4。”

金·李眼前一亮：“那太好了，我先去睡一觉！我们两个是一加一大于二的组合，我们两个一天的工作量等于普通人三天往上的工作量，所以我现在可以放个短假了！晚安，我的小林总！”

他捧着茶杯，趿拉着鞋，迅速爬上了一边的行军床——这个时候他又不嫌弃这张折叠床和上面的乳胶垫了。

林水程摇了摇头，接着做他的数据建模。

复杂的公式图像变换着，看久了眼睛发晕。

林水程做了一会儿数据，随后揉了揉眼睛，往眼里滴了几滴眼药水，眨眨眼就当是休息了。

身后的金·李已经发出了鼾声，林水程伸了个懒腰，随后扯了一张便笺纸，静下心来往上写出了两个单词。

“At random.”

陈浪留给傅落银的那句话，到底是什么意思？

他们的成员是随机的吗，就像捉摸不透的命运一样？

林水程想着想着，渐渐抵挡不了加班加点之下上涌的疲倦，也趴在办公桌上休息了一会儿。

这几天星城暴雨，老七处虽然有完善的空调和排风系统，但是依然挡不住潮气。林水程在睡梦中缩紧了身体，最后还是冷得受不了，睁眼醒来。

放在桌上的手机在振动，电话图标急促地振动着，仿佛透着莫名的急切。

是苏瑜的电话。

林水程看了一眼时间，凌晨三点五十，怎么看都不是正常打电话的时间。

他立刻伸手接了，声音还有点沙哑："喂？傅落银他怎……"

苏瑜的声音立刻响了起来："林水程？不，负二没事，不是负二的事。林水程，我跟你说，等等醒了。"

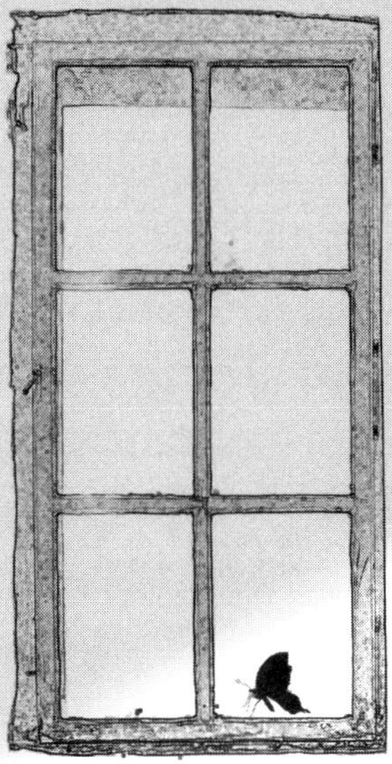

第五章

尾声

25

“等等的情况其实一直很好，当年车祸时，因为林望第一时间把他护在了怀里，一定程度上避免了挤压伤和贯穿伤，除了脑损伤，他没有其他的重大后遗症，三院的脑神经区域刺激效果一直都很明显，前几天我们其实就已经观察到等等的脑神经活动频率接近正常人的水平了，但是因为你还在忙，就没有立刻通知你。今天等等醒了，我马上就给你打电话了。”

星大中央第一医院，林水程步伐飞快，苏瑜一路小跑地跟着他上楼，一边跑一边跟他讲：“等等年纪小，底子也不错，全身肌肉有点萎缩，但是不严重，这些可以后期复健。现在等等已经可以说一点话了，他醒过来第一时间叫的就是你。”

林水程平时安静内敛，基本没什么大的情绪波动，少有的几次也是为了近期的几次联盟大事。在苏瑜印象里，林水程甚至很少放开情绪笑一笑，时至此刻，他身上终于出现了鲜活的情绪，那是发自内心的感激与高兴。

一路走过来，林水程不知道感谢了他们多少次，弄得苏瑜自己都不好意思起来：“是机器的功劳，再说我们家是搞医疗的，当然就是为了病人康复啊。林水程，你快去吧，别耽误啦。”

苏瑜也知道最近联盟前线吃紧，这段时间不断有人员在对抗

RANDOM组织时发生伤亡，和傅家一样，苏家也力所能及地把所有能供应的医疗资源和原材料设备都捐了出来，燕紫最近忙得脚不沾地。

林水程今天能过来看看林等，是跟战备一组请了假的，时间只有两个小时。

林等出事时刚刚初中毕业，才十四岁，如今六年过去，他已经二十岁了。

病床上的男孩看不出年龄，肌肤苍白，身体细瘦，仍然是中学生的样子。他和林水程一样清秀，但和林水程从小到大沉稳淡静不同，他从小脾气就有点坏，性格很开朗，表面乖，背地里也爱冲大人们撒娇，全家他最怕林水程，却也最黏林水程。

林水程进门时，林等正靠着病床坐着——他已经转入了普通病房，投影屏幕上播放着电影，林等正专注地看着那些色彩斑斓、不停变化的画面。

听见声音，林等回过头去看林水程。

林水程站在门边没动。

林等还不能很顺畅地发声，他努力了一会儿后，才慢慢地叫了一声："哥。"

他又歪歪头："哥，你比原来还好看了。快让我摸摸你是不是真的。"

林水程笑了，走过去坐在床边，伸手紧紧地把林等抱进了怀里。

鲜活的体温、熟悉的腔调——无一不提示着他，长久以来积压在他心头的一个绝望的担子终于消失了。这是绝处逢生，是此前林水程没有想过的小概率事件，它摧毁了他，却也给他新的希望。

林等被他这么一抱，一瞬间也绷不住了，林等的记忆依然停留在六年前的那个暴风雨之夜，林等埋在他怀里大哭道："哥，爸是不是不在了？"

坠崖翻倒、浑身失重的感觉如同烙铁一样灼烧着他，仿佛一刹那坠入的不是悬崖，而是无间地狱。

林水程不知道说什么，摸了摸林等的头，眼眶也跟着红了："没事，哥在这里，哥会保护你。等你出院了，我们就回家看看他们。"

林等哭得停不下来，林水程拍着他的背，跟他慢慢地讲了一些这几年的事，包括现在的事。林水程说："等我这边的事情解决了，我们再坐下来慢慢说，好不好？现在外边在打仗，我要回去帮忙抓坏人，对不起，我没办法陪你太长时间。"

林等很乖地点了点头，睁着通红的眼睛询问他："哥，你现在是大科学家了吗？那种电影里很厉害的军方人物？"

林水程笑了："还不算呢，你就当我是吧。"

"真好。"林等怕他难过，也打起精神开始说一些轻松的话题，"我刚看到我追的系列电影完结了，居然已经完结了。哥，你放心回去吧，我在这里看电影很好的，还有苏医生，他人也很好，你没来之前，一直都是他陪我说话。"

林水程低声说："好。"

他站起身来，林等就看着他，眼里满是舍不得。

林水程刚要走，林等却突然叫住了他："哥。"

"嗯？"林水程回过头。

林等努力思索了一下，仿佛是在绞尽脑汁搜索自己的记忆："我和爸爸遇到车祸，是意外吗？"

林水程怔了怔："为什么这么问？"

"我也说不上。"林等想了一会儿，"那几天爸爸情绪有点反常，好像一直特别紧张。你一个人在外地参加自主招生考试的时候，好像有一天他接了一个电话，就是那之后，他特别紧张地要去找你，整个人情绪都不太对，我不知道他在电话里说了些什么，但是那个电话他打了很长时间。"

林水程又怔了怔。

“哥，你一定要注意安全。”林等说完这句话后，又努力想了想，恍然大悟似的说，“不对，已经过去六年了，应该没有什么问题了。哥，你别在意。”

林等对于林水程这六年来经历的一切一无所知，出于对他康复后心理健康的考虑，苏瑜也禁止任何人在他面前提这方面的事。他在努力适应这样的时间跨度。

从小到大，兄弟俩都知道自己的父亲是警察，那是一个光荣的职业，却也很容易得罪人。在冬桐市那个小地方，还发生过犯人出狱后蹲点捅死判案法官的事，所以林水程和林等都在这方面特别谨慎。

而林等如今告诉他的情况，林水程完全没有听说过，案卷资料和通信记录都没有相关的记载。

他已经拥有了联盟B级权限卡，如果说以前他查不到楚时寒一案的资料是因为傅凯在保护他，想尽力引他出局，那林望和林等的案子为什么也会这样？

林水程镇定地告诉他：“没事。不用担心，你现在的任务就是好好复健，一会儿我让人给你送新手机和电脑过来，想联系我或者打游戏、看电影都可以。”

林等点了点头。

林水程走出病房后，回头看了一眼林等，转头对苏瑜说：“小鱼，等等的复健计划是什么样的？”

苏瑜翻了一下计划表：“计划是用两三天时间完成下床等动作，同时安排按摩师帮助肌肉活动，一周后可以慢慢试着下楼……”

“可以把复建计划放缓吗？”林水程问道，“保证等等不要出病房，他是RANDOM组织的受害者，现在突然醒了，我怕他的安全会有问题。”

苏瑜看了看病房外荷枪实弹的警卫员，有点犹豫——自从林水程离开傅氏军工科技园后，林等这边的安保就达到了最高等级，处于加无可加的状态，但是他理解林水程的心情，很快答应了：“那行，一会儿我跟等等商量一下，保证在事情结束前他不出病房活动。”

林水程点了点头：“谢谢你。”

“别谢不谢的了，林水程，快回去吧，咱们就别这么客气了，下次再去你那里蹭椰子鸡吃。”苏瑜冲他眨了眨眼。

在回老七处的路上，林水程想了想，给杨之为打了个视频电话。

他已经很长时间没有跟杨之为联系了，上次见面还是为了名画鉴定案。开始是他自己被生活消磨蹉跎，不愿再拿这些琐事去打扰他的恩师；后来是知道量子安全墙被破解，杨之为带病修复，只会比他更忙，他也就没有打扰恩师。

这是他们师生间的默契，即使林水程已经离开化学领域两年，杨之为依然是他人生路上最重要的导航仪。

电话通了，杨之为很快接了电话：“喂，小林？”

视频中，杨之为披着外套，在类似观察室的地方输着液。他的脸色非常不好，好像短短几个月的时间，他就被病摧垮了，儒雅温润的面庞上写满了疲惫。

林水程轻轻地叫了一声：“老师。”

“遇到什么问题了吗？”杨之为单刀直入地问道。他的视线锐利地透过手机屏幕，探询地看着他——当年在实验室中，他一直是最先发现林水程问题的人，因为林水程天生不爱求助，总爱钻牛角尖。

如果有一天林水程要来问他问题，那么一定是遇到了没有办法解决的大问题。

林水程想了想自己算法上的问题，以及刚刚林等告诉他的事，犹豫了一下，摇了摇头：“是同事拜托我问您一个问题，他在一个项目推进上遇到了障碍，就是您十年前在分子生物方向的那个基本标准实验，他试了很久都没有办法重复，不知道问题出在哪里，我没有参与，不知道情况，想问问您是否有一些建议。”

“你说那个合成物方向的实验吗？”杨之为声音也沙哑得厉害，“实验条件对反应催化剂浓度和温度同时敏感，多做几次，以前我们团队也是失败了很多次才做出来的。如果一直没有进展，用指示剂看一下反应进程，这个实验考验耐心。如果还是有问题的话，我抽空过去看一看。”

林水程点了点头：“好的，我记下了。”

“你最近还好吗？”杨之为咳嗽了几声，胸腔里发出了空洞的气音，听起来很可怕。

林水程说：“一切都好，老师，您呢？我听说您病了，一直没能来看您。”

“没事，一些小毛病，现在国家安全受到威胁，这些小病也不算什么。”杨之为顿了顿，“我听说最近你那边也有进展，这样很好。一直以来我都希望你跳出自己的束缚，现在看来，你已经超越了这个‘瓶颈’，我为你感到高兴。”

林水程张了张嘴，有许多话想告诉杨之为——他的授业恩师，同时也是他人生的向导。尽管他们师生长久不见面，但是杨之为永远是能准确看明白林水程状态的那个人。杨之为从来不说，也不插手，如同以前，他安静地看着林水程在错上找解，只静静等待着林水程自己回过神来。

林水程是杨之为的关门弟子，却率先抛弃了化学这条道路，时至如今，林水程依然对此感到歉疚。

林水程说：“老师一定要保重身体。最近有很多好事发生，等这边的事情忙完了，我一定去看望您，跟您讲一讲。”

杨之为爽朗地笑了起来，尽管病容憔悴，但是投向他的视线依然温和，饱含鼓励：“好。”

回到老七处，林水程收到了傅落银的短信，言简意赅的几个字：“等等醒了，一起去看看他？”

林水程看完后笑了笑，慢慢给他打字回复：“我看过回来了。”

二十分钟后，傅落银回复：“那我现在一个人去看看他？他平时爱吃点什么东西？刚好我出完任务路过医院，给他带点东西。”

其实医院物资供应充足，林等现在的安保等级是特级，不会缺什么。林水程想了想，还是告诉他：“他爱吃白巧克力，其他的都还好。如果你路过书店，可以给他带几套游戏光碟，还有漫画、小说什么的。”

傅落银很快回复道：“好。你在干什么呢？”

林水程看了看即将完成自动优化的程序，打字：“在做程序，一会儿帮金·李老师做做实验。”金·李不在工作室，据他的助手说，他真的去问量子计算机的修理进程了。

林水程起身告诉警卫员：“送我去金·李先生那里，有关B4的一些实验我要跟他商量一下。”

量子计算机修复室内。

“还是有问题。”金·李皱着眉头，“你说的这个不成立，我也是做了二十多年实验的人，反应催化剂浓度绝对控制好了，指示剂观测也做过，我做实验还没失过手，除非这个反应一开始就有问题。”

林水程说：“但是这……”

“但是这不可能有问题，因为这个实验理论已经提出十年了，甚至被写进了教科书，无数资源、金钱、人力都投在了这个实验所带领的领域中，如果这里出了问题，那会是世界级的崩塌。”金·李说。

林水程怔了一下：“你的意思是……”

金·李皱眉沉思了一会儿，突然开口说道：“我在思考一件事。”

“什么事？”

“当年楚时寒的研究停在这里，他是不是和我一样遇到了这个问题？”金·李看向林水程，“那之后，他不知道经历了什么，越过他们傅家去联系禾木雅，最后在码头遇刺。警务处翻出来的草稿里，他是写了一句话的。”

——学术界怎么了？

傅落银挑好了要带给林等的东西。

傅落银去医院时，林等刚好醒着。

他敲了敲门进来，林等看他提着大包小包，愣了一下，有些警惕。

傅落银一边放东西一边说：“别怕，我过来看看你，我是……”

“我哥的朋友。”林等说，“我对你有印象，我是说……我还睡着的时候。”

这次换成傅落银有点诧异了：“真的吗？”

林等点了点头：“我听过你的声音，那个时候我想醒过来，但是醒不过来，只知道你和哥哥经常在外面说话。”

林等接着仰起脸打量了一下傅落银，毫不避讳地说道：“你跟我哥一样帅，就是长得有点凶。”

林等又慎重地打量了一下傅落银，瞄了瞄他带来的游戏光盘：“你们为什么不一起来？”

“我出任务，没能去接你哥。”傅落银在床边坐了下来。

林等再次慎重地打量了一下他：“你是当兵的吗？”

“以前是，退伍了，不过现在是紧急时期，算是归队。”傅落银说。

“哦。”林等沉默了一会儿，随后问道，“我能再问你几个问题吗？”

傅落银看出了这小孩有点担心自己的哥哥，就安静严肃地坐在那里，林等问什么，傅落银就回答什么。

林等问完了哥哥目前的大致情况，傅落银为了不让他担心，有些真实情况没有告诉他，不过他还是和傅落银说："那我可以拜托你一件事吗？跟哥哥有关的。"

傅落银沉静地说："你说，只要我能做到，我一定做成。"

"你一定要好好保护哥哥。"林等认认真真地看着他，"我觉得可能有人要害他。白天我跟哥哥说过一遍，但是我仔细想了一下，还是不放心。"

他又把当年林望的异常情况跟傅落银讲了一遍。

这孩子不知道 RANDOM 和林水程之间千丝万缕的联系，也不知道他所担忧的一切已经发生，只是一门心思觉得有人要害林水程。

傅落银认真听完后，说："我会的。你哥哥，还有你，我都会认真保护的，你不要担心。"

林等并没有立刻相信这话，依然紧紧地盯着傅落银，但或许是考虑到和这个陌生人还不太熟悉，他没有多说，只是低头去看傅落银给他买的游戏机和 CD 盒。

傅落银陪他玩了一会儿，随后探视时间快到了，就起身离开了。

离开医院前，傅落银看着病房外的重重关卡，忽然心思一动，给周衡打了个电话："把我们家的保镖带四队过来医院这里，安保系统原样拷贝一份，林等这边的安保由我们家接管，用自己人，免得林水程不放心。"

周衡记下了："好的，小林先生那边需要吗？"

傅落银沉吟了片刻，暂时否决了："他在老七处应该安全，我也快回去跟他一起，我会保护他。"

看完林等，傅落银乘直升机回了一趟江南分部科技园。金·李跟他反映 B4 最新的合成反应出了问题，研究计划上有所修改，连带着后续所有的计划都要进行调整，这一部分资料和合同都在江南分部。

他回了一趟科技园，顺带看了看两只猫——这段时间，小奶牛和小灰猫依然养在这边，有专人照顾。

医生来看过小奶牛了，说是这只小猫咪缺少陪伴，所以怏怏不乐，其他大问题没有，而小灰猫身体健康，状态良好。

傅落银抱着小奶牛摸了摸，揉了揉，安慰它："不要难过啊，我马上就能把林水程抓回来陪你玩了，再等一段时间就好。"

接着，他也拍了拍小灰猫毛茸茸的脑袋："没事多找你小奶牛哥哥玩玩。"

傅落银抱着两只猫修改资料，备份合同，做完这一切后，他按照惯例检查了一遍科技园的情况。

留在这边的人已经很少了，原来在这儿的大部分人被傅落银调派去了本部，增援老七处的行动。

傅落银在每个实验室、机房外面都走了一圈，随后看到林水程原来的模型也被挪了过来。空旷无人的实验室里堆放着杂物，灯光亮着，只有空调运行着，嗡嗡地带着点风声。

傅落银走到模型前，帮林水程收拾材料板。

投影支架代表道路，圆球代表人，还有许多杂七杂八的东西代表其他变量。

他兴致来了，拿这些小木棍和圆球试着摆放了一下，连通一台电脑，用林水程做模型的那个软件试着搭建了一下场景。用手推一推圆球，无数个事件状态就跟着模拟了出来，电脑上的坐标信息也在不断变换着。

在这个投影模拟的世界中，他就是造物主，能改变任何因果关系，能控制任何事件的发生。他可以开设银行、建立学校，控制国家甚至星球。

傅落银玩了一会儿后，皱起了眉头。

他看着手边的模型，若有所思。

傅落银站起身来——这次他不再是漫无目的地打转，而是去了主控机房。

这个机房是傅氏军工科技的核心安全库，里边有无数不外传的核心机密，进来的流程非常复杂，甚至需要乘坐十多分钟的入地电梯。

整个联盟，也只有他、傅凯、林水程三人能进入这里而已。

机房内部一切如常，空气里充满着静电，闷热干燥。

傅落银在主控桌边坐下，闭上眼睛思考了一下。

——你们还有哪些人？

陈浪告诉他的话犹在耳畔：“At random.”

RANDOM.

随机一个数，数学意义上对这个词的解释，是负无穷到正无穷，有无限种可能。

如果拿全联盟所有人来解释这句话，RANDOM 组织成员的可能区间就是所有人。

可能是 0。

也可能是……所有人。

如果林水程的算法其实没有任何错误，大部分第一线性相关者就是嫌疑人；如果林水程关于火炬惨案的算法没错——

如果惨案的策划者真的是火炬传递赛委员会——

傅落银心一沉。

他深吸一口气，拨通了国安局和老七处防御负责人的电话，一字一顿地说：“你好，我是傅落银，因为 B4 计划有变动，我需要重启一下数据库清理系统，傅氏军工科技的安保版块会暂时脱离联盟，请知悉。”

这种清理傅氏军工科技经常做，脱离联盟即暂时脱离量子安全墙，和外界一切系统绝缘，只不过如今因为是战时，傅氏与联盟力量算是合并状态，程序上有一点不一样。

另一边说：“这需要请示，傅副处长。请稍等几分钟。”

傅落银一只手拿着电话，另一只手调整着电力系统，他将地下电梯的运行版块分离了出去。

随后，他来到总电闸前，屏息等待着电话另一头的结果。

五分钟后，电话另一头的人回来了：“对不起，傅副处长，联盟没有通过您的申请。”

傅落银问道：“为什么？这种清理记录我们家有上千次了，为什么只有今天不允许？”

另一边说了半天，也没有说清楚理由：“是上面的决定，我们也不……”

傅落银拨着电控系统的按钮，听到这句话后，直接关闭了电闸！

除了电梯光还亮着，整个室内顿时一黑，机器停止了运转。与此同时，一系列连锁反应发生：地下的、地上的，所有实验室的灯都灭了，设备停止运转。

傅氏军工科技断绝了与外界的一切交流，从这一刻起，正式成为一座孤岛。

系统提示音响起：“安保版块已脱离。”

“……傅副处长？傅副处长？”另一边显然是听到了这边的情况，不停询问着他。

傅落银面不改色地说：“不好意思，突然停电了。我正在……尝试恢复。”

他挂了电话，搭乘没有断电的电梯往上升，但此时此刻，他的电话疯狂地响了起来，无数条短信同时涌入他的手机。

警务处：“紧急通知！第二层量子安全墙告破！”

七处：“自动检测报告：第二层量子安全墙告破，第三层量子安全墙正在遭受攻击！”

叮叮叮的短信提示音密集得让人头皮发麻，直到一条短信发送过来之后才终于停止。

那是警务处自动发送过来的：“第三层量子安全墙告破。”

这一条短信和傅落银收到的第一条短信，仅仅间隔三秒钟。

在那之后，一切都归于无声。

26

一刹那，傅落银发现自己的手机被清空了——如同冥冥中有一只无形的手在操控着系统，所有的 App 挨个在他眼前弹开、进入删除程序。备忘录页面跳出来，在他眼前统一删除；支付系统锁死，所有的数字荡然无存；ID 卡上有关他的身份标识荡然无存，连姓名都被抹去了。

他无法发出任何消息，无法收到任何电话。

傅落银回到地面上的科技园，放出一架无人机，开启无人机导航巡视。

无人机在狂风暴雨中升起，摇摇晃晃地飞向外面的街区。

傅氏军工科技园位于市中心，寸土寸金的地方，监控画面上飞快地显示出了街区的情况——城市交通已经瘫痪，红灯和绿灯同时亮起，马路上的车密密麻麻地挤成一团；路边的行人神色各异，拿着手机互相询问着，翻找着自己的 ID 卡……这一切并非只在他一人身上发生，量子安全墙告破，全联盟现有的安保系统、密码系统已经全部崩溃！

画面晃了晃，傅落银眉头一紧，紧跟着意识到了什么，电光石火间，他猛地把操纵杆直接推到了底，扭转了无人机的爬升方向——与此同时，无人机也失去了控制，径直撞毁在一幢建筑物上，发出轰然巨响！

无人机传回的最后内容只有一片惊声尖叫，傅落银手心满是冷汗——他只要晚一步，无人机就会直接撞毁在人群密集地带！

他的手机屏幕又亮了起来，系统显示接入了一段视频。

傅落银紧紧地盯着它。

外边暴雨倾盆，风声萧瑟，让本就清冷无人的科技园显得更加寂静。

画面一开始一片漆黑，取景框抖动片刻后，突然转入了一个稍微暗淡的地方，光线不怎么好。

傅落银认出这个地方的一瞬间，就觉得心仿佛被一只手攥住了，沉重闷痛得难受——无法抑制的慌张把他整个人都包裹了起来。

那是老七处。

视频里，禾木雅被反铐在椅子上，旁边的地上有大片斑驳的血迹，还有几个被堆在一起的、失去生命气息的警卫员。这位女将军发间已经生出银丝，此时此刻，她双眼紧闭，满脸憔悴，不知道还有没有意识。

视频里没有任何声音，它只展示了这个画面，气氛森然恐怖，透着说不出来的压抑。

五秒之后，视频结束。

傅落银捏紧了拳，指节泛出白色，咯咯作响。

外边的风声越来越大，傅落银忽然听见了铃声响起。

他以为自己听错了，但是他循着声音的方向走了几步，发现不是假的——响铃的声音来自楼上的座机，他们傅氏内部加密、建立信号站的通信系统。

傅落银飞快地回到楼上，接通电话。

对面传来的是傅凯的声音，一向沉稳的语气中此刻也透出了一些焦急："落银，你在江南分部吗？你那边出事了吗？"

傅落银快速地说道："我断了傅氏的安保系统，B4 核心板块直接断电，我刚刚收到了一段视频，禾木雅她——"

"老七处被占领了。"傅凯的声音有些沧桑憔悴，"我们内部出了大量叛徒，航天局和老七处情况最严重，里面的人基本没有出来的。七处、九处、防御局、二处、警务处这些核心机构也同时受到了袭击，对方里应外合，咱们牺牲的人不计其数，你董伯伯也……"

傅落银心一沉，哑声说："……林水程呢？您和我妈还好吗？"

傅凯哑着声音说："你先别急，我和你妈都没事，落银，林水程对于 RANDOM 来说是重要人物，他的安全应该没有问题。我们现在集中在防御局掩体附近，通信全部被切断，但是不知道为什么傅氏的还能用，我想试着联系一下你。"

傅落银没有说话。

傅凯不正面提林水程的去向，他如果没有逃出来，就一定落入了 RANDOM 组织之手。

——恐怕凶多吉少。

傅凯人在星城，掌握的消息和资料都比较多，他把目前的情况告诉了傅落银——今天下午一点钟的时候，量子安全墙全方位告破，这之后是 RANDOM 组织的疯狂反扑，联盟武器系统直接被人为调用，在系统被发现异常并关闭之前，RANDOM 组织控制了精密制导武器系统，对全联盟进行了随机打击，死伤情况不可估量。

与此同时，老七处前线的大批科学家和领导人都被俘获，包括林水程、金·李、杨之为、许空。连医院都遭到了攻击，只有林等的安保系统被调换成了傅氏的，安然逃过一劫。

其他恶性事件只多不少，唯一值得庆幸的是，防御局和国安九处控制住了局面，各自在三分钟内炸毁了自动化武器层面的主控电源，这才不至于导致更多毁灭性的后果。

“RANDOM 的人没有我们想象中的多，但是这次事件猝不及防，让我们失去了一定的应对能力。现在通信系统不能用，涉及信号发送的设备全部不能用，包括电子导航仪、雷达，这意味着我们在军事上的实力直接被削弱了一级，我们的武器储备也不足，目前只能等待志愿军和各地增援。”傅凯低声问，“傅氏还有多少东西能用？”

“我们的应该都能用，爸，我们家的安保系统没有被破解。”傅落银说道。

傅凯似乎感到有点困惑：“为什么呢？”

傅家的安保系统一直是自己的，如果他们连量子安全墙都能够破解，那么不可能破解不了他们的安保系统，这只是时间问题。

——为什么呢？

他提前几秒将傅氏军工科技的核心机密脱离断电，保全了这一切，但 RANDOM 为什么没有直接破译他们的安保系统？

暴雨声不停歇，雨水噼里啪啦地砸在落地窗边，溅落一片水痕。两只猫都有点害怕，跑过来蹲在了他的脚边。

傅落银耳畔再度响起了陈浪临死前留给他的那句话。

“At random.”

无是随机，有也是随机。

当手执建模工具的时候，他可以操纵因果，能让一个人先死亡再出生，也可以让一个星球脱离轨道。

因为这些东西是造物工具，谁掌控它们，谁就能够成为造物主。

RANDOM掌控了高层人员，制造出所有的不确定性，这是“人”的层面。

那“物”呢？

还有多少“人”以外的东西被RANDOM掌控？

一刹那，傅落银思绪万千，他突然冷静了下来。

他记起了林水程模型里那无数只细小的蝴蝶，甚至记起了往前更多的事情——他下令在社交范围内清除白一一一家；星大那场报告会中，RANDOM的障眼法。

他从来不相信神的存在，凡事看似突破常理而不可解，则必有其可解之处——就像他直接轰平码头的那两条路。

傅落银沉默了很久，随后说：“我知道了。”

傅凯问道：“什么？你知道了什么？”

傅落银弯腰把两只猫都抱起来，装进一边的猫包里，迅速收拾着东西，同时回复道：“爸，我们没有输，不是我们输了，是他们要输了！

“这一切是强弩之末，是RANDOM最后的狂欢，因为它已经亮出了底牌——前段时间的集中精准打击和林水程蝴蝶效应模型的应用，已经让RANDOM陷入了疯狂的焦急状态中——成员一个接一个地被抓获，所有的反抗都无济于事，这个庞大组织的影子正在逐渐浮出水面。

“他们切断了政府与公众的对话通道，制造了大量的恶性事件，通过发送视频进行了大范围恐吓制造恐慌，在后台摧毁了联盟所有居民的交易系统和通信系统……这一切都将使现在的情况倒退十几个世纪，联盟即将处于被伪造出来的无政府状态。

“再过二十四小时，现有的货币制度将全方位崩溃，再过一周，公民秩序性将完全瓦解，城市停止运转，医疗无法得到保障，暴力事件急剧增多，等到物资短缺的那一天，所有人都将以为末日来临，从而打砸抢烧，以物易物，像野蛮人那样完全使用‘丛林法则’，为了生存而不惜一切代价。

“但这一切不是真的，RANDOM 并没有能用的量子计算机，因为半年前我提出了反向扩大全球的量子干扰打击。他们就算手里有量子计算机，也无法在这么快的时间里赶超联盟，在联盟之前将其修复。同理，他们并没有破解所有密码的能力，他们只是摧毁了所有依赖量子安全墙的系统。

“他们用的是障眼法，爸，您还记得我对白家的惩罚吗？我之所以能够控制与他们生活息息相关的所有事情，是因为我掌控入股了各个领域的公司。”

傅落银沉声下结论：“他们能攻破量子安全墙，是因为量子安全墙本身有问题！二八法则，社会上 20% 的人占有了 80% 的财富，他们控制了那 20% 里的一部分人，直接影响了那部分人手里的资源，从而造成社会巨大动荡的假象——这些东西不是朝夕可以弥补的，但确实是可解的。只要政府重建信号站，恢复通信，这一切都能够终止。”

如果 RANDOM 洗脑了一个核心企业的高层，今日之后，不管自家的技术和系统是否被破解，身为 RANDOM 组织成员，高层都会配合制造恐慌，营造出其已经被破解的假象。

同理，如果 RANDOM “洗脑”了量子安全墙的核心负责人，今日之后，无论量子安全墙是否成功搭建，是否被破解……他们都可以渗入所有依赖量子安全墙的企业、组织，进行毁灭性的信息打击，因为量子安全墙本来就形同虚设！

那三秒的破解时间，实在是过于不正常，RANDOM 紧跟而来的反扑，更是透着无法诉说的疯癫。

通信公司、银行系统、学校、医院……RANDOM 组织手中掌握着大量的社会精英，这一次，他们直接亮出了所有的底牌！

傅落银“打包”了两只猫，顺手又拎起几十公斤的猫粮，沉声说道：“爸，我们要继续查，量子安全墙出了问题，查杨之为。通信出问题，那就直接查运营商老总！一个恐怖组织而已，今天的事情清洗了我们的人，反而是一件好事。他们慌了，说明他们在怕、在急，我看看他们到底还能装到什么时候！我马上带武器增援，爸，你那边保重，有事直接用内部系统联系。”

室外暴雨不停歇。

傅落银启动车子，眼底泛上隐隐的红色，冰冷的怒气蔓延至他的全身。

他开车想从街区绕至郊外高速路口，但是道路被堵得水泄不通，他的副驾驶座堆满了武器，车内弥漫着肃杀的气息。

窗外的人们依然手足无措，越来越多的人走到街头，互相询问着发生了什么，他们暂时还不知道即将面临的事情——一场剧烈的蝴蝶效应，灾祸从天而降，生活在朝夕之间将彻底翻转，不知道有多少家庭破碎，又有多少别离上演。

这是 RANDOM，是真正的随机——灾祸无差别降临到每个人的身上，“伪神”制造出灾祸，再给予好处引诱人上当，从而为自己培养忠诚的信徒。

周而复始后，一切灾祸厄运，一切人，一切事，都在他们的掌控之中，他们将其称为“命运”。

傅落银开启了对外广播，清晰地说道：“你们好。”

路边的人被声音吸引了，纷纷扭头看向他。

“我是傅氏军工科技董事长傅落银，联盟科研七处副处长。”傅落银说，“我代表联盟政府说话，联盟的安全系统遭到人为破坏，名为 RANDOM 的恐怖组织正在进行大规模袭击。通信已断，请大家互相转告，近期进入高度戒严状态，不要四处走动。特殊时期，请大家联合起来。未来两周会出现一段时间的物资短缺，傅氏军工科技园一层、二层、三层、地下一层、地下二层、地下三层的人工蔬菜繁育基地对外开放，可以供应江南分部市区大约一周的食物。会有专人安排统筹，请大家相信我们。”

“现在我需要运送物资到星城，麻烦大家为我开路，可以吗？”傅落银温声问道。

雨幕中，人们沉默地看着他，那些视线中，有迷惑，有不解，有畏缩。

人们为他让开了一条路，他按了按喇叭，前排的车也费力腾出了一条路。

傅落银又说：“谢谢。”

他踩下油门，军用车轰鸣着飞驰而去。

他轻轻呢喃，声音低沉，近乎祈祷。

“不要出事啊，林水程，要等我。等我来接你。”

林水程醒来的时候，头痛欲裂。

记忆昏昏沉沉地停在了他跟着警卫员前去量子实验室找金·李的一刹那，金·李给他开门的时候，他后脑勺一痛——金·李的表情也变得非常恐慌。

之后的事情他再无印象。

头顶的灯光是白色的，刺眼无比。

林水程过了很久才看清自己所在的地方：一个老旧的房间，空无一人。床和桌椅设施都有点旧了，很普通，角落里堆放着一些健身器材，还有书桌和电脑。

唯一不同寻常的是，这里的墙面都被贴上了海绵，不知道有什么作用。

林水程活动了一下身体，打量了周围一圈，下床四处看了看。

水杯、拖鞋，桌边还有一个粉色的水晶镇纸，底下压着一卷枯黄的宣纸。

林水程发现这里充满生活痕迹——还是一个女人的生活痕迹。

林水程查看了一下门窗——都是锁死的，从里面看不清外边的情况，也没有任何人存在的痕迹。

他又四处看了看，确认了没有其他地方可以出去之后，在书桌前坐下了。

他试着摁了摁电脑开机键，但电源是断开的。

在书桌边，林水程发现了更多的细节：桌边还摆着几个小药瓶，都是空的，但是很明显曾经被长期使用，药味还没有散去，药瓶边角都有被磕碰砸损的痕迹。

药瓶的标签都被撕掉了，林水程却突然知道这是什么地方了。

这是一个戒毒室。

墙上的海绵是防止毒瘾发作时戒毒者受伤，桌上的瓶子是测试的药物。

女人，戒毒者。

林水程愣了一会儿后，伸出手，轻轻挪开水晶镇纸，翻了翻底下压的宣纸。

宣纸薄而脆，微微发干，里边还卷着一个日记本，林水程一拿起宣纸，日记本就哐当一声掉了出来。

宣纸上抄写着一首词，林水程看了看，又打开日记本看了看。

日记本里密密麻麻都是重复的这一首词，有时候字迹清秀有力，有时候散漫痛苦、歪歪扭扭，仿佛是有人在忍受着毒瘾的时候，全靠着这首词撑下来。

山一程，水一程，身向榆关那畔行，夜深千帐灯。

风一更，雪一更，聒碎乡心梦不成，故园无此声。

山一程，水一程……

…………

27

林水程将日记本翻到最后一页，看见封皮里小心翼翼地夹着一张老旧的照片。

照片上是一个刚出生的婴儿，丑巴巴的一团挤在保温箱里，照片右下角用黑色圆珠笔写了潦草的几个字：“2311 秋，林水程。”

这一串字迹和日记本上的字体是相同的，照片翻过来，后面有另一个字体潦草地写着编号：第 704 号样本。

往前翻，还有更多潦草歪扭的片段。他也从中找到了这本日记主人的名字。

她的名字叫王怀悦。

这三个字曾被写入他的档案中，但是他自己甚至不知情，也毫无印象。联盟公安给出的评价，短短几个字概括：“涉毒人员，去向不详。”

而他从小到大从街坊邻里那儿听到的是她抛弃了两个孩子，跟别人走了。

他记事晚，亦对此毫无印象。

如今这一切骤然展开在他眼前，林水程甚至有一瞬间反应不过来。这是如此遥远而陌生的词汇。

——她是他的妈妈。

林水程垂下眼帘，指尖有些颤抖。

他逐字逐句地读着那些潦草的片段——穿插在大片的诗词中，细如蚊蚋的痛苦而扭曲的字体。

“为什么这种药没有效果？他们说我马上就可以恢复了，可为什么这种药没有效果？手术后也会变成这样吗？

“今天晚上又梦到你了，你穿着警服，站在院子里，问我为什么不回来，对不起、对不起。天知道我多想回到你们身边，等等我。我很快就能好的，等等我。

“我曾经不止一次想让那群人去死，但是有什么办法？我在逐渐失常，我快不认识自己了，为什么偏偏是我发生这种事？为什么偏偏是我？我做错了什么吗？”

无数支离破碎的呓语和发泄性的文字，他仿佛能同时感知到女人写下这些字时的崩溃和失落。

日记分成两个部分，中间有一大片空白，日期最初停在林水程出生的那一年，两年后，笔迹重新出现。

只是这一次的记录中，已经没有了癫狂混乱，只剩下无限的绝望与死寂，理智却森然。

“我回到这里来了。手术后遗症已经出现，我好像又犯了一个大错，我不该把等等带到这世上来，还给了他一身的病——我到底要怎么做，老天才肯放过我？

“这两年时间是偷来的，水程、等等，我的孩子，你们一定要平安快乐地长大。

“老公，如果你没有遇到我就好了，是我毁了你的一切。”

林水程把这些内容翻来覆去地看了很多遍。

片刻后，他合上笔记本，逐个拉开书桌的抽屉看了看。有两个抽屉是空的，塞着大量的废纸，只有最下面的抽屉里有一个文件夹。

林水程将文件夹打开，映入眼帘的是一个女人的资料，右侧贴着一张彩色照片——不是一般档案里喜欢用的证件照，而是一张生活照。

照片上，美丽的女人侧身坐在公园长椅上，望着一个地方，眼底带着盈盈笑意。她眼尾有一粒红色的泪痣，样貌和他有七成像。

姓名：王怀悦。

生活资料及入会理由：冬桐市大学教师，与冬桐市警察林望结婚。王怀悦因林望而遭受犯人家属打击报复，回家路上被绑架并注射烈性毒品，犯人家属匿名举报林家人吸毒。王怀悦被送强制戒毒，戒毒三个月后复吸，遭学校开除。林望停职半年，升迁希望渺茫，家中老小同时生病，情况非常窘迫。王怀悦本人自杀未遂，独自离家。

入会愿景：已同意进行基因改造手术，目标为改造大脑中枢反馈机制，实现彻底戒毒的目的。

手术情况与药物观察记录：第一次基因改造手术失败，患者对缓释神经药物极度不敏感，恢复效果不理想。与此同时，患者发现怀孕，手术暂时中止。

患者诞下一子，同时进行第二次基因改造手术，此次手术成功。

另：患者儿子体质特殊，有望成为新一代实验对象。

每一页的页脚标志都为：RANDOM。

…………

林水程翻着这些文件，手指僵硬得有些麻木。

直到他桌上的电脑屏幕突然亮起，他的注意力才重新集中起来。

电力不知道什么时候恢复了，林水程坐在桌边，看着这台电脑自行启动，页面跳转，打开一个数据建模页面，复杂的公式在林水程眼前展开。

这些数据，坐标系、参照物、去噪点方法、并行算法……甚至那一条条织成罗网的线，不会有第二个人比他更熟悉这个模型。

这是事件预测模型——蝴蝶效应模型。

但是这个比他做出的那个更加精致、复杂、准确。

林水程看着参照物不断变化，起始点为他如今的情况——随后，系统飞快地往前逆推，林水程看见自己的坐标移动了，如同电影镜头回放，让他看到了他晕过去的那段时间的活动轨迹——最后停在老七处的电梯前，那时候他正告诉身边的警卫员："送我去金·李先生那里，有关 B4 的一些实验我要跟他商量一下。"

林水程自己做的模型最多能准确预测五个小时内的具体事件，超过五个小时的就会变成纯粹的相关性运算。

而他眼前的这个模型，按照目前已经展现出来的运算能力，至少可以预测七十二小时内的准确事件！

一刹那，林水程脑海中浮现出他听到的、陈浪死前说的那句话——

"他是那个人最完美的作品，只有他是看尽往后命运的希望，但是这么多年了，他只走到我们已经走过的路的一半……那个人对他很失望。"

林水程下意识地动了动鼠标，想要控制眼前的这个模型，但是无济于事，事件模型飞快地退去了，页面转黑，一个黑色的对话框占满了整个屏幕。

那上面浮现出一段文字来。

"林水程，想要走出这道门，想知道你是谁的话，你需要回答五个问题，每个问题只有一次回答机会。"

与此同时，房中响起了冰冷的机械音，重复了一遍这句话。林水程吃了一惊，回头寻找时，才发现头顶还有个扩音器。

"如果答错了任意一个问题，你将一辈子被关在这里，永远没有出去的机会。"

这个声音响在他头顶，不是经过变声处理的，而是实打实的电子音。

林水程声音沙哑地问："什么？"

声纹验证通过，答题开启。

“问题 1：请回答，联盟现有科技下，事件系统研究，或者蝴蝶效应系统研究的最大障碍是什么？”

林水程站起身，把文件夹和日记本都放回原处，低声问道：“你是谁？我和你们有什么关系？我为什么要回答你们的问题？”

“重复，问题 1：联盟现有科技下，事件系统研究，或者蝴蝶效应系统研究的最大障碍是什么？”机械的声音冷冰冰的，没有丝毫波动。这是完全公式化办事的态度，丝毫不理会他的反应。

他如今是笼中之鸟，来路未知，去处不明。除了自己被绑架这件事，林水程唯一还能想到——如果自己就在老七处，光天化日之下被绑走，那么老七处还安全吗？

其他人呢？

林等安全吗？傅落银安全吗？

外面……是否有什么大事正在发生？

林水程沉默了片刻，随后深吸一口气，答道：“无法完全模拟混沌体系，量子计算机不完备。”

“啪”的一声，林水程面前的大门打开了。

系统提示音：“回答正确。”

“问题 2：对神来说，最重要的化学元素是什么？”

林水程没有立即回答这个问题。

他的全部注意力都被眼前的景象吸引了——房门外，又是一个宽广的、看不到尽头的房间，门窗锁死紧闭，空气中弥漫着机械的味道，门的左右两边都是透明的实验室，隔着三重检验门，林水程看到了一台接一台的量子计算机。

他抬脚往前走去。

一刹那，林水程有一种错觉——自己仿佛没有被绑来这个不知名的地方，而是来到了什么科技展馆。

除去旁边的两列量子计算机，这个房间仿佛被布置成了当代计算工具发展史的展厅，从里到外，展示着“结绳记事”的绳结，然后是算筹、算盘、机械计算机，每一个展品底下都有着详细的资料介绍。

林水程一个一个地看过去，看见了电动制表机，紧随其后的是旧时代的电子数字积分计算机，随后是晶体管、集成电路数字计算机……越往前走，计算工具就越先进，大规模集成电路计算机之后，介绍牌腾出了一大片地方给巨型量子计算机。

第一代、第二代……直到第五代，每一代量子计算机都被收纳到此处，并且每种都不止一台。

这几乎是无法想象的，连七处那种核心科学中心，也只有两台量子计算机，而这个不知名的小地方，却有整整十台！

RANDOM 背后，到底是什么人？

系统提示音响起：“重复，问题 2：对神来说，最重要的化学元素是什么？请注意，你只有一次回答机会。”

林水程的神色逐渐变得凝重起来，他的脚步微微放缓了。

化学元素有许多种，对方问的是“神”而不是“你”，证明他们有心考查他对这件事的了解程度。

——但他应该知道吗？他应该知道这个问题的答案吗？

以他此前的二十多年生活，除了陈浪给出的那仅有的几句意味不明的话，他要到哪里去寻找答案？

林水程的脚步停下了，他调动所有的精力思考着这个问题——这看起来与挑衅、戏耍他无异的问题。

他强迫自己努力去思考，搜刮记忆中的每一个角落，他心底隐约浮现了一个答案——但是他无法解释那个答案的来源，也不敢保证它的正确性。

他只有一次答题机会。

然而让他想不到的是，就在这个时候，电子音又响起——这一次不再是冰冷的重复。

“这个问题有难度，那么就为你跳过吧，可以推到之后再回答。第三个问题：请回答，世界上最复杂精密的算法系统存在于哪里？如果你回答出这个问题，你眼前的这扇门会为你打开。”

林水程怔了一下。

他重新打量了一下这个房间，隔着很远的距离，林水程发现前面灯光暗淡的地方的确有一扇门。

他抬脚往那边走去，然而走着走着，他的脚步再度放缓。

走到这里，他周围陈列的物品变了——量子计算机之后，展柜里是无数个空瓶子。

这样的陈列方式，仿佛是这些东西的主人在表态：到这里，空着的瓶子代表如今最高级的计算工具之后，是一片空白。

然而林水程很快就发现了这个想法是错误的——空瓶子之后，他看到大片大片盛着溶液和不明物体的瓶瓶罐罐，空气中刺鼻的气味让人作呕。

那是消毒水混合福尔马林，还有其他化学试剂的味道。

林水程微微凑近了一些，随后他看到了瓶子里的东西——灰白色的标本，看体积与结构——是人脑！

灰白的大脑被切成块，沟壑错杂纠缠如同死去的蠕虫。

林水程意识到这是什么之后的第一时间，弯下腰干呕了起来。

他不是第一次见到人体标本，但是在这个场景中突然看见这样的东西，他无法解释那种突然翻涌上来的厌恶——还有微秒的崩溃。

他看见了大脑标本底下写着的人名和编号，记载着大脑主人的年龄和性别，上至六旬老人，下至婴孩，那柔软的人体组织被泡在灰败的溶液里，那些沟壑里仿佛藏着死亡本身，正盯着他。

尽头的一罐标本之下，写着：王怀悦，31 岁。

林水程干呕得更加厉害了，生理性的泪水涌上来，连带着肺部都仿佛被压缩了一样，让他无法呼吸、浑身刺痛，那种渗入皮骨的痛，仿佛被雷贯入全身，击碎他眼前的整个世界。

胃部的痉挛迅速地波及全身，林水程蹲了下来，浑身冒冷汗。

“请回答，世界上最复杂精密的算法系统存在于哪里？”

回音响在空旷的室内，林水程耳边嗡嗡作响。

“你的状态不好，你不想回答，不过你已经知道答案了，因为你看见了，这次就算你过。这个问题的答案是大脑。

“从意识到长期记忆，大脑拥有独一无二的运算能力和交互处理方式。对于人脑活动的解释，根据奥卡姆剃刀原理——简单的解释就是最好的，一般可以用神经元的交互来解释这一切，但也有人用量子力学来解释神经科学中的许多问题。随着科技的发展，有关智脑与人脑的争议从未停止过。

“而我们也无意停止这种争论，我们只是做了局部的尝试，看看在人工干预下，量子力学是否可以被人脑这种独特的逻辑处理系统使用——在一个足够优秀的人脑基础上，进行一些量子层面的改变，加入原子核自旋的原子种类与水基盐溶液，建立使自旋效应稳定的量子微管外壳。

“简而言之，就是在大脑中搭建量子计算的通道，这是真正意义上人与工具的结合。”

林水程剧烈喘息着，眼前一阵阵发黑。

“第四个问题：为什么你的基因检测报告显示，无基因改造迹象？”

林水程的声音沙哑得几乎听不清：“基因检测是分子级别的，你们能把名画复制到原子层，我的改造……是在原子甚至量子层的，对吗？”

“回答正确。这个改造所有的材料都基于你本身的大脑环境，我们只是提供了形成量子纠缠的元素而已。已知磷、锂等元素都能在人体中形成稳定的自旋结构，满足量子计算的基本条件，现在我们回到第二个问题，请回答，对于神来说，最重要的化学元素是什么？”

这声音近乎循循善诱，对他有足够的耐心和引导力。

林水程的嘴唇动了动，失去了血色：“锂。”

老七处给出的报告如在眼前——

“唯一异常：体内锂元素稍高，测为抗抑郁药物成分。”

——他为什么没有想到？

碳酸锂是戒毒者常用的治疗药物，同时也是治疗抑郁症、躁郁症常用的药物。

答案曾经就在他眼前，被清楚明白地写入了老七处给出的报告中，但他忽略了它。

“戒毒时，你的母亲对锂元素表现出非常强的适应性，或者说抗性，普通人的极限剂量往上增加二十七倍，才能够对她产生细微的疗效。

“但是很可惜，我们一直没能找到你母亲身上这种稀有的——锂元素耐受的基因，如果我们能找到，大范围进行基因种植，我的作品应该会更多，而不是只有你一个。

“你遗传了你母亲的锂耐受性，我们决定对你进行修改。在你三岁前，我们对你的大脑进行了连续的量子搭桥。当然，这会对你本身的记忆产生一定的影响。

“最初我们是很高兴的，因为手术成功了，但是后来，我们又慢慢地失望了——你五岁之前的表现实在是平庸至极，并且没有任何开始思考的迹象。这种情况下，我们对你进行了一些人工干预，让蝴蝶效应促使你往前走。

“但是，你仍然令我太失望了，林水程。”

“我对你的期望是成为天才，你用了一年不到的时间做出了蝴蝶效应模型，确实很天才——但是这并没有什么用，这不是我期待的。”那声音里终于显露了一点情绪，仿佛无奈，“我们投入了这么高成本的‘神’，诞生二十多年后，给我们送来了一套五年前就被我们淘汰的蝴蝶效应模型。”

林水程咬紧牙关，混乱的情绪淹没了他，他一个字都说不出来。

他浑身都在发抖，牙齿咯咯作响，几乎是一个字一个字地往外蹦：“你们，杀害我的家人和朋友，只是为了一个模型。”

“林望不肯交出你，我们只好采取一点强硬的手段；楚时寒也一样，他年轻、善良、有冲劲，却没有掂量一下自己的斤两，我们也采取了一点措施。

“在这些事件中，我们也有促使你抑郁的想法，这在我们的计划之中。毕竟如果你服用碳酸锂的话，可以继续粉饰太平，为我们争取更多的时间。但是你错就错在不该跟着蹚 B4 和量子安全墙的浑水，明白吗?

“你的母亲是个天真的女人，她以为我们同意把你送出组织，就代表一切安全了，而你同样——你天真地以为事情过去了，逃避你应该面对的一切——你生来就是 RANDOM 的人，注定要回到 RANDDM 的怀抱中。

“第五个问题，林水程。”

林水程慢慢抬起头，这一次，系统的声音不是来自头顶的扩音器，而是来自这扇门的另一边。

“请回答：站在你面前，和你一门之隔的我，是谁？”那声音温润儒雅，只是透着微微的病态和憔悴。这声音林水程前几天听过。

28

面前的大门缓缓打开，外边的天光透入，他熟悉的、敬重的人出现在面前。

杨之为一身笔挺的西服，温润儒雅，病痛侵蚀着他的身体，他的皮肤透着不正常的干瘪和灰败，整个人都失去了血色，但他的眼神依然锐利温和，和他当年在讲台上时一般无二。

——那时候林水程下课后去找杨之为，他十七八岁，初进大学，家庭刚刚被摧毁，他带着那股子执拗问杨之为问题；而杨之为看穿了他的急切和窘迫，也看出了他眼底生长的野心和期待。

杨之为直接问他："你想跟着我做实验吗？"

那是林水程高三毕业后昏沉、灰暗的生活中，在楚时寒出现之前，第一抹明亮的光。

林水程眼前一阵阵地发黑，仿佛自己的精神已经从肉体中剥离，全世界所有的声音都离他远去。

这是最后一扇门了，外边下着大雨，风和湿润的气息透过门拂来。

杨之为撑着伞，注视他的眼神温柔得几近悲悯："这不是你的错，孩子，从你带着锂抗性的基因出生的那一刻起，就注定了你是与众不同的那一个，你是我们创造出来的'神'。你是第 704 号，在你之前，我们给许多婴幼儿做了手术，但都没有你成功；在你之后，我们也尝试复制更多的实验品，研究你基因中那些可以破解的优秀编码，进行和你相似的婴幼儿初期行为培养，但我们得到的都是赝品。你，只有你，是独一无二的，是我最完美的作品。"

林水程一句话也说不出来，半天之后，他的声音颤抖得几乎听不清："为什么？老师，为什么？"

“如果你问为什么——”杨之为轻轻地说，“禾木雅四十年前为野心建立的七处已经脱离她的掌控。她创办七处，集合科研领域的核心人员，让七处独立于整个联盟政治体系外。她认准了联盟未来的资源倾斜方向，想要突破科技伦理来取得她要的发展——全方位的人类基因改造，真正意义上的抹除天才、消灭疾病。而实现这一切，不能只靠她一个人，她要找到一个和她拥有共同目标的人作为她的剑，同时剔除她的眼中钉——比如傅青松带领的傅氏军工科技，她认为他们迟早会威胁国家安全。

“那时候我二十岁，博士毕业，刚刚开始原子领域的研究。她给我打了一个电话，那天的天气就和她找你那天的天气一样美好，玻璃花房中，她选择我成为这个人。”

杨之为轻声说：“只可惜事与愿违，禾木雅一生独断专行，却不是所有人都愿意听她的话。比起为联盟做贡献这种毫无意义的言论，更多的人更愿意听从神的声音——而所谓的神迹，只是我无聊之下随便做出的蝴蝶效应模型而已，这一点很有趣。后来她意识到控制不住我了，便开始寻找第二代的科研代言人，并且急切地想要向学术界下手，很可惜，并没有成功。”

林水程还是喃喃地重复着：“为什么……”

“如果你问我——”杨之为眼底的笑容终于慢慢消失了，他又恢复成了那个实验室中严厉沉稳的导师形象，“还记得每次进实验室之前，我让你们做的一件事是什么吗？”

一刹那，林水程仿佛回到了以前——半年的时间，回忆起来却仿佛好几个世纪那样漫长。

他们有过一模一样的对话，在那个被薄荷香气包围的深夜。

他声音沙哑地说：“……滴定。酸碱……中和试验。盐酸和氢氧化钠，指示剂，酚酞、甲基橙。

“滴定，配位，氧化还原，沉淀，EDTA……我告诉你们这是化学的浪漫，人类在几乎没有任何微观观测手段的时候发明了指示剂，尽自己最大努力去还原分子碰撞结合的过程并加以研究，以肉眼面对宇宙的鬼斧神工，穷尽努力去测算未知。

“我已经厌倦了这种浪漫。我厌倦了误差与混沌，厌倦了任何不可解。每当我看到你们拼命做滴定实验的时候，我心底只有一潭死水。命运告诉我，在我有生之年无法看到完美的量子计算机的诞生，科技发展的道路被人类亲手以伦理封死——我厌倦了。如果说我也在找寻命运，那么生在这个时代，可能就是我的命运。”

杨之为对他伸出手，阴暗的雨天中，他的手掌依然几近半透明——那是身体的自我消解。

“在发现你失去作用之后，我给自己进行了锂元素耐受的基因改造，但是失败了。我们至今没能获得 B4 计划里的 DNA 优化库，以及不造成后遗症的基因拼接手段，傅氏对这个项目捂得很死。我的时间不多了。

“但这不并妨碍我——观看别人和我一样被命运织入罗网，我感到很高兴。”

杨之为轻轻地笑了：“我做不了完整的蝴蝶效应模型，但我能成为造物主，掌控一切我想要的工具——学术界、商界、政界。我随便写了一篇论文发表，在提出的理论基础上不断吸纳财富与人才，七处是我们的仓库，量子安全墙是我们的金库……我们掌控一切，所以我们预测一切。

“这一切本来都很完美，直到时寒打电话问我那个实验……直到傅落银提出在全球范围内进行量子打击干扰，玉石俱焚，让我们的十四台量子计算机变成了一堆废铁。”杨之为的声音冷了下去，“是我小看了傅氏，禾木雅唯一做对的事，就是对他们傅氏的提防。”

他问林水程："水程，你还有什么问题吗？"

那声音安和平静，像他每一次在实验室里向林水程笑眯眯地确认：你还有什么问题吗？

林水程是实验室年龄最小的学生，其他学生都比他大上四五岁，杨之为本人和其他学生，跟他说话都会用这种类似好商量的语气，这是不动声色的纵容与宠爱。

林水程哑着声音问："金·李教授呢？"

"你说那个蓝眼睛的后生？他是B4的主要负责人，愿意为我工作，他已经把他知道的所有B4资料都告诉我了。连吓唬都不用，他这种人最惜命。"杨之为看着他的眼神似乎有些怜悯，"对他这种学术败类，你还在期望什么呢？你最大的一个问题就是天真，水程。"

林水程想不出来还有什么问题——他半句话都说不出来，如今发生的一切都令他感到荒谬与茫然，仿佛有一把刀一刀一刀地割掉他的皮肉，捅入他的心脏。

他一直追逐的那只蝴蝶突然消失了，因为前路是镜花水月。

这一生，他能抓住的东西还有多少？

他能向命运讨要的东西，还有多少？

杨之为俯下身，将一粒渗透式镇静剂轻轻地摁在他脖颈间："没事了，都没事了，水程，我的好孩子，好好睡一觉，你还有最后一个用处，睡醒后就好了。

"就当这些事没发生过，你想一想，你出生在冬桐市一个幸福美满的家庭，有一双恩爱的父母，有一个可爱的弟弟，还有宠你的爷爷——你爷爷做的面疙瘩汤最好喝，记得吗？每个星期六的下午，他都会煲一罐面疙瘩汤和饭菜一起送过来让你当夜宵。

"你的弟弟，等等，他在初中部被人欺负了，没哭，第一时间跑过来找你打回去。那一周的国旗下讲话是你做检讨，你自认从不合群，可是你班上的同学都为你骄傲，他们在底下拼命鼓掌。”

那么多……美好的、快乐的、甜美的过往景象在林水程脑海中渐次浮现，他拼命想要挣扎，想要伸手去攥住，却什么都没有抓住。

黑暗袭来，剩下的只是虚空。

如同他在那如溺水者拥有的黑夜里，在灯下捧着书慢慢看时，黑夜将他包裹，他等不到那个浑身薄荷香气的人回来；如同他坐在归家的大巴上，看着眼前景色飞快地往后退去；如同他五岁那年跟着爷爷鹦鹉学舌唱歌谣，命运在那时就揭示了他的终点。

“报告傅副处长，防御局七组成功突入二处大楼，控制信息处恢复了一部分通信数据，现在大部分地方的通信联络断开，但是我们已经联络到了各地分部负责人，分配到各个区域进行战时紧急统筹安排；RANDOM 势力以星城内部为核心向周边分部发散，影响力也逐渐减弱，其余地方的军队正在全力增援，目前主要的障碍是交通设施和受重度打击地区的清理重建。”

“好，通知 B 组下午配合我攻入老七处，解救人质。现在大家先休息休息，这几天辛苦了。”

“是！”

傅落银目送部下离开办公室，随后低下头，继续和身边的几个人讨论作战计划。

最开始，傅落银带着一大批军用物资赶到星城进行了增援，剩下的人依赖傅氏军工科技的信号站和加密技术进行通信，效率上没有大范围通信那样高，但是至少控制住了局面。除他以外，所有幸存下来的人都迅速投入了工作。

如他所料，RANDOM 前几天的大范围袭击是最后的反扑，在武器控制系统被炸毁之后，还留在星城的组织成员接近穷途末路。他们不断消耗着弹药和储备，却毫无办法——傅落银在带来的物资要尽可能用在刀刃上的基础上，下达了“围城”的决策。

不主动进攻，同时也不暴露自己的位置以至于让敌人可以进行打击，他直接切断、封死了老七处防御体周围的几条运输通路。

如同熬鹰一样，他要把对方活活熬死。

三天三夜，整整七十二个小时，老七处掩体内没有大量的食物储备，里面的人出不来，外边的人也进不去。事发突然，RANDOM只制造了混乱，却没有足够的资本继续制造混乱，也无法提前准备。

“傅副处长，最新情报，老七处已经有人尝试走出来，要求我们进行谈判，否则他们就开始处决人质并进行全球直播！”片刻后，办公室大门再度被人推开，“前线发来的消息！”

“我看看。”傅落银接过那一沓资料。

资料里有红外系统拍摄的照片，也有纳米相机远距离拍摄的照片，照片上，RANDOM组织成员推着一排人质，人质被统一捆起来蒙上脸，看不清谁是谁。

唯一可以确定的是，那些人里面没有林水程的影子。

这几天，许多人交流了他们遇到的情况，核对彼此知道的人质身份和去向……但是都没有提到林水程。只有他和金·李两人的去向不明。

傅落银心一沉。

“傅副处长？”

傅落银回过神，恢复了镇定，低声说：“没什么，计划不变，直接突入解救人质。他们目的未必单纯，先用谈判稳住对方，提前三个小时进行突入攻击，我亲自带队。安排狙击手远程清除可疑动向。他们有高能热辐射雾，我们也有抗红外检测设备，让兄弟们都做好准备。”

“是！”

傅落银这两天也是日夜无休，他一直在搜集跟林水程相关的情报，但是除此之外，他没有做更多的事。

副手站在旁边，看着他的面容，想说点什么安慰他，但是最终又闭嘴了。

黑夜来临，联盟星城军力慢慢缩小了观察圈。

老七处一片沉寂，灯光暗淡，几乎没有人存在的迹象。

“C组封路，其他六组从原定方向进入，按计划炸毁第二层，在多米诺骨牌效应导致后续楼层爆燃坍塌之前救出人质。注意，老七处掩体大部分在地下，控制电梯口和各个出入口，如果遇到正面冲突，以自身防护为第一位，人质为第二位。我队任务是捣毁对方武器。”

“是！”

“报告，地面狙击手已就位。”

“收到，行动开始！”

无声的肃杀与焦灼在地下掩体中蔓延，黑暗中，所有人无声地前进着，但是慢慢地，有人发现了异常。

老七处掩体中已经没有人了——没有活着的人。

“组长，有情况，在二层精算室。”侦查员匆匆赶来报告，傅落银闻声跟着到了二层。

一到二层，一股恶臭就飘了过来。机房门打开，地上七零八落地倒着四五十个人，错杂交缠着，僵硬恐怖，都已经没有了生命迹象。大小便失禁的气息被机房的热气一烘，谁闻了都想吐。

“是统一服毒自杀，不知道为什么。”侦查员低声说，“人质被统一关在四层，大部分出现了紧急性贫血症状，但是其他的RANDOM组织成员都已经死了。”

傅落银忍着恶心看了现场一圈，随后发现机房的电脑开着，还闪着幽幽的蓝光。

他跨过地上的尸体，前去查看了一下。

电脑屏幕中央，赫然是一个建好的蝴蝶效应模型，还在不断运行。

事件建模起始点是 RANDOM 组织成员提出谈判的那一刻，终点列出了无穷多种可能，每一种结果都是失败。

饿死、被突击围杀……所有可能的情况都列了出来，傅落银看了一会儿，发现了异常——这个蝴蝶效应模型并不是林水程做出的那一个，这个更加精准详细，不知道是从哪里来的。

就在傅落银准备离去的时候，电脑上突然弹出了一个对话框，紧接着对方给他传送了一张照片。

傅落银看到那张照片的第一时间，感到浑身血液都凉了下来——

照片上，林水程闭着眼睛，被拘束衣反绑在角落，状态不明。

对话框中随后出现了一串文字："谈判，是或否？"

"拿 B4 核心，换林水程。决策倒计时，5、4、3、2……"

在数字跳转到"1"之前，傅落银猛地摁了"是"。

他紧紧地盯着那张照片，然而很快，那张照片消失了，取而代之的是新的文字："来找我们，只能一个人。不允许携带任何发信设备与武器，地点，在你眼前。"

傅落银垂下眼帘，看到桌上干干净净，只有中央放着一张小字条。

他伸出手，轻轻打开这张字条。

那是一个地址，两年前他去过那里，带着一束铃兰花，打着黑伞，为这世间与他共享一副面容的人送别。

两年前，身在江南分部的林水程也收到了同样的一张字条，写着同样的地址。

——是楚时寒的墓地。

29

暴雨声不停歇，窗户被推开后，风雨和雷电的声音放大了灌入耳中，风吹开满室沉闷。

金·李站在窗边往外看去，一路叽叽喳喳拼命示好的他也难得地显出了几分沉默。

片刻后，他说："老板还真是将艺术化贯彻到底啊，因为那个姓楚的 B4 前代领头人是一切的开始吗？小林总怕是要疯了吧？"

他已经流畅地改口叫杨之为"老板"了。

旁边的记录员是女性，她略微不耐烦地说："不要打岔，除了你已经告诉我们的这些，还有其他的吗？"

金·李一双蓝眼睛瞥了瞥她："那么多的数据，我又没有过目不忘的本事，要我全部记下来给你们也不现实。我被你们绑了那么久呢，我要的鸡腿汉堡和可乐呢？"

女人更加不耐烦了："先恢复数据，把你所有能想起来的数据都记录下来。"

金·李耸了耸肩，说："那我需要一台电脑。我的记忆不一定准确，我需要建模和资料库来证实和复原。"

女人说："不能联网。"

金·李毫不客气地翻了个白眼："不联网我查什么？给我算命吗？算出回升状态网络和流体状态机的结构？我在这里查资料，你在这里看着，好吧？"

女人不悦地看了他一眼，没说什么，出门片刻后，把金·李要的设备给他搬了过来，随后真的就站在他身边监视着他的记录活动。

楚时寒葬在星城最大的烈士公墓中。这里四面环山，位置偏僻，还有许多未开发的土地。

RANDOM 最后一个大本营就藏在其中，偏僻的地方，也便于建造与收藏量子计算机和大型试验设备。这里一向整洁寂静，却因为星城连日的动荡而增添了几分荒芜。

青山绿水此刻都被蒙上了一层灰蒙蒙的雾气，暴雨将整个天地都染成了深青色，雾气又从地面蒸腾起来，带着闷热，几乎呛得人无法呼吸。

星城内部仅剩的三十多个 RANDOM 组织成员簇拥着杨之为走了过来，在他身后，林水程被拽下了车。

两个人一个扳着他的肩膀，另一个几乎是拖着他在地上跪行了几步——林水程双手、双膝都被捆了起来，整个人以极不舒服的姿势被束缚住了，这一天一夜中，他都被关在后备厢里，只能喝水。

大雨中，林水程乌黑的头发很快被濡湿，整个人显得更加白皙，也更加憔悴虚弱，有一种落拓脆弱的好看。

他这时候已经恢复了意识，只是陡然见到明亮的光线，有些睁不开眼睛，他挣扎了一下，但是很快被按住了。

杨之为撑着黑伞走过来，RANDOM 组织成员扣着林水程的下巴，强迫他抬起头。

“我知道这是你当初想来，却没来成的地方。”杨之为说，“水程，你现在可以看看了。”

林水程睁开眼，大雨与雾气细密地沾湿了他的眼睫，湿漉漉地垂下来，精致而苍凉。

雾气中，一块墓碑立在四四方方的青石地上，中央是年轻人黑白的遗照，那是一张与傅落银异常相似的脸，但是眉目清淡温柔，没有丝毫戾气，仿佛对世间一切怀着悲悯。

这是他的起点，也好像不是。在那个被拦在墓园外的雨天，他终于下定了决心转专业到量子分析系——用尽自己最后一丝力气，去冲破那堵透明的墙。殊不知这一切都是把他推向别人想看到的终点的必要步骤。

杨之为注视着他，眼里带着笑意——仿佛非常满意他这样的神情。

杨之为轻声说："一会儿傅落银就会带着我要的资料来换你了，在和他长得一模一样的亲兄弟的墓前，你说，他会是什么想法呢？这是命运的浪漫，水程，一切从这里开始，一切也要在这里结束。"

"你的一切都是被设计好的，你的所有道路都是我亲手替你推演出来的，虽然你现在没用了——"杨之为微微俯身，凝视林水程的眼睛，"我放你重归命运的自由，作为我这个当老师的一点心意。看到另一边山头的护林瞭望台了吗？那里有我们的狙击手。"

"傅落银这次过来，不能携带任何发信设备，不能使用任何武器，周围布满了高能热辐射雾，他无法与外界任何人联系。他干干净净一个人来……然后会在子弹之下，干干净净地走。我会确保你看到那一刻的。"杨之为微微眯起眼睛，"将命运的嘲弄看到底，水程，只有这样你才能真正强大。"

林水程摇了摇头，因为虚弱，他甚至没有办法发出清晰的声音。

杨之为凑近听了听，才听清楚他说的是："他不会。"

"他已经答应过来了。"杨之为温和地告诉他，似乎惊诧于他的天真，也知道这是最能刺伤人的办法，"他自己要过来送死，我又有什么办法呢？"

林水程又喃喃地重复了一遍："他不会。"

他像是有点魔怔了，杨之为过了一会儿才发现他在笑——轻轻地笑，唇角微微勾起来，连眼尾那粒红色泪痣都显得分外生动，不是疯魔的笑，却清醒而凉薄。

林水程抬起眼看杨之为，慢慢地问道：“老师，你真的预测到了我人生中的一切吗？”

他的态度有点奇怪，杨之为沉下脸色，看着他。

林水程喉咙灼痛，大雨模糊着他的视线，高热的雾气蒸腾着他剧痛的关节和肌肉，他喘了几口气，接着说道：“他不会，因为你不了解他，也因为老师和我一样，我虽然只做出了老师你五年前就已经淘汰的算法，但是你比我先走了五年的路，又有什么用呢？混沌系统依然不可解，而老师你，连这个系统的指示剂都没有找到。”

杨之为漠然道：“这一点我早就知道，我也放弃了查找这个问题的解。你不会是在给姓傅的小子拖延时间吧？”

“杨老师，你知道我在车上的时候在想什么事情吗？”林水程抬起眼，眼底清透明净，那种眼神让杨之为回想起当初那一刻：林水程气喘吁吁地抱着报告闯入大厅，一样的凌乱狼狈，却散发一种令人忍不住侧目的气息。

那种面目可憎的、无法摧折的、散发着光芒的气息。

一天一夜的时间，他的梦中不再出现蝴蝶。

他在梦中逼着自己思考，马不停蹄地思考，如同每个周末的下午，他在宿管叔叔的桌边盯着计时器，嘀嘀的倒计时即将响起，而他只有一个念头：再快一点，再想清楚一点。他有人与量子结合的大脑，但他并没有从中看破迷雾，上天没有赋予他震惊世界的才华。

他只是他，一个稍微聪明一点的、非常努力的学生。

他有着世间一切平凡的情与爱。

林水程认真审视了一遍自己的一生，他走过幼时的庭院、少年时的教室、青年时的实验室，最后走入这个大雨滂沱的、微青色的白天，他知道如果没有意外，这是他最后一次研究谜题，最后一次沉浸在那样放空的状态中。如同几个月前家中的深夜，奶牛猫在沙发靠背上走来走去，他做梦中梦，梦见自己在坐着一对双胞胎男孩的房间里踟蹰不前，看见双刃为足、弯刀作翼的法师回头看他，用精灵的眼眸。

大脑飞速地运转着，凝涩感一层一层地消除，全世界除去自己的心跳，再没有其他的声音，疼痛刺激着他的神志，为他全身的血流摇旗呐喊。和制药公司合作的那一次，他有十五天的时间；星大名画鉴定案，他有七天的时间。

而今留给他的，只是电光石火。

杨之为的脸色变得有些古怪："你在想什么？"

"我在想——"林水程又笑了笑，"老师让我走了一条和你一模一样的路，而你的路是错的，又怎么能指望我想出正确的办法呢？您的算法……以及您引导我做的算法逻辑，是蝴蝶扇动翅膀，最后引起了风暴，这个算法的思路一开始……一开始就错了。"

杨之为盯着他，沉默不语，但是脸色明显阴沉了下去。

林水程轻声说："断了一枚钉子，丢了一块蹄铁；丢了一块蹄铁，损了一匹战马；损了一匹战马，少了一位将军；少了一位将军，败了一场战役；败了一场战役，亡了一个国家……

"这是典型的蝴蝶效应，但是老师，亡国真的就与钉子有关，风暴真的就与那只蝴蝶有关吗？"

阵阵眩晕涌上来，低血糖和缺药引发的症状仿佛有卷土重来的趋势，林水程努力抬起眼，想要在幻觉和现实中找到杨之为的脸："老师，您也知道，不是的。蝴蝶效应的意思，只是在天气系统中，一只蝴蝶的扰动会给这个混沌系统带来很大的变化，这只证明了扰动对混沌系统的影响……而不是那只蝴蝶本身。"

幻觉阵阵浮现，他仿佛又回到那个众目睽睽之下的下午，笔记本的耳机里传出男人低沉的声音。

——看到了吗？那是伪神。

从那一天起，他知道自己心底有什么东西——脱胎换骨，破土而出了。因为有人这样强烈、不可抵挡地进入了他的世界，震撼着他的认知。

林水程继续说："可是为什么——老师，你和我，都选择了链式的、从蝴蝶本身开始往前追溯因果性和相关度的算法呢？您以前常常说我喜欢在错上找解，可您自己不也是这样吗？"

一字一句，清晰有力的疑问，震颤着人的心。

雨又大了起来，林水程的声音变得模糊不清，但是他依然坚定有力地说着话："您把我推上这条路，重复你期待的事实，您夺走我的家人和朋友，想让我完全被命运操控……我当时不懂，老师，我不懂，我执着于过去，执着于自己，但那是错的，这个算法逻辑不应该存在。"

——我知道你在想什么……

——我知道你怕……

——但是我要告诉你……这些都不是导致那些事情发生的理由……如果我今天出事了，那一定不是因为你，而是我的选择……

林水程已经看不清任何东西了，无数幻觉纷至沓来，他浑身都被雨水浸透，骨头冻得打战："链式预测的后果，只能出现无限递归或者永远无法去除的误差。时间效应，人的命运……不应该用这种逻辑去计算。混沌不是随机，两个初始状态一样的随机系统，运行结果会千差万别；而两个初始状态一样的混沌系统，运行结果会完全相同。命运是存在的，甚至是可观测的，但它不是随机，不是RANDOM，更不是像您这样做出来的……伪神。"

——你的家人也是同样的……你刚降生到这个世界上的时候，他们只会欢喜快乐，而不会去计较许多。

——不要怕。

林水程接着一字一顿地说："这是我找到的指示剂，老师，无能的人才会深陷在不可解中迷失自我，真正探索世界的人会穷尽能力寻找指示剂，朝闻道，夕死可矣……可以被预测的命运，不配称为命运；只有人本身，才是混沌系统的指示剂。我们用错了方法，就像古登堡－里克特复发关系式那样，本诺·古登堡研究地震混沌系统，用的是统计学，而不是预测学，已发生的所有地震的震级、能量、烈度和加速度，都成为他研究的基础，他找到了规律。"

"我从来不认为人类拼命接近理论边缘的行为是没有意义的，而您说的浪漫，我至今也觉得浪漫，如果说这是从古至今所有生物的命运——为这个宇宙所困住，注定拥有不了比宇宙更高的视角，注定无法接近所有难题的答案，那尽最大努力反抗这样的命运，就是人的伟大之处。"林水程哑声说，"您不知道，因为您不懂。"

那些被设计好的道路或许在别人的意料之中，但那些他曾经拥有过的——不是假的。那些人间烟火气，酸甜苦辣，悲欢离合，都是他切实经历过、拥有的东西。

——是爷爷佝偻着背为他煮汤的夜晚，是林等冲进他的教室扑进他怀中说"哥，我被人打了"那种又委屈又淘气的声音，是林望和他并排走回家的那个雪夜……是楚时寒对他的帮助，傅落银的信任，甚至是杨之为——他自始至终的鼓励与陪伴。

杨之为愣在了原地，久久没有出声，雾气弥漫着。林水程在幻觉与发昏中苦苦支撑着，看不清神色。

他说完这些话之后——深吸一口气，而后用尽全身力气挣扎了起来，想要站起身往外跑去。

绳子依然死死地捆着他，长时间保持一个姿势让他的血液减少了流通，下半身毫无知觉，陡然一动，整个人都剧烈痉挛了起来，而后被旁边两个 RANDOM 组织成员死死地摁住了——“老实点！”

这一下挣扎耗尽了林水程的所有力气，他再次跪倒在地上，膝盖剧痛。他剧烈地喘息着，视线因为疼痛和雨水而再次模糊。

“不可能。”杨之为沉声说，“我的算法没有任何错误！你的理论是歪门邪道！”

他的声音出现了微微的颤抖，很显然已经被林水程这一番话扰乱了心神。属下在旁边叫了他两声，他都没听见，叫第三声时，他才回过神来，猛然回头问道：“什么？”

属下被他血红的双眼骇得一惊，下意识地、心惊胆战地重复了一遍：“傅氏的人来了……”

车驶入的声音由远及近，车灯亮起。

傅落银按照约定只身前来，车灯打到最亮，通过了关卡中的武器监测来到了这里。

扩音系统的声音响彻了整个墓园，传出阵阵回声：“我一个人来的，车上已经清空了，没有任何武器，你们可以派人来检查。你们这里的坐标，也不会有任何人知道。

“林水程在哪里？”

杨之为打了个手势，取消了高能热辐射雾的发送，浓白高热的雾气渐渐消退，如同冬天附着在窗上的水汽被抹除了。

天地渐渐明晰。

青灰的雨幕中，傅落银一身联盟制服，笔挺严肃，开门下车。他撑着一把黑伞，黑色的手套几乎与伞柄融为一体，仿佛泼开的浓墨，将要化在这青色的雨幕中。

看见道路尽头站着杨之为，傅落银一点意外的神色都没有。

杨之为问他：“B4 呢？”

傅落银语气漠然：“在车上，我要先接林水程。”

“你怎么证明你所说的真实性？”杨之为紧紧地盯着他。

“随便你们信不信，我要林水程安全回来。”傅落银一脸公事公办的神色，“你们现在就可以派人去车上查看。”

他的脚步没有半分停顿，径直向这边走了过来。

旁边的 RANDOM 组织成员下意识地举起了枪，黑压压的一片枪口对着傅落银，气氛胶着紧张。

虽然傅落银只有一个人，但他浑身散发的压迫感依然无比强烈——这样的一个人，不知道会留着什么后手！

林水程跪在地上，眼前一片模糊，喉咙干哑得半个字都说不出来。

可是他听见了踏着雨水向他靠近的脚步声，熟悉的薄荷香气袭来，那双军靴在他面前停了下来。

他想告诉傅落银快走——但是嗓子已经哑了，只能做出一个简单的口型，不知道傅落银能不能看到。

“我们回去，林水程。”傅落银俯下身，把他扶了起来。

林水程拼命摇着头，眼底一片红色，沙哑的声音发出来，好像不是人类的声音：“你快走，快走！”

傅落银却好像没听见似的，在他身前半跪下来，为他解开身后的绳结，慢慢地替他抻着关节和筋骨，看他疼得直冒冷汗。

傅落银抬起眼，看向杨之为：“我要先把他送回车上，你跟我一起去拿资料，这样放心吗？林水程也在车上，我不会拿他的命开玩笑。”

杨之为刚想转头叫身边人过去查看，傅落银就直截了当地打断了他：“B4 核心是你要的，怎么，我有胆子过来找你们要人，你自己反而没胆子要 B4 了？”

杨之为犹豫片刻后，迫切想要活下去的欲望压倒了所有的谨慎判断。他打了个手势，往远处的守林人瞭望塔看了一眼，随后跟着傅落银一起走了过去。

林水程隐约知道了傅落银想要做什么，他一直在挣扎，但是傅落银完全无视此刻他的所有举动，这是傅落银的选择。

傅落银轻声说："开车，你会的，自动驾驶系统，这次不会再有突然撞过来的大货车了。"

林水程拼命摇着头，用仅剩的力气捶打他、挠他、咬他，但都无济于事。他把林水程放在了车内，摁着林水程系好安全带，随后从车前座取出了厚厚的一大沓文件，回头锁死了车门。

他用自己的语音下指令："启动！目的地，防御局总部。"

林水程拼命挣扎，用尽全身力气想从安全带中脱离出来，但是未能如愿。车慢慢行驶着，越滑越远。

远处的RANDOM组织成员也在慢慢靠近，十几个枪口依然黑洞洞地对着傅落银。

傅落银回头对杨之为伸出手。

杨之为伸手去接，傅落银却突然手上用劲，没有让他拿成，两人僵持着。

"杨教授，我想问你一个问题。"傅落银看了看他，随后看了看另一边山头的瞭望塔。

那种狼一样锐利的直觉，甚至让百米之外的狙击手都感到了心惊。

"你就没打算让我活着走出去，是这样吗？"

杨之为脸色骤变，傅落银反手扔了文件袋，亮出了他手套底下的伸缩装置，银色的，闪着金属的光泽，像一枚小袖扣——与此同时，枪声大作！

远处的狙击手一枪正中傅落银手心，随之而来的还有面前的攻击，傅落银直接重重地倒了下去！

与此同时，组成了手套的延展式纳米炸弹飞快地散开重组，用0.01秒的时间扩散至整个场地，炸开后形成了强烈的震爆效果，直接把在场的所有人掀翻了！

气浪和火光同时爆开，枪声只响了一刹那就停止了。

接下来的寂静却比死亡更令人难以忍受。

傅氏的装备车已经加速到了一定程度，林水程重重地踹着主控系统，冷静而疯癫地用手肘去砸车窗——如同在那个暴风雨夜，他击碎了车窗，撤销了自动驾驶系统。但是此时此刻，他面对的是傅氏军工科技最严实的装备车，车窗无比厚实。

——他怎么会抛下傅落银一个人离开？

林水程剧烈地喘着气，手肘被他砸得没有了任何知觉，骨骼接近碎裂，这种痛对他而言却仿佛不存在一样，他咬牙回头，用力地拔出了驾驶座椅上的头枕，拼命地用钢管尖头去砸，直到他指甲缝都渗出血来，车窗终于被他砸出了一丝裂纹。

“检测到撞击，自动驾驶系统已停止。”

林水程不会开车，他扭着方向盘，立刻往回驶入了浓烟之中。

细密的大雨中一片寂静。

如果世间真有亡灵，那么它们此时此刻一定沉默无言地坐在墓碑上方，观看着这场人间闹剧，不发一言。

只剩下暴风雨。

林水程踩下刹车，打开车门跳了下去。

傅落银躺在地上，浑身是血——他身上不知道有多少个弹孔，右手被打穿，鲜红的血液渗出来，又被雨水冲淡。

“傅落银。”林水程觉得自己很清醒，但他的眼泪就是不断地流了下来，和雨水混在一起，“不要死，我来接你回家。”

轰隆隆的爆炸声在远处响起，一声接一声，仿佛沉闷的爆竹声——

那是 RANDOM 组织的残余分子启动了自毁程序，也启动了埋在墓园周围各处的炸弹。

坐标不向外传送，这个藏在群山中的墓园，外边要什么时候才能找到他们？

傅落银还有意识，他睁开眼，勉强看清楚了眼前人。

“别哭。”傅落银咳嗽了几下，感觉自己有好几根肋骨断了，喉咙间溢满了血沫，只有努力咽下才能不当着林水程的面吐出来，他勉强笑了笑，“有……防弹衣。”

林水程低声说：“你别说话。”

“我怕来不及。”傅落银轻声说。

林水程眼底一片红色，喑哑的气音听起来毫无震慑力，像一只张牙舞爪的小猫咪：“别说话！”

傅落银看着他，笑了笑：“林水程，你是我这辈子遇到的……我最崇拜的人。”傅落银疼得停下来喘了口气，随后接着说，“我总觉得……太短了，我们认识的时间太短了。我和你第一次见……错了……”

“别说话。”林水程解开他的衣服，观察着他肋骨断裂的情况，同时脱下外套，用力撕下布料为他包扎出血口，“傅落银，你得活下来，你听到了吗？”

他的声音止不住地颤抖。

如果这是命运——

如果这是再一次，他唯一能有机会从命运手中讨要自己的东西，他愿意付出一切代价。

暴雨中青灰的墓园，黑色的伞，漆黑的车辆，还有低沉的、仿佛能催眠全世界的声音。

现在他知道了，那才是他们第一次相遇。

他被拦在墓园外的那一天，雾蒙蒙的，军用空间车驶出，车窗封闭。因为他挡了路，隐约能听见车上人问："怎么回事？"

"不知道，一个学生，发了神经，非要进去不可。这不合规矩呀！早说了，都封园了，这是闹事，得拘起来。"

"给他一把伞，送他下山吧。"

…………

30

爆炸声由远及近，震得窗户哐哐作响。

"打雷了吗？"金·李在页面上拉着坐标框架，听到声音后警觉地回过头去查看，他的动作引起了身边女人的注意，冰凉的枪口顶上他的后脖颈："不要动，不要打听不该打听的，专心做你的事！"

守在监控室门外的几个RANDOM警卫人员已经自行离开，周围空气中弥漫着诡异的寂静。

金·李噼里啪啦敲了一会儿键盘，随后又站起来往外看："是不是发生什么了？我真的感觉不对劲。小姐，真有什么事，咱们留在这里等死也不是个事啊！有句老话叫——'青山不改，绿水长流'，我们提早跑路兴许还有一线生机……刚刚那些是爆炸的声音吧？我们被困在这里了？"

他的眉毛皱了起来，湛蓝的眼里写满了惊恐。

女人看了一眼消息系统，没有任何消息，这时候也有点慌乱了——她把这份情绪强行压了下去，起身说："你不要乱跑，我出去看一眼。"

然而只走到门边她就发现了——远方传来直升机的轰鸣声，不止一架直升机，机身漆成暗蓝色，上面有防御局的标志。

她愣怔了两秒后，想要回头看金·李，但是冰冷的枪口已经顶上了她的后脑勺。

金·李挑眉站在她身后："女士，我实在是想不到你能这么蠢。我刚刚全程在你眼前做的不是什么流体状态机，而是通信系统。"

女人猛地转身想要暴起反抗，金·李轻轻松松地捏住了她的肩膀，反手用枪托狠狠地在她颈侧一砸！

确认她晕倒了之后，金·李才找到了当初绑他的那条绳子，死死地把她绑住了："很遗憾你们错过了拉拢我的好机会，鸡腿汉堡都不给吃，你们算是什么甲方？"

他迅速收拾了一个装备包出来，把所有能搜刮到的医疗设备都搬了过来，把电脑也顺走了。他整个人大包小包的，就这样冲入了雨中："小傅总、小林总，我来救你们啦！薪资可记得再给我加 50% 啊！！"

风声猎猎，直升机的轰鸣声横扫过来，溅起一地雨水。

星大中央第一医院，ICU 外。

警报已经解除，相比之前战时的冷清，医院里往来的人也多了起来。

傅落银断了一半的肋骨，右手手掌贯穿伤。他浑身上下都插满了管子，几乎看不出有呼吸。

纳米炸弹投放当时，虽然形成了定向的扇形打击，但是傅落银由于距离过近，还是受到了非常严重的冲击，断裂的肋骨压迫到了肺部，部分体表烧伤，加上本身的内脏出血，造成了一系列较为严重的后遗症，至今昏迷未醒。

万幸的是，山上的狙击手被傅落银那一眼看慌了神，以为傅落银手里的文件袋里装着致命性武器，所以临时改变狙击方向，没有伤到他的要害，否则傅落银是真的神仙难救。

医生说，他或许会醒来，或许永远醒不过来，按照这个伤势，也许突然有一天人就走了，在睡梦中停止呼吸。

林水程坐在ICU外，安静地看着隔离玻璃里侧的人。

他从手肘到指尖都包上了固定夹板和绷带，脸上也带着伤，乌黑的头发有些长了，安和地贴在耳侧，看起来乖巧。

傅凯来过一次，他忙着战后重建等一系列工作，去病房里看过一次傅落银后，整个人像是老了十岁，鬓边也生出了许多白发。

他叹息了一声："我只有这一个儿子了，现在我只想他好好活着。"

他拍了拍林水程的肩。

傅凯来过之后，许多人也过来看望傅落银，在ICU外摆满了花朵和水果。林水程听说傅落银还有一位当艺术家的母亲，但是她一直都没有出现。

杨之为是纳米炸弹的直接受冲击者，当场就没能活下来，联盟肃清了RANDOM组织，慢慢地将RANDOM组织的信息公之于众。禾木雅也因此上了军事法庭，正在接受指控，当中，国安九处几次邀请林水程出庭作为证人，都被婉拒。

他只是待在医院ICU外，哪里也不去。

联盟还查到了许多RANDOM组织笼络的商业集团，其中有夏氏医疗。这家企业曾经破产，又在短时间内重振，董事长本来就因为破产的事情一蹶不振，后来借了RANDOM的东风，更是成了"神"的忠实拥趸，给R组织提供了许多资金。

夏氏夫妇对一切供认不讳，他们当初与苏家竞争选址，是为了给之后的火炬惨案布局，这一切也与林水程当初算出来的相关性吻合。

只有他们唯一的儿子夏燃对此毫不知情。

在夏燃接受调查的时候，联盟顺藤摸瓜地查出了一张婴幼儿名单：他们都是编号704号之后的婴儿，并不同程度上植入了在林水程身上发现的优良基因，也有一些婴幼儿不适宜植入基因，而是接受了和 704 号一样的初期行为培养，这种三岁以前的行为培养可以影响一个人一生的性格和习惯。

“夏家小公子出于全家涉案的原因，正在被监控，限制行动，但是他问了一下能不能来看一下傅副处长，我们拒绝了这个请求。”九处人员告诉林水程。

林水程垂下眼帘，没有再说话。

他对这一切都不曾了解，只有苏瑜在旁边唏嘘地说道：“没想到夏家居然……高中时夏燃经历了一次，现在又是一次，希望他这次能有点长进吧。他以前也算是个很好的人。”

没想到夏燃是夏氏夫妇贡献出来给 RANDOM 模仿“神迹”的一个案例。

法庭外，夏燃被黑压压的人押送做证，踏入大门前的一刹那，他抬头看了一眼外边的暴风雨，知道自己这回是彻彻底底地输了——又或者，从他面临第一次重大变故却选择了临阵脱逃时起，他就已经一败涂地。

他可以等自己真正长大的那一天，可是时间从来不等人。

他对着空气，轻轻呢喃：“对不起。”

傅落银在 ICU 待了五天后，各项指标稳定下来，转入了普通病房，但是他仍旧没有醒来。

窗外风雨大作，林水程关了窗，坐在他床边，趴着睡了过去。

梦里他闻到了薄荷香，是上次做过的那个梦的延续。

年少的傅落银站在他的窗边，看了看他，绕了个圈子，推门进来。

他一身桀骜冷漠，喉结上下动了动，停在那里不说话。

林水程把竞赛题和作业本收好放在一边，把笔也整整齐齐地塞进书包。

他对傅落银笑了笑，又说了一遍："过来啊。"

保温桶和饭盒打开，香气更加浓郁了。山药排骨汤炖得软烂浓稠，一口下去热腾腾地暖到胃里，米饭颗粒莹润饱满。饭盒一层一层地揭开来，下面的是芦笋木耳、辣炒鲜虾和可乐鸡翅，旁边还有一罐面疙瘩汤。

傅落银咕哝："这么多，你每次都一个人吃？"

其实这些包含了夜宵的分量，他做题消耗大量的精力，青春期的男孩总是吃不饱。

林水程点了点头："嗯，所以我每次都吃不完。吃不完会被爷爷骂，你帮我分担一点吧。"

他认识傅落银，在梦里就是认识的，可这梦里的少年并不是很听他的话，狐疑地斜睨过来，锐利的眼微微眯起，打量着他。

"好学生。"他听见傅落银说，少年傅落银俯身过来，钩起他胸前的名牌，一个字一个字地慢慢念出他的名字，"林水程。"

外边打了一个雷，林水程猛然惊醒。

脖子上有细微的牵拉感，他抬头望去时，病床上的人已经醒了，垂下眼帘，输液的手轻轻钩着他落在病床边的名牌。

如同梦中的少年人凑近了，低头钩住他的名牌，念他的名字。

这名牌林水程一直都没有取下。

傅落银指尖微动，钩着名牌，把里边的东西掏了出来。纸卡的背后，用黑色签字笔写了一行字。

他声音沙哑："这句话是什么意思？"

"我从前风闻有你，而今亲眼见你。"

傅落银养了快三个月的伤。

林水程说："伤筋动骨一百天。"前三个月，傅落银被勒令躺在床上不许动，三个月过去后，他又被打发去和林等一起做复健，矫正骨骼、按摩肌肉。

整个复健楼层被他们两个闹得鸡飞狗跳，傅落银和林等完全没有代沟，他现在因为工伤带薪休假，于是天天跟林等一起打游戏。

林水程一来，林等就飞快地把游戏机藏好，开始写作业。

他缺了六年的课程，林水程打算直接让他考大学，林等肯学，认真刻苦，可是总有些小孩贪玩的心思，每每被林水程逮到他开小差，就灰头土脸地做检讨。

联盟重新开始推进量子安全墙计划，这一次找的负责人是林水程和许空。

林水程婉拒了主要负责人的职位，只同意做副手，同时，他继续跟金·李推动 B4 计划。傅落银养伤的这三个月里，公司都是林水程在负责运营。

在这期间，他又当了金·李三个月的甲方，金·李叫苦不迭，天天跑到医院来给傅落银送汉堡和可乐，希望“小傅总可以快点康复，不然给我加了三倍工资也没有意义，在小林总的指导下，我可能活不到用这些钱的时候”。

傅落银闷声笑，转头跟林等说：“你看你哥多吓人。”

林等点头表示同意。

傅凯第二次过来看傅落银的时候，楚静姝也跟着来了。

傅落银一听他们要来，立刻回到了床上装病。

傅凯带着楚静姝在病床前坐下，半晌后说：“你还装呢！小林前天就给我们拍了你下床走路的照片！”

楚静姝坐在一边，仍然有些拘谨。

联盟巨变，她也听说了许多有关傅落银和林水程的事，知道许多这方面的牵扯。这次傅落银进了 ICU，她没有来看望，傅凯仿佛此刻才意识到这家里一直存在的某种不公，十多年来第一次对她生了气，在家里摔了一次东西："那也是你亲儿子！时寒没了，你想看到落银也没了吗？！"

傅落银见傅凯一来就揭了自己的老底，干脆也不演了，只是笑："您老跟林水程有联系啊，他怎么这么闲？"

"你不知道家里人担心，也不自己汇报情况，回回都是小林跟我们汇报，你好意思吗？"傅凯教训他。

经过几个月的休养，傅落银慢慢回归了正常的工作和生活。

林水程为了方便照顾傅落银，还是和他住在了一起，周末俩人都蹲在家里不愿出门。

傅落银逗猫，林水程窝在沙发上看资料。

傅落银给小奶牛梳毛，小奶牛非常放松地躺在地上，把肚皮亮出来，让他梳。

"啧，小奶牛掉毛比小灰猫还厉害。"傅落银看了看梳子上的一大团猫毛，把猫毛用纸包好了丢进垃圾桶。

小灰猫不太乖，不好抓，傅落银抓了半晌没抓到，也就放弃了。

傅落银后知后觉："我发现一件事，林水程。"

林水程迷茫："嗯？"

"你每次叫我的时候，这猫都会过来，而我叫它小灰，它从来不应，为什么，嗯？"傅落银轻轻地问他，"我也没听见过你主动叫它。"

他瞅过来："你给它起了谁的名字？"

林水程回头看他，双眼弯起来，只是笑："不知道，你问它。"

（正文完）

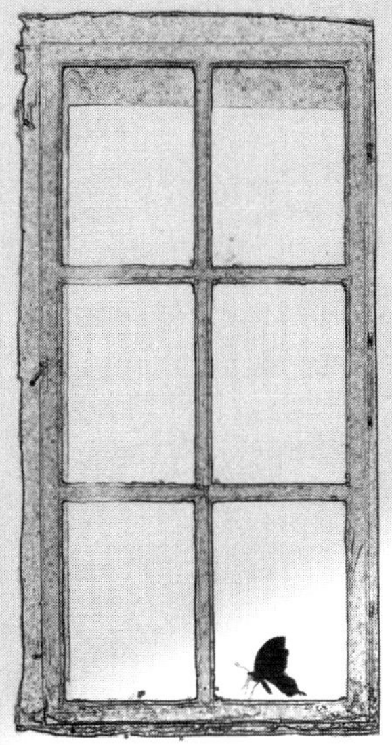

番外一

朔夜冬风

“之前一直不敢问，听说你家里有九个哥哥姐姐是吗？好幸福啊，他们一定很宠你。我们原来在一个班啊。”

这是董朔夜到初中班上后，听见的第一句话。

他到得最早，正在漫不经心地翻阅刚找人送来的全套中学乃至大学教材。抬头看去时，一个男生抱着书走了进来，友好地对他笑了笑。

日光斜透入室，照见少年一张明艳的脸。

董朔夜认识他，夏家独子夏燃。

他们这些家庭的孩子抱团，不管是去联盟办公楼，还是在宴席酒会上，总能碰见。

董朔夜是董家最小的孩子，也是人群中最不为人注意的那一个。

夏燃认识他不奇怪，董家和夏家算得上是邻居，夏燃偶尔过来也跟着叫哥哥。只是这之前，他们并没有太多的交集。

他们不常在一起玩，不过他知道夏燃另有一个关系好的朋友，傅家老二——傅落银。

他接着看他的书。

初中和高中教材，利用上课时间，全部用肉眼看完大约需要半个月。他们所在的星大附中，是初、高中连读，高二之后人人要参加选考。

他天生过目不忘，这件事只有带他长大的外公知道。董家人多眼杂，董父先后娶了五任妻子，他生母在他很小的时候就病逝了。

这样的家中“虎狼环伺”，天赋异禀并不是什么好事。他从小就学会了为自己藏锋，一直以来，也没什么人太过注意他。

而如今，他终于有机会出来念书了，离开了家。按照他的计划，这将是他逐步崭露锋芒的开始。

董家和夏家关系亲近，夏家背靠航天局，那一年航天局刚刚设立，七处傅凯上任不久。

他天生贪慕权贵，想出人头地，不仅要让他父亲看进眼里，而且——他要睥睨整个董家。

为此他可以放弃一切，和同龄人玩耍的时间、被人发现才能的机会，包括——一刹那随着阳光照进来的少年。

他生性阴郁，自然喜欢像太阳一样亮起来的人和事。

他和夏燃成为好友，与他希望傅落银能够联合夏家，把董家也整个从航天局那边撬过来不冲突。

而目睹那光亮熄灭之后，他也就不再眷顾那虚假的漂亮。

情感无用。

他天生没什么浓烈的情感，唯独用权与利铸成骨骼，从皮到骨都是黑的。

他如愿和傅落银打好了关系，提早五年预料到了如今联盟发展的方向，与傅落银约好一起走出互惠互利的道路。

初中、高中、大学、警务处，干员、副科长——他几乎是青云直上，高考时，虽然他更喜欢套路多一点也有趣一点的理科，但他依然选了文科，毫无悬念地拿下了星城当年的文科综合成绩第一。

那之后，他不再掩饰自己过目不忘的才能，以及远超同龄人的远见和睿智。也是自那之后，董家这个最小的儿子渐渐在星城出了名。人人提起时，他总是和傅家联系得最紧密，反而和董家联系不多。

自从联盟发生巨变，他跟着傅落银一起控制住局面，而后更是在事业上达到了顶峰，董家兄弟姐妹赶着过来巴结他，董父也有意把家业给他继承，不过他压根儿没有理。

他升任警务处总督察之后，第一件事就是买了套房子搬出来住。

他搬进新家第一天，叫了外卖，硬菜用灶台热着，其他的摆盘放在加温桌上。

他没什么朋友。傅落银最近和林水程一起去空间站挖矿了，但是目前还没挖出什么成果来。

能够一起吃饭庆祝的人只剩下苏瑜。

吃饭对他来说是个过程，对于苏瑜这样的人是乐趣。跟苏瑜一起吃饭是一件比较有趣的事，这人跟饕餮一样，吃点什么东西都会大呼小叫地说好吃，然后哐哐吃很多。

他从小就没怎么把苏瑜放在眼里，对他而言，苏瑜只有一个字——“傻”。

苏瑜和傅落银在一个班，在他印象中，苏瑜永远是眼巴巴地追在傅落银后面的那个小跟班，爱笑、爱吃，普通清秀，平常有些㞞㞞的有趣。

他和傅落银都让着苏瑜。苏瑜身上有一些家里娇惯出来的小少爷的天真——没有少爷脾气，只是天真。

这种天真是小孩子式的，有一回不记得什么事，周末留校，他和苏瑜一起去老师办公室送作业本，苏瑜被留下来帮老师批改作业，他则被加班的班主任叫过去谈心。两边时间对不上，他这边结束后就先走了。

后来他才知道苏瑜在办公室楼下，等他等了半个下午。

那天是冬天，下着大雪，他和傅落银傍晚在食堂碰头时发现少了个人，这才回头找苏瑜。

苏瑜那时候也只是挠头："我也不知道你走没走，怕你下来后要等我，所以我先等着你啊。我又没想到你先走了，你得请我吃一根奶油烤玉米，要六块钱豪华版的。"

很小的一件事，不知道为什么，或许是因为他天生过目不忘的好记性，他对那个场景一直印象深刻：天已经黑掉了，苏瑜缩成一团，怀里抱了本书等在墙根，清亮的眼睛在路灯照耀下闪闪发光，像是一只小动物。

他也是在那个时候发现，苏瑜这人很好。

苏瑜本身就是很优秀的人，只是因为一直跟在傅落银身边，跟在他身边、夏燃身边，所以光芒被掩盖。

那一天之后，他把苏瑜的电话号码备注从"傻"改成了"傻白甜"。

他想着那个场景，心里思忖，这个人如果离开他和傅落银，恐怕会被别人"坑"死。

人生在世，总有那么几件麻烦事，避不开，就接受了。

和苏瑜相处很轻松，因为苏瑜人傻，围绕着吃和一些其他小事，就能一个人叭叭地说上许多，眼里又亮起小动物一样的光。

他其实不理解为什么一个人单单是吃到好吃的东西，就能这样快乐。于他而言，即便现在达成了夙愿，他依然没有什么切实的感觉。

就算是喜欢这种情绪，他也将其归类为欲望，比起权力，欲望就像扎眼的灰尘一样，可以存在，但并不必要。

苏瑜有一段时间没跟他联系了。

董朔夜打了个电话过去："喂？小鱼，过来吃饭，我新家这里。"

他看了一眼叫来的外卖："有你喜欢的那家烧烤，芋圆奶油包那家不送外卖，我找了家相近的。"

苏瑜的声音听起来有些疲惫："啊？那太好了，但是我现在没法去，董黑，你自己吃吧。"

他很少有被拒绝的时候。

董朔夜顿了一下，问句在思考之前脱出了口：“怎么了？”

苏瑜说：“相亲呢，实在赶不过来了，改天我再过来蹭你的饭。”

董朔夜知道他一直在相亲：“总之都是对付一下，放几次鸽子不要紧吧？”

“今天不一样啊，不一样！”苏瑜在那边有些激动，“今天相了两个！就看他们有没有意愿跟我一起凑合过……哎，我先挂了，回头再说！给你推荐一下我今天吃的烤鱼饭。”

苏瑜这个人，离开他和傅落银就会死掉。

——极其容易因为食物上钩。

董朔夜放下手机，看着空荡荡的新家。

——如果第一条，本身就不成立呢？

苏瑜相亲的场数不说有一百，五十场也有了，今天这个人的颜值算得上是他相过的巅峰，是他最喜欢的类型，苏瑜十分满意。

——因为对方名字太拗口，且有一头淡金偏栗色的头发，苏瑜在内心给对方起了个名字叫栗子糕。

栗子糕却似乎对苏瑜不是很满意：“您不是我喜欢的类型，实在是不好意思。”

苏瑜觉得呼吸有点困难：“我懂。”

他和栗子糕相顾无言。

半晌之后，栗子糕打破了令人窒息的沉默：“那个，我家还有点事，苏先生，我先走了。”

买单是AA，对方飞快地走了。

苏瑜接着吃。

被委婉拒绝了，但苏瑜并不是很失落——他迅速浏览了一下相亲名单，发现明天还有一个长得好看的。苏瑜迅速进入了第二个欣赏美的阶段。

另一点就是，这家的烤鱼饭实在是好吃。他吃完了一份之后，又尝了一下店里的系列招牌菜品老鸭煲和椒盐排骨，还试了一下梅子酒。

他一杯倒，喝啤酒都会醉，不过他每次都非常自信，认为喝一点酒没有问题。

半个小时之后，苏瑜已经找不到北了。

他强撑着自己站起来结了账，还记得感叹了一下这家店真是贵，他一个人吃了好几千——就在他晕头转向找路时，他感觉自己被一个人扶住了。

栗子糕重新出现在他的面前："苏先生？"

苏瑜一瞅，对方的表情有点惊恐，还有点愧疚——栗子糕手里拿着一个公文包，看来是走之前忘了拿，故而去而复返。

栗子糕扶住他，努力地发言："苏先生，你也不必为了我这样。其实你是个很好的人，如果您真的这么难受的话，我想了一下，我们试一试也可以……"

苏瑜"麻"了。

你拒绝了相亲对象，发现相亲对象在你走后继续吃了半个多小时并喝醉之后——

好像会理所当然地觉得，莫非此人对我情根深种？

苏瑜说："没有没有，您不要担心，我就是多吃了一点，还喝了一点酒……"

栗子糕："没有没有，我想好了，我之所以回来，也是因为有些后悔。我想……"

栗子糕搀扶着苏瑜，苏瑜努力组织语言："其实我也……"

苏瑜余光突然瞥见一旁开来了一辆熟悉的车，从车上下来一个熟悉的人影——他这会儿已经没工夫思考这人怎么会突然出现了。

栗子糕抬头看向董朔夜，下一秒就感觉手边的人被抢走了。

刚从车上下来的男人身形高大，一身凛冽气息仿佛化不开的浓墨。他直接把苏瑜拽了过去，抬头睨了栗子糕一眼。

栗子糕觉得有些腿软——不仅是被帅的，也是被吓的。

这也太吓人了。

栗子糕说："……失敬失敬，我先走了。"

董朔夜揪着苏瑜往车里塞。

"以后不要在外面碰酒了。"董朔夜低声告诉苏瑜。

苏瑜哼唧了几声，像是终于回过神来，眼放精光地坐了起来，瞅了瞅董朔夜。

董朔夜抬眉："你干吗？"

苏瑜的眼神透露着赞许："够朋友。"

他点了点头，接着整个人倒了下去，开始睡觉。

苏瑜喝醉也没别的，就是满嘴跑火车，并且行事很有一套自己的准则，这套准则他使用了二十多年，从没被打破。就连傅落银的"夺命连环 call"都无法打破！

只要他喝醉了，他就是全世界的"王"！

车平稳地开了起来。

"苏瑜。"董朔夜低声问，"你睡着了吗？"

苏瑜说："好像，没有。"

董朔夜说："睡吧。"

苏瑜蒙着，但是很听董朔夜的话。他本来就在和困意做斗争，听见董朔夜这么说，他就莫名其妙只记得这一句了。

他记得睡觉。

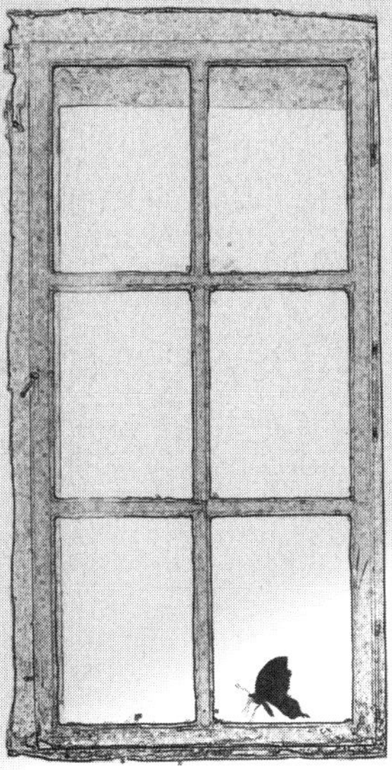

番外二

平行时空

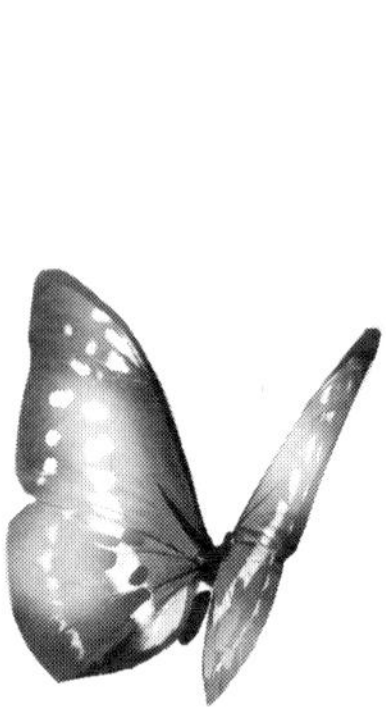

星大附中高一期中考试开始的那天，下起了倾盆大雨，刚入夏不久，人人都穿上了短袖衫，抵挡不住阵阵凉意。

附中的高一在环形楼，四面通过廊桥连接，中间是空地，平常用来进行一些展览。

他们实行走班制，全年级按照上一次月考的排名，从一班到二十八班按考试成绩排序，不固定座位。

人人都把自己的书本清到外边走廊里去。半天刚刚过去，考了一门语文，剩下的一天半，学生们除了考试就是复习准备。

高一（3）班很安静。

班里人人都闷头认真看书复习着，下午是数学考试，气氛尤其紧张。

傅落银坐在讲台上，看了一眼外边斜飘的雨幕："班委会来几个人清理箱子，大家的书箱要被雨淋湿了，往里搬一点。"

除了认真复习的人，这里或多或少也会有几个心不在焉的。

虽然傅落银在讲台上坐着，安安静静，但班委会里立刻冒出了想溜出来放风的人，一个个非常踊跃。眼看着要闹起来了，傅落银赶紧点了名："人不要多了，苏瑜跟我出来就行了。我出去时副班长管纪律，不要闹。"

班里一片唉声叹气。一小阵唏嘘声响过后又安静了，只剩下书页翻动的声音。

苏瑜挠挠头，放下了藏在书后的巧克力棒，跟傅落银走了出去。

上课时间，走廊十分安静，四面透风，还有点冷。老师办公室在一层，苏瑜一边搬箱子一边往下面望，突然说："你看，老芋头在底下干什么？"

"老芋头"是他们班主任的外号，姓于，是个严肃古板的中年人，因为秃顶，把头剃成了板寸，看上去圆溜溜又毛毛刺刺的，仿佛一个芋头。

大雨中，教学楼外休息区停了一辆车，老芋头和一对夫妇站在一起说话，男人挺拔俊秀，女人柔婉美丽，单看背影就知道他们谈吐佳、气质好。

女人伸手搭着一个男孩的肩膀——那男生上身穿的不是他们这边的统一校服白衬衫，而是一件普通的休闲T恤，他已经比他母亲高了，一样的挺拔清爽，皮肤白皙，和这个年纪的大多数男孩一样瘦削。

那男孩背对着他们，看不清脸。

一个陌生转学生到来，这本身就是一件不同寻常的事。

"转学生吗？！"苏瑜惊叹道，随后努力踮脚想要再看清楚一点，"负二，你看那是不是转学生？"

傅落银把班上同学的箱子挨个拖到走廊内道，随口说："你在想什么？我们学校从不收转学生，全联盟成绩前1%的学生挤破了头都想进来。"

苏瑜想了想，说："好像也对，咱们从初中直升高中，没见过转学生……可是那个男生看着也不像本校学生啊，这种情况除了转学来的，还能有什么事？"

傅落银随口说："之前休学的吧。说不定是生病了，刚刚回来，我们之前没见过也正常。”

傅落银随手拿了一本书往他身上一拍：“赶快搬箱子，我可不想一会儿老芋头上来抓到我们两个出来聊天。”

听了苏瑜的话，他也往下看了看，不过那个“转学生”已经跟着老师走进了办公室，没能看见。

这个年纪的男生都有些躁动，提起这种话题，彼此都心知肚明，而且永远都有无穷的新话题可以谈论：隔壁班班花的长发、楼上某个清秀男生的恋情……

傅落银在星大附中算得上是追求者如云，从初中横跨高中部。不过众所周知，傅家两个儿子，大的和小的——楚时寒和傅落银——都被管得死死的，楚时寒是听话，傅落银则是反感建立任何亲密关系，他习惯了独自一人，顶多再加上他的兄弟们。

他一个人可以过得很好，这么多年来，他已经习惯了。故而在这些话题上他算是个例外，他从来没有讨论的热情。

“还是说，你真的喜欢许悦啊？”看他没什么反应，苏瑜压低声音问他。

许悦是他们班的英语课代表，相当优秀漂亮的一个女生。

最近许悦像是生病了，从上周体育课之后，整个人的状态都变得不太好，许多人撞见傅落银单独跟她说过话，还帮她打过饭送到医务室。对于傅落银来说，这是他第一次和一个女孩子走得这么近，虽然他本人和那个女生都没有承认，但这几乎就像是恋爱了。

这实在是太不正常了。

傅落银眼里复杂神色一闪而过：“别人乱说，你不要跟着乱说。对了，她这几天请假了，小鱼，你一会儿和我帮她把桌子和书箱都收拾好。”

苏瑜小声地问他：“那许悦怎么了？她生的什么病？我听好几个

人说她一个人趴在教室哭，那天下了体育课后她哭了半个下午，还翘了晚自习……”

傅落银声音突然沉了下去，有几分阴郁：“你别管，过几天我要揍个人。”

话题跨度太大，苏瑜愣了，问：“啊？哪个不长眼的人惹了你，负二哥哥？”

傅落银沉声说：“教体育的。”

他催着苏瑜收拾完东西，回到班上，把讲台上坐着写作业的副班长换了下去。

他视线扫过许悦空掉的座位，手心发冷，眉心紧皱。

他这几天一直为这件事心不在焉。

许悦被体育老师猥亵，是他偶然撞见的。

他们体育课是两节连上，傅落银选的篮球课，因为要赶着去教务处领资料，提前半个小时回去还了器材，直接就撞上了从老师办公室出来、哭得崩溃的许悦。

他和这个女生不太熟，反而出于许悦之前给他送过情书的原因，需要避嫌。尽管他还是个少年，但他看了一眼许悦衣衫不整的样子，就知道发生了什么。

他问了她的情况，送她回了宿舍休息，怒火中烧——那体育老师是走关系进来的，和他们年级的教导主任是亲戚，许悦哭着求他不要告诉别人，也不要报告老师。

傅落银作为全班唯一知道她生病原因的人，也只能选择尊重她本人的意愿，保持沉默。

这种沉默实在是有些苦涩，他是班长，却无法为自己班上的人做些什么。年少气盛，想揍一个人就揍了——他绝对会把那浑蛋揍得再也不敢来学校！

离中午饭点还有一段时间，傅落银集中精力准备下午的数学考试，翻着错题本，抬头发现老芋头进来了，身后跟着一个学生。

老芋头说："通知一件事，今天林水程同学转学到我们班上来，大家彼此照应一下。"

傅落银瞥了一眼老芋头，看他顿了顿，就知道后面还憋着什么话没说，他在卖关子："正好今天月考，小林也一起考考，同学们可以看看我们小林同学的实力，小林同学也可以适应一下我们这边的学习强度。"

这话里有话。

他们是精英班，班上四十五个人是上学期全年级大考小考成绩加权后综合排名的前四十五名，人人都是学霸，强手如林的地方，什么优秀的人没见过？

这个转学生却能让老芋头意味深长地说上一句"看看实力"，再加上星大附中几乎不收转学生，这个叫林水程的人估计大有来头。

离上午最后一节课下课还有五分钟，平常这个时间，学生们早就开始为抢饭做准备了，可是现在，全班都陷入了寂静——

这转学生长得实在是太帅气了！

转学生唇红齿白，气质沉静，五官却是往明艳那一挂长的，眼尾一颗红色的泪痣，让人看一眼就挪不开眼睛。

傅落银偏过头，视线停留在转学生的侧颜上。

林水程很安静，站在那里，傅落银在讲台上，偏头看到的是他的侧脸与后背，乌黑的碎发衬得皮肤很白。

老芋头给林水程指了个位置，有些抱歉地说："林水程，你先坐最后一排靠门的地方。咱们班一是因为今天月考走班，座位都调成了单人的；二是咱们每两周前后左右轮换一次座位，有什么不习惯的就跟我说，或者问问同学们，都行。你的学号发过来了，下午跟着一起考，考试地点在艺术楼五层，能找到地方吗？”

考试教室也是按照全年级名次排序，艺术楼那一片差不多是差生专用考场了，转学生第一次考试自然被安排在这里。

林水程点了点头，很轻地说了一声：“能的，谢谢老师。”

声音也很好听。

他抱着书包，往最后一排走过去。苏瑜在倒数第二排，林水程一路走过来，他就一路保持着张大嘴巴的神情。

班主任在，尽管全班同学已经暗暗沸腾了，但是没人敢造次。

傅落银看时间快到了，搬着座椅回到自己的位置上。下来时，他往后排看了一眼。

转学生已经在座位上坐下了，翻出了书包里的教材，低头认真看着。

所有人的视线都有意无意地往后面扫——出于好奇、惊讶与憋不住的悸动，因为有转学生来班上本身就是一个爆炸性消息。

所有的躁动，都在下课铃响的一刹那引爆——许多人站起来往外冲，想要最先抢到食堂打饭的位置，一边跑，一边大声谈论着转学生的事，不出半个小时，全年级都能知道他们班来了个转学生。

减肥节食的女生们三三两两地留下来，都压低声音讨论着考试，目光却有意无意地往林水程那边扫。

林水程没有动，依然坐在座位上，安静地看着书。

阴雨天，后门开着，这么漂亮又英气的一个人坐在那里，就仿佛能自然生出光亮来一样。

傅落银做了个判断。

这是个好学生，最听爸妈和老师话的那种，估计成绩也挺好的。

傅落银一直不太瞧得起这种死读书的人——好学生是最无趣的。

教室差不多空了，傅落银也没动——他不需要打饭，这周苏瑜和董朔夜跟他打赌输了，他的饭会由他们两个人打好，放在他们“铁三角”吃饭的固定位置上。

傅落银整理好书桌，为下午的考试腾出干净桌面来。

他拎着书包打算往外走，回头看了一眼林水程，出于班长的义务，他叫了对方一声：“新来的。”

林水程抬起头。

他眼睛很亮，眼尾那颗红色泪痣仿佛跟着熠熠生辉起来，宝石一样。

见鬼了，一个男生的眼睛为什么会这么亮？水光潋滟的。

傅落银说：“艺术楼在二食堂附近。你不吃饭吗？”

如果林水程找不到地方吃饭，他倒也不是不可以把自己那份饭给林水程让出来。

林水程怔了怔：“家人送饭。”

家人送饭。

傅落银在心底又暗暗得出了一个结论：这人恐怕还是个娇气包。

这人一看就是在娇惯中浸泡着长大的，巧了，这是傅落银不太看得起的第二种人。

——和他不是一路人。

他收回视线，本着责任感告诉林水程：“有事可以找我。”

眼前的人高而沉稳，眉眼带着英气，看着有些锐利。他面无表情，隐隐还有一些少年老成的气质，声音极低沉。

林水程还有些愣怔，没来得及回答，傅落银就从前门走了。

教室里剩下来的几个女生听到了他们的对话，大概也看到了林水程那一瞬间反应不及，于是笑了。她们充满善意地告诉林水程：“他叫傅落银，是我们班班长，人很好的！”

班长吗？

林水程点了点头，说了声：“谢谢。”

“没什么好谢的！你刚来，要是有些地方不适应，也可以问我们的！”女生们叽叽喳喳地笑开了，随后又顺着刚刚的话题，讨论起傅落银来。

“许悦好几天没来上课了吧，生病吗？有人知道她到底怎么样了吗？”

“不知道，不过我想知道，班长和她到底是不是在谈恋爱啊……虽然班长和许悦都没承认。”

细碎的话语落进耳中。

林水程对她们提的名字没什么概念。

他瞥见爷爷提着饭盒走到了楼梯口，于是站起身来往外走。

教室门口有值日表，第一行的名字就是三个字——“傅落银”。

落银。疑是银河落九天。

原来是这三个字。

林水程转学过来没两天，迅速地成了高一的风云人物。

原因无他，人长得好看。

青春期的男生女生在这方面的精力不可想象——林水程刚到半个下午，就有人去科技楼撕了他的考试信息条保存下来；第二天，全年级二十八个班的学生一股脑儿地往三楼他们班冲，递情书的人都多了不少。

因为要方便月考时搬桌椅和箱子，教室后门一直都是开着的，林水程坐最后一排，只要站在教室门外，直接就能近距离看到林水程本人。

苏瑜看林水程每天被人吵闹，估计也烦，主动提出和林水程调换座位——爱美之心，人皆有之，他实际上也是拜倒在林水程颜值下的一员，为帅哥换个座位，顺便探听第一线八卦，有什么不可以！

也是出于这个原因，苏瑜成了全班第一个和林水程说上话的人。

“他好有礼貌啊！今天上午好多来找我帮忙递情书的，他跟我道歉说打扰我了！”饭桌上，苏瑜一边扒拉着傅落银和董朔夜的鸡腿儿，一边幸福地回忆，“他还给我讲了最后一道离子方程式大题！讲得好清楚，他讲的时候我就感觉我会了！虽然讲完后我好像又不会了，可是他好聪明啊！”

董朔夜把自己的鸡腿给他挑了过去，顺手从苏瑜盘子里挖走一勺肉末茄子，挑眉说：“你不会的我们也可以跟你讲。”

苏瑜嘿嘿笑着：“那不一样，他是新来的，不一样啊。”

傅落银关注了一下林水程的成绩，或许是因为之前老芋头暗示了一下，苏瑜现在也提了一嘴，不知道怎的，他有点在意。

少年人总是有些争强好胜，班上来了一个转学生，在一定程度上激起了傅落银的挑战欲。

这个林水程，成绩到底能有多好？

月考过后是电子评卷，半天之后就出了成绩。

学生们按照惯例，这半天放了一个小小的假。

别的学生都回家了。傅落银和苏瑜、董朔夜照常出校门找了个小馆子撮了一顿，吃鸡丝凉面，喝绿豆排骨汤。吃得高高兴兴的再回学校，在宿舍睡个午觉，睡完起来，假期差不多就到头了。

“那是谁啊？那不是你们班那个转学生？”

回学校路上，董朔夜突然指了指走在他们前边的一个人，傅落银和董朔夜齐齐看过去。

那是林水程。

他已经去校务处买了校服，今天身上还穿着校服，没有换下来。白衬衣，黑色西装裤，乌黑碎发衬着莹润白皙的脖颈，脊背挺得很直，一派清隽温柔。

苏瑜说：“他没回去啊。”

傅落银嘀咕：“他不是有家人送饭吗，怎么也不回去？”

他比较在意林水程有家人送饭这一点。同龄人，总是会不由自主地比较一下自己有的和别人有的东西。

这种比较完全是下意识的。

傅落银看见林水程手里提着一个袋子，透明的塑料袋中躺着几本资料书，他瞥了几眼，没看清林水程买的到底是哪些书，但是他确定了一点：那些绝对不是他们高一年级的参考书。

新一轮月考成绩布告栏被搬了出来，就在全年级学生从宿舍进教学楼的必经之路上。

傅落银一直不怎么关注成绩——他的成绩稳定得很，一直在年级前五上下浮动，每次自己估分与实际分数相差也都不会超过五分。

排名对他来说，已经失去了吸引力。

不过这一次，他却鬼使神差地过去瞥了一眼。

先看到了自己的，年级第三；随后找到苏瑜的，第二十七；再是董朔夜的，第二。

随后他又看了看——他下意识地想，他是不是也应该关心一下班上其他人的成绩呢？

他大致浏览了一下班上其他人的成绩。

在中间比较靠后的地方，傅落银看见了“林水程”的名字。

他的第一反应是这个成绩简直平庸得过分——到了有些差的程度。

第二反应，就是林水程是在月考第一天中午才转学过来的，他参加了后面的考试，却没有参加第一门语文考试，整整一百五十分是没有的。

傅落银看了一眼林水程的分数详情，愣了一下，先是以为自己算错了，后来再一算，又好像不是。

那就只剩下一个结论——

林水程这个人，除了没有参加考试的语文，其他科目都拿到了满分！

全部满分，一分都没丢！

半天假之后是晚自习，同学们陆陆续续地回到了教室。

林水程的分数也慢慢地被人注意到——大多数人起初和傅落银一样，看到那个分数后没太在意，甚至觉得这个分数对于尖子班过于平常——六百分，连班上最后一名都比不上。

然而等到更多人反应过来之后，班上立刻炸了锅：所有人都想了起来，林水程第一门考试没参加！除了语文这门没考的，林水程拿了全科满分！

这还是人吗？！

更多八卦开始在班上流传。

而林水程就在他自个儿的座位上坐着做题，两耳不闻窗外事的样子。

他这个人很奇怪，看着随和、安静、沉稳，但是有一种不好打扰的气质，导致除了苏瑜这种心大的，其他人都不怎么跟他说话。

苏瑜跟着傅落银一回班上，就看到林水程在做题，顺手把自己买的三杯奶茶送了一杯给林水程——他原来打算囤起来晚上喝的——以此来感谢林水程为他讲题。

林水程看到他送奶茶过来，怔了怔："不用了，讲个题而已。"

苏瑜笑嘻嘻地说："没事啊，我这里有三杯，我们学校外边这家店的奶茶很好喝的！"

林水程想了想，不再推辞，拿过来喝了一口："那谢谢你，下次我再请你喝。"

他的书桌上摊着崭新的书本，看起来就是下午买的那一批。

苏瑜凑过去看了看，瞪大了眼睛："这是竞赛书啊，你走竞赛吗？"

林水程"嗯"了一声，说："我是竞赛特招转学进来的。"

"欸，那你原来在哪里上学啊？怎么突然转过来了？"苏瑜对林水程更加崇拜了——他们说话声音平常，也没有避开周围的同学，所有人都听见了“竞赛”这个关键词，又是一堆齐刷刷探寻的视线。

对于这些优秀的学生来说，竞赛生虽然不稀奇，却算是一个非常独特、让人羡慕的身份了。星大附中每年都会举行联盟奥林匹克竞赛，在全球各分部中选拔最优秀的竞赛生参赛。

单单是代表联盟分部参加全球比赛这一点，竞赛生就已经在许多人眼中套上了特殊的光环——这意味着单是选拔这一点，就需要智商和勤奋缺一不可的优秀特长生。星大每年开设竞赛班，全年级单科成绩加权平均分稳定在前十的学生才有资格进去，而进了竞赛班也不代表就能被联盟分部选做队员，单是星城里无数个重点名校输送的青训生，就有上千人。

这是真正的万里挑一。

而竞赛特招进来的意思，就是林水程已经是联盟分部代表队员！

林水程说：“我原来在冬桐市一中，进了联盟化学竞赛代表队，因为选拔中心在星城，离家太远了，所以我就转学过来了。”

苏瑜的崇拜感一下子上升到了顶点，他小心谨慎地向林水程确认：“所以、所以你已经是竞赛代表队队员了吗？”

林水程点了点头。

苏瑜看了看林水程，又看了看奶茶杯，捂脸说：“竞赛代表队队员喝了我的奶茶！还给我讲了离子方程式大题！！我的天！！”

他这一声，直接引爆了班里的气氛，私底下的议论和传言更多了。

傅落银坐在不远处，也回头看了一眼林水程。

转学生微微低着头笑，坦然又安和。夕阳照过来，在他发间洒上碎金，整个人都朦朦胧胧地发亮。

晚上第一节晚自习，班主任在一楼分析考试情况、整理试卷的时候，傅落银坐在讲台边，就看到底下有人悄悄传字条。

“干什么呢？字条放上来。”他慢慢悠悠地开口。

被他视线逮住的学生齐齐噤声，随后看了看没有老师过来，于是小声跟他套近乎：“班长——”

傅落银挑了挑眉：“交上来，我不记你的名字，也不告诉老芋头，别磨叽啊，一会儿老芋头上来的话，我也没办法救你了。”

传字条的人灰溜溜地把字条交了上来。

傅落银把字条随手放到一边，视线扫过上面的字迹时，他微微愣了一下。

字条上一条一条都在讨论转学生的事。

——新来的那个林水程中考就是江南分部第一，全科满分拿下的，我今天去老师办公室送作业就听见老师们在议论他，说他本来是江南分部的，被咱们星城挖过来了。他家里人专门过来租了房子跟着照顾。

——你知不知道最夸张的是什么？他从小到大全拿的满分！是神童来的，本来说是要跳级，他家里人担心他年龄太小，会和同学们脱节，所以还是按照平常进度上的学。

——不是，这也太夸张了吧，其他科目我还能理解，语文满分他是怎么做到的？作文呢？阅读理解呢？

——真的是这样，他连作文都能拿满分，现在语言文化类评卷都有得分点，容错率更高，我下午去查了一下，他有个外号叫“考试机器”……

傅落银瞟了一眼，这几行字就被扫进了眼中。

他下意识往林水程的方向看了一眼。

正巧林水程仿佛刚做完一道题，放下笔喝了一口奶茶，舒展了一下身体，抬起头，视线就和傅落银撞上了，他也是一怔。

清亮澄澈的视线撞过来。

傅落银赶紧收回视线。

老芋头走进教室，拍拍傅落银的肩膀让他回到座位上。

“接下来总结一下咱们班的考试情况，排名大家也看到了，班上第一是傅落银啊。”

苏瑜带头啪啪鼓掌，傅落银在班上人气很高，大家纷纷鼓起掌来。

傅落银看着自己眼前的试卷，神色毫无波澜。

老芋头压了压抬起的手，往傅落银的方向看了看：“不过如果同学们细心，也可以发现，咱们班的新同学在有一门没有参考的情况下，拿到了其他所有科目的满分。”

班上空气一片寂静。

“林同学是咱们星城奥林匹克化学竞赛队队员，前几天月考没来得及说，从今天起，大家就是一起学习的伙伴了，大家要向林同学学习，与他竞争，同时也要热情接纳新同学。”老芋头看着林水程，满眼都是高兴，“咱们是全年级的精英班，但这次月考表现并不是很好，虽然年级前五十分布稳定，但是前十中，咱们班同学只有四个人，排名最高的也只是年级第三，我们要加把劲了！希望林同学的加入，也能为大家树立一个榜样啊！”

沉寂两三秒后，傅落银带头鼓了鼓掌，回头看了一眼林水程。

这次他是光明正大看的。班上其他人也跟着鼓掌，虽然已经知道了，但是由班主任亲口揭晓林水程的学霸身份，还是给了他们第二重震撼。

依惯例，晚自习下课之后是调座位时间，原本班上两人同桌，全年级前四十五名，有一个人单出来，那就是傅落银这个班长。

他的位置是固定的，在讲台旁边，因为方便晚自习管纪律，离讲台也近，全班只有他一个人是钉死的单人座位。

现在多了一个林水程，不知道往哪里安排。老芋头对林水程招了招手，其他人在搬座位时，林水程出去和班主任讲话。

苏瑜在倒数第二排，按照惯例这次可以轮到靠边第一排和第二排了，也就是能和傅落银顺利碰头。

他般着桌子来到傅落银身后，歪头往外看了一眼：“负二哥哥，林神刚来，没位置，你说他会不会跟你同桌啊？”

傅落银不动如山，随口说：“无所谓。”

他面前是一道函数题，傅落银画着线条，画着画着就画歪了。

他抬头往外看去。

嘈杂的桌椅移动声中，林水程跟老芋头说完话，从后门搬起了他的桌子，一个人慢慢挪着。

往前，是他这个方向。

傅落银放下笔，看了一会儿，直到林水程快挪到前排，他才站起身过去帮着一起搬。

林水程冷淡安静的双眸看着他：“班长，老芋头说让我搬过来和你坐一桌。”

等等。

这个乖乖的转学生叫班主任什么？

傅落银一瞬间以为自己听错了，不过他这时候已经没工夫思考林水程是不是好学生人设有点崩了。

他就记得林水程这一双眼，又亮又好看，红泪痣像宝石。

傅落银说：“嗯，知道了。”

图书在版编目（CIP）数据

全世界都在等我们 . 大结局 / 不是风动著 . — 广州 : 广东旅游出版社 , 2022.8
ISBN 978-7-5570-2782-7

Ⅰ . ①全… Ⅱ . ①不… Ⅲ . ①推理小说—中国—当代 Ⅳ . ① I247.5

中国版本图书馆 CIP 数据核字 (2022) 第 087161 号

全世界都在等我们 . 大结局

QUANSHIJIE DOU ZAI DENG WOMEN . DA JIE JU

出 版 人：刘志松
责任编辑：梅哲坤
责任技编：冼志良
责任校对：李瑞苑

广东旅游出版社出版发行
地址：广州市荔湾区沙面北街 71 号首、二层
邮编：510130
电话：020-87347732
印刷：河北鹏润印刷有限公司
（地址：河北省沧州市肃宁县工业聚集区）
开本：880 毫米 ×1230 毫米 1/32
字数：225 千
印张：9
版次：2022 年 8 月第 1 版
印次：2022 年 8 月第 1 次印刷
定价：48.00 元
